今を生きるシェイクスピア

——アダプテーションと文化理解からの入門

編著／米谷郁子
著／近藤弘幸
高森暁子
森 祐希子
横田保恵
吉田季実子

研究社

まえがき

アダプテーションとは何か――定義可能性

皆さんは、「シェイクスピアのアダプテーション作品」と聞いて、何を思い描かれるでしょうか。ごく簡単に言えば、シェイクスピアの原作の物語や台詞の一部をカットしたり、原作の台詞やシーンを並べ替えるなどアレンジを加えたり、新しい要素を加えたりするという作業を通じて、原作とは違うけれど、でもどこかで原作と響き合っているような作品が思い浮かぶと思います。説明する上での便宜上、二つの区分を立ててみるとするならば、まず一つ目は、従来からシェイクスピア研究の場で議論の対象とされてきた、いわゆる「翻案作品」があります。たとえばシェイクスピア原作の『オセロー』を別のジャンルに置き換えて翻案したヴェルディのオペラ版『オテロ』、シェイクスピア原作『ハムレット』を別の登場人物の視点から語り直したトム・ストッパード作『ローゼンクランツとギルデンスターンは死んだ』、あるいはシェイクスピア原作『じゃじゃ馬ならし』をコール・ポーターがミュージカル・コメディ化した『キス・ミー・ケイト』などです。これらの翻案作品は、原作に劣らぬ高い芸術性をもつ作品として既にその価値が認められ、それによってある種の権威づけがなされた翻案作品と言えます。

二つ目は、最近になってようやくアカデミックな研究の場で議論や考察の対象とされつつある作品、例えばマンガ、宝塚、テレビドラマやB級映画、ポップ・ミュージック、ラジオ番組、オフ・シアターにおける上演等で観られ聴かれる「マイナーだがオモシロイ」シェイクスピア翻案作品です。〔1〕今まで「まともな翻案作品」として取り上げられてきた作品は、一つ目で挙げたような評価の定まった名作やイギリスBBC制作のシェイクスピア・シリーズなどの、「権威ある」テレビ局なり製作者なりが制作した番組に限られてきた感があります。しかし、これらの「マイナーだがオモシロイ」作品は、シェイクスピアなどの古典についての特別な知識や教養がなくてもアクセス可能で楽しむことができ、さらには多様な検索エンジンの出現と時を同じくして可能となった、個人用コンピューター上の高速ダウンロードとデジタル化技術によって、パソコン内に容易に保存しておけるようになり、結果としてアクセスがさらに容易となった作品群と特徴づけることができます。加えてマンガ、小説、ウェブサイト上で交換される再翻案〔2〕等の多様なメディアやジャンルが研究対象となるのに併せて、アダプテーションの捉え方も実に多様化しました。これらのカラフルなポップカルチャー・シーンにおけるアダプテーション作品は、一つ目に挙げたような従来の「翻案作品」のイメージからは遠く離れています。したがって、この二つ目のカテゴリーのアダプテーション作品は、否応なしに既存の翻案作品の伝統を内側から食い破り、更新することにつながらざるをえません。現在では、一つ目で挙げたような「高等文化《ハイ・カルチャー》」から生まれた翻案作品としてのシェイクスピアと、二つ目に挙げたポップ・カルチャーとして消費される「低級文化《ロー・カルチャー》」発のシェイクスピアが混淆状態となり、両者を定義づけて区分することはもはや無意味になっているとともに、シェイクスピアは「みんなのもの」となり、同時に無限に断片化・商品化しているという状況です。さしあたり、これらの作品を総称して「アダプテーション」と呼ぶことにするならば、現在私たちが手にできるアダプテーション作品群は、シェイクスピアの原作や原作に忠実な翻案作品の鑑賞だけでは手に入らなかった多様性を私たちに見せてくれ、考える材料を豊かに与えてくれます。と同時に、従来の慣習や規範にのっとった批評が論じ得なかった新しい視点や解釈の契機が提供される可能性への視座を私たちに獲得させてくれるのです。

今現在は、この日本で「アダプテーション」という言葉が根づくのかどうかすらわからない状態です。この本の中では、アダプテーションという言葉に勝手に意味を持たせ、勝手に使っているという感がなくはありません。「自分たちで使いたい形に使ってしまおう」という reappropriation（再領有・再盗用）を批評的に実践している、と思っていただければよいと思います。「アダプテーション」とは、いわゆる従来的な意味で世間で使われている「翻案」という言葉がカヴァーするよりも広い範囲のものを指すために、なんとなく使い始めた言葉です。あとから「結局、あの作品って、アダプテーションだね」と再定義する際に用いると都合のよい用語かもしれません。

アダプテーションの定義不可能性──クィア理論との近似性

ただ、ここまでで既に皆さんもお気づきでしょうが、「アダプテーション」とは非常にあいまいで定義の困難なシロモノです。実際のところ、「どこまでが〈原作〉で、どこからがアダプテーションか」という問いは愚問なのです。たとえばシェイクスピアの『テンペスト』という作品には、原作を〈オリジナル〉としてそこからの派生物のみをアダプテーションとするための、何か明確な境界があって、アダプテーション作品の基盤となるようなモデルなり母型として確固たる実在がそこにあるのでしょうか。実は、そんなものは『テンペスト』にはないのです。シェイクスピアの『テンペスト』も、そして他の多くの作品もまた、それよりも先立つ古典作品等のたくさんの原材料から面白い要素を寄せ集めコピーしまくりパクりまくったアダプテーション作品そのものです。[3] とするならば、例えばスタジオジブリ制作アニメーション作品『崖の上のポニョ』（二〇〇八年）のように、抑圧的な父と無垢な娘と植民地的状況が出てきたらすべて『テンペスト』の翻案として読めるのか、とか、男性の独裁者が出てきたらすべて『ジュリアス・シーザー』や『マクベス』の翻案として読めてしまうのかとかいう議論や、翻案なりアダプテーションの限界はあるのかどうかという議論には、意味がありません。これはアダプテーションではない「確固としたシェイクスピアのオリジナル作品がある」という間違った前提に立った上での議論だからです。シェイクスピア自身がアダプテーション作家（アダプター）のスター的存在なのですから、純粋な意味でのシェイクスピアの〈オリジナル〉作品などというものは、実は最初からなかった、あるいはそれがあったと想定すること自体が私たちの幻想だったかもしれない、ということになります。「オリジナル」と「アダプテーション」の境界が明確にあるという思い込みこそ、ここで捨てねばならないものなのです。

ここで、少し違う角度からアダプテーションという問題を考えてみましょう。クィア理論という考え方があります。クィアについては第Ⅱ章のコラムで扱いますが、さしあたり異性愛と同性愛の二項対立的な区分を無効にする境界領域や、ゲイ、レズビアン等の枠に収まらない多様なセクシュアリティについて考えるための理論とお考えください。実は、このクィア理論とアダプテーションの考え方は似ているのです。クィアを説明する際によく用いられる定義として「Anything that is not straight（ストレートな異性愛者でない者はすべてクィア）」という表現があります。ストレートとは、「まっとうな」の意味です。とすると、クィアは「まっとうではない」という意味になります。ここでごく雑駁な物言いをするならば、規範的異性愛社会ではマイノリティ扱いされるゲイ、レズビアン、バイセクシャル、トランスセクシャルを主に指す言葉です。これをさしあたりアダプテーションに照らしてみると、「Anything that is not straight original（ストレートなオリジナルでないものはすべてアダプテーション）」という定義を思いつきます。〔4〕

クィア理論における“Anything that is not straight”という定義は、「なにがまっとうなセクシュアリティなのか」については一切説明していません。「まっとうだとされるセクシュアリティのあり方」について定義せずに、「まっとうでないものはすべてクィア」と定義しつつ、同時に「果たして〈まっとう〉ってなんなの？　完璧にまっとうなものなんて、この世にあるの？　まっとうだと言われているものの中にも、クィアなものがいつのまにか忍び込んでいたりするんじゃないの？」と、逆に問い返していくのがクィア理論の基本戦略です。この本に出てくる「アダプテーション」という言葉も、実は同じなのです。「何がストレートな〈オリジナル〉なのか？」については説明しませんし、ましてや

まえがき

「シェイクスピアの作品がオリジナルであって、その権威・上演はまっとうなものである」という価値判断も含みません。なにが「まっとうな（権威ある）オリジナルか」については言明せずに、とりあえず「ストレートなオリジナル」ではないものならばすべてアダプテーション作品と言えます。アダプテーションとは「ストレートなオリジナルとは違うもの」を示す言葉であって、「権威」とは何か、「オリジナル」の条件とは何か、そのオリジナルとどう違えばアダプテーション作品の名称を得られるかを示す言葉ではないのです。

究極的には、アダプテーションとは価値判断や価値評価基準を含むものではなくて、私たち自身が作品に向き合う際にとる批評的態度の問題であると言えるでしょう。そこからさらにアダプテーションは、「そもそもストレートなオリジナルって、そんなに確固たるものとして確定されているのか？」と問いかけ、従来ともすれば自明のものとされてきた「シェイクスピアのオリジナルの権威」を問い直す態度にも及びます。場合によってはアダプテーションは、これまで主流として通用してきた「（権威ある大作家としての）シェイクスピア」への視線を攪乱《かくらん》し、転倒する役割を果たすのです。したがって、アダプテーションとは特定の作品を「翻案」として名指すための言葉では必ずしもないことになります。ましてや、どの要素がどのようによいから「質の良い翻案作品であると認められる」などと指定するための用語でもありません。

そのような線引きはしないために、結果として「実はみんなアダプテーションではないか。シェイクスピアだって古典作品を引用し使い回しまくった翻案作家・アダプターではないか。オリジナルって、一体何なのか」、という疑問に至ります。ゆえに、アダプテーションとは、私たちを途方に暮れさせ、戸惑わせ、立ち止まって考えさせる非限定的な言葉であり、答えに至ることのないいろいろな問いかけも含む包括的な用語概念です。〔5〕 本来アダプテーションとは関わりのないものとして存在してきた批評理論や作品ですらもアダプテーションの領域なき領域に引き入れられていく瞬間を、読者は目撃することになるでしょう。

もちろん、シェイクスピアのアダプテーション作品という言葉を使うときに、そもそもは「シェイクスピアの作品」に対する「翻案作品」を意味するという原義を忘れてしまったら、かなり不都合なことになりかねません。にもかかわらず、シェイクスピア自身がアダプターであったという単純な事実からもわかるとおり、この言葉はその原義に留まるものではなく、むしろ原義とは矛盾する方向へと無節操に意味作用が広がっていきます。つまり、アダプテーションとは、異なる方向に向かう複数の力学の間に常に存在する概念なのです。あえて定義するなら、「定義できない多面性をもち、その多面性の間、あるいはオリジナルｖｓ翻案という対立概念（あるいは対立するとされてきた二つの概念）の間に宙吊りにされつつ、二つ（あるいはそれ以上）の間を往還する作品とその解釈行為」ということになるでしょう。

本書の目的

アダプテーション作品について考えることの目的とは、翻案・アダプテーションという現象を鏡として使うことで、シェイクスピア等の古典作品だけでなく「アダプテーション作品自体をいかに語るか、語ることができるか」を考えつつ、私たち自身の文化を見つめ直し、現代という文脈と古典作品の語り方のコードの両方を同時に再検討することにあります。

アダプテーションは、捉え方にも問題があるでしょう。それを「全体の中の一部分（メトニミー）」として、つまり「人類の文化全体の中の部分」と考えるか、あるいは「全体を象徴するもの（メタファー）」として、つまり「文化全体の象徴」と考えるかによっても分かれます。メトニミーとして考えれば、アダプテーションとはシェイクスピアに限らずいろいろな文学ジャンルの中のひとつのジャンル・実践の範疇という位置づけに留まるでしょう。クィア理論で言えば、例えば異性愛社会の中にゲイとかレズビアンという例外的な種類の人が別個にいるということです。ポスト・コロニアル理論で言えば、西洋人とは異なるオリエント人がどこか他の場所にいるということです。よって、メトニミー的な考え方からは、アダプテーション作品という「他者について考えよう」という議論が構築されていくことになるでしょう。しかしアダプテーションをメタファー、すなわち「文化全体の象徴」と考えればどうでしょうか。これはラディカルなものの見方の転換をもたらします。シェイクスピアが、演劇が、いやあらゆる文化が「翻案」、「引用の連なり」であって「原作という起源の権威への遡行なき視座」、つまりアダプテーションなのです。これまでは、シェイクスピアの作品なり上演なりにおいて、あるいは文化産業の受容の諸側面において、「原作の権威」が無批判に肯定されてきた結果、アダプテーションは興味深い例外として扱われてきました。ところが今や、シェイクスピアの作品、上演、受容、すべてにおいて、アダプテーションこそが本質だと言える時代が到来しています。なにしろシェイクスピア自身も「権威ある原作者」ではなく、「過去の作品を翻案したアダプター」なのですから。同様に、すべての芸術作品が、いや私たちの文化そのものが「何かのアダプテーション」なのです。従来の文学・文化研究は、この点を無視してきたか、あるいは「亜流」として軽視しつつ、もっぱら「原作テクストの注釈・読解」や他者表象、ある地域文化の表象を扱ってきました。しかしアダプテーション研究はパラダイム転換を迫る革新的な議論であり、読み手自らが「他者」化し、「亜流」「周縁」を担う立場からの文学・文化研究を可能にするものなのです。

この本は、二〇一〇年に開催された第四九回日本シェイクスピア学会福岡大会でのセミナーの成果をもとにして、執筆者が自らの研究成果を大学生や一般読者にもわかりやすく語り直す形で書かれています。文化研究・文学研究が孕むさまざまな軋轢や立場の違いを乗り越え、アダプテーションについて、さまざまな「書き換えられ方のコード」をあぶり出しつつ、最低限共有できる認識を探るために、先の学会セミナーは企画されました。アダプテーション研究が、決して研究者同士の言語遊戯にとどまることなく、これほどまでにさまざまな作品や立場を生み出し、ときに先鋭的な政治的理論的課題の考察へとつながることを、より広い読者の皆さんと共有したいという願いで、本書を世に問うことになりました。本書の具体的なねらいは、三つあります。

(1) 個々のアダプテーション作品の読解を通して、古典の教養や現代文化評論の方法に親しむ。アダプテーションを材料にあれこれ考えてみることを通じて、批評理論の基礎も併せて学び、それを使って読者自身が、ここでは扱わなかった他の作品・他の文化と向き合い、新しい読みの可能性を広げることができるようになる。

(2) 文学作品がそれ自体で独立した権威を持つという考え方を再考に付す。各文学作品を歴史や現代の社会的文化的文脈の中に位置づけ直す視点を身につけ、各作品（とその価値）が、それを異なる目的に使い回すメディアの効果、教育、政治、文化産業等のシステムを通じて生み出されることに自覚的になる。

(3) 「原作の忠実な再現」を価値判断基準とする批評を放棄し、「まともな」作品と「まともでない」作品の垣根はもはやないと知ることから、偏見を介さない、より自由な批評的視点の獲得をめざす。

第Ⅰ章（米谷執筆担当）では『ロミオとジュリエット』の日本におけるアダプテーション作品の中から比較的最近のマンガ、テレビドラマ、映画を取り上げ、メタ・ドラマやアフィリエーション等の基本概念を導入しながら、日本におけるアダプテーション作品と研究動向・課題について紹介します。第Ⅱ章（高森執筆担当）では、『夏の夜の夢』をクィアな視点から翻案した「青春」映画作品、ダンス・ミュージカル作品、レイヴ・カルチャーなどを幅広く紹介しながら、シェイクスピアの時代にはなかったはずのスポ魂、ドラッグ、ディスコ、クィア・カルチャー等の現代（若者）文化を読みこんでいく解釈行為そのものの豊かな可能性について展望します。第Ⅲ章（吉田執筆担当）では、宝塚の公演におけるシェイクスピアのアダプテーション作品のいくつかにスポットライトを当てます。シェイクスピアの時代とは正反対のジェンダー構成からなる宝塚歌劇団における翻案作品の上演に関して、男性の役者だけからなるスタジオライフと比較しながら、異性装を伴う上演が観客の欲望に及ぼす影響に焦点を合わせつつ、宝塚という制度が既存のジェンダー序列や原典の権威への部分的な依存と潜在的な腐食性の両方を併せ持つことの魅力について考察します。第Ⅳ章（森執筆担当）では、『テンペスト』の映画アダプテーション作品を取り上げ、アダプテーション作品における「場の設定」に焦点を合わせて、人間と自然環境との関わり方、人間と動物の関わり方がどのように描かれているかを考察の足がかりとします。人種の差異や土地所有の問題がエコシステムの中で読み解かれる可能性とその限界、各作品におけるキャラクターや舞台が意味の重層性を孕むために「原作の登場人物」と「アダプテーション作品の登場人物」の間に照応関係をすんなりと読みこめないところから生じる解釈の可能性について論じます。第Ⅴ章（米谷執筆担当）では、英国のロイアル・シェイクスピア劇団によって上演された『マクベス』の翻案作品を取り上げ、イラクやアフガンと重ね合わされるスコットランドの表象を通じて、世界に遍在する戦争と、グローバル時代における国家・一地域の表象のされ方について考えます。併せて『リア王』の三つのアダプテーション作品を紹介しつつ、王朝の交代期の国王や国家の「あり方」や家族のテーマの扱われ方に注目し、「歴史劇」や「悲劇」のイデオロギーを支えていたはずの近代主義的時間概念の問い直しについて論じます。第Ⅵ章（横田執筆担当）では『アントニーとクレオパトラ』の映画化作品を足がかりにして、歴史研究と比較文学研究の両手法を組み合わせた批評的見地から、ヒーロー化される登場人物の表象と、それと対比されるかのように後景化され、公的空間から非・公的空間や家庭空間に囲い込まれていく人物たちの表象とを考察します。第Ⅶ章（近藤執筆担当）では『お気に召すまま』の明治期新聞小説における翻案を、江戸情緒的な「いろ」を廃した上での外来思想としての「恋愛イデオロギー」の導入と、同時並行的に展開されていた演劇改良運動との関係から論じます。「日本土着」と想像されたものに「西欧」を接ぎ木することで「国民」意識を養うことの矛盾や、「恋愛イデオロギー」導入によるジェンダー表象のゆらぎと男女の関係の相互性について議論を展開します。

本書では、シェイクスピアの原作になじみのない読者のために、各章で扱う原作の簡単なあらすじを太字で記載してあります。また各章末には、その章で論じた内容を使い、そこからさらに考えを進めるための**課題**と、各章で扱ったテーマについてより深く学ぶための**推薦図書**をつけました。アダプテーション研究は、比較的新しい研究分野なこともあり、日本語で読める文献が少ないため、今後の研究に使える理論書や資料集の案内を多く載せてあります。また、巻末には、執筆者が参考にし、今後のアダプテーション作品研究に際して踏まえることのできる**文献案内**を載せましたので、併せて参考にしていただければ幸いです。

「ひとつの時代だけに属すのではなく、すべての時代のものである人」――シェイクスピアの同時代人であるベン・ジョンソン（Ben Jonson, 一五七二―一六三七）[6]がシェイクスピアについて評したこの言葉あたりから「シェイクスピアの作品の受容史・批評史」が始まるとするならば、この歴史は約四世紀にも及ぶものであり、それと共に生まれた無数のシェイクスピアのアダプテーション・翻案作品にも実にさまざまな捉え方や考え方があります。しかし、ここに集まった執筆者である私たちは、もちろん、この歴史をすべて生きてきたわけではありません。研究対象であるシェイクスピア作品なり翻案作品なりと向き合い、心動かされ、事後的に本などの資料にあたって研究してきたのであって、そうして研究してきた結果として、私たちの研究してきたものの中からごく一部を選んで皆さんの手にお届けするのがこの本です。私たちが取り上げる以前に資料・アーカイヴには載らずに消えていったアダプテーション・翻案作品もたくさんあります。消えずに残ったなかから執筆者各人の印象に残ったこと・各人の注目する作品を拾い上げて書きましたので、ここまでで既にいくつもの取捨選択が行なわれて排除され、消えていくアダプテーションの〈非〉歴史があります。したがって、ここで扱われているものがアダプテーションのすべてではなく、またすべてではありえず、あくまでもいくつかの作品というヴァージョンに関する私たちなりのヴィジョンにすぎない、ということを申し上げておきます。

注

〔1〕Bristol, Michael. *Big-Time Shakespeare*. London: Routledge, 1996; Burt, Richard, ed. *Shakespeares after Shakespeare: An Encyclopedia of the Bard in Mass Media and Popular Culture*, 2 vols. Westport, Connecticut: Greenwood Press, 2007.

〔2〕「再翻案」とは、ここでは「原作の翻案作品をさらに翻案したもの」の意味である。

〔3〕大橋洋一「いつシェイクスピアはシェイクスピアであることをやめるのか?——アダプテーション理論とマクロテンポラリティ」『舞台芸術』六号、二〇〇四年、pp.255-94を参照。

〔4〕クィア批評に関する概説としては、主に大橋洋一編『現代批評理論のすべて』（新書館、二〇〇六年）所収の三浦玲一「クィア批評①〜③」一〇八-一九頁および河口和也『クイア・スタディーズ』（岩波書店、二〇〇三年）を参照。

〔5〕アダプテーションについて論じた定評ある以下の三冊でも、「アダプテーション」には定義を下しておらず、むしろ問いを積み重ねることによって論を進めている。Hutcheon, Linda. *A Theory of Adaptation*. London: Routledge, 2006; Kidnie, Margaret J. *Shakespeare and the Problem of Adaptation*. London: Routledge, 2008; Sanders, Julie. *Adaptation and Appropriation*. London: Routledge, 2006.

〔6〕"To the memory of my beloved, The Author Mr. William Shakespeare: And what he hath left us." *Mr. William Shakespeares Comedies, Histories, & Tragedies* (1623). フォリオ本全集の巻頭を飾る詩。批評史・受容史については、Vickers, Brian, ed. *Shakespeare: The Critical Heritage*, 6 vols. London: Routledge & Kegan Paul, 1974-1981を参照。

目次

第二部　アダプテーションで考えるシェイクスピア

第一部
アダプテーションで楽しむシェイクスピア

“All the world's a stage,
And all the men and women merely players;
They have their exits and their entrances,
And one man in his time plays many parts,
His acts being seven ages.”

-- Jaques in *As You Like It*, II.vii

第Ⅰ章　日本で／日本に見る『ロミオとジュリエット』
――ポップカルチャーに生きつづけるシェイクスピア

米谷　郁子

はじめに

シェイクスピアの『ロミオとジュリエット』は、初演の一五九五年以来約四百年の間に、実にさまざまな形に姿を変え、語り直され改変され、無数の「ロミオとジュリエット」たちを生み出しています。特にグローバル時代の文化的商品として世界中で流通する「シェイクスピア」が、その作品やイメージを大量生産・大量消費されている現在、シェイクスピア作品の中でもっとも有名な『ロミオとジュリエット』は現代に生きる「恋する若者たち」のエンブレムとなり、「ヒット商品のロゴ（商標）」の役割を担っていると言っても過言ではありません。実際に日本だけを例にとってみても、原作がなんらかの形で「マンガ化」されたり「アニメ化」されたり「舞台化」されたりしたヴァージョンが既にフォローしきれないほど無数に存在します。これらの中でも特に人気のあるマンガ版やアニメ版の「ロミオとジュリエット」たちは再翻案の対象となり、現在ではパチスロ版の『ロミオとジュリエット』まで見られるに至っています。

本章では、二一世紀の日本で放映・上映されたアダプテーション作品の中から三作品を紹介し、各作品のアダプテーションとしての特徴と日本のカルチャー・シーンとの関わりを考えます。原作の（ホンモノの？）『ロミオとジュリエット』と、これから扱う「翻案」「改作」「パロディ」作品としての『ロミオとジュリエット』とは、どのような関係にあるのでしょうか。それぞれの作品の中で、二人の主人公の背景にあり、二人の関係を作り上げると共に引き裂く要素である「対立」「障壁」はどのようなものとして語りかえられているでしょうか。さらに、アダプテーション作品ならではの特色によって提起される問題やあぶり出されるテーマとして、どのようなことが考えられるでしょうか。

1 「私だったらそんな物語は書かないわ」――アニメ版の場合

誰でも『ロミオとジュリエット』の名前や物語はどこかで聞いたことがあると思いますが、改めて思い出してみましょう。

――「今は昔　ここは記憶も遠く忘れ去られし大地　空中大陸ネオ・ヴェローナ。……これより語るは宿命に翻弄されし　切なくも初々しき戦火の恋の物語」。ネオ・ヴェローナの大公モンタギュー、その息子ロミオ。父の定めたハーマイオニという許嫁がいるが、市民に圧政を強いる父を快く思っていない。母のポーシャも父の悪行に耐えきれず、ロミオを残して城を去っている。城の舞踏会で偶然ジュリエットと出会ったロミオ。お互いに惹かれ合うが、やがてロミオはジュリエットがモンタギュー家に滅ぼされたキャピュレット家の唯一の生き残りで、生き延びるために少年に変装して育ち、姉のような存在であるコーディリアと共に暮らしながら、時に義賊として、身軽さと剣術を駆使してモンタギューの圧政に苦しむ市民を助けていることを知る。ジュリエットは、自らの協力者であったランスロットが身代わりとなって死んで以来、生き延びた同志たちと身を隠しながらモンタギュー家に対する反乱の機会を心待ちにするが、いよいよモンタギューを討つ決意を固めた際には、再びこの義賊の姿で市民の前に姿を現す。父に反旗を翻したロミオは、ジュリエットや謎の協力者ティボルトたちと共に暴君であるモンタギューを倒すことに成功するが、二人の恋人たちを待っていた結末は……。

……ん？　なんか違う？　これはシェイクスピアの『ロミオとジュリエット』に似ているけれど、どこか違う……。（大体ハーマイオニは『ロミオとジュリエット』ではなくて『冬物語』の登場人物だし、コーディリアは『リア王』に出てくるし、ポーシャも『ヴェニスの商人』のヒロインだし……。）そうです、似ているようで異なるのです。これは、日本で二〇〇七年に放映されたアニメ版『ロミオ×ジュリエット』のあらすじです。さらにシェイクスピアによく似た「ウィリアム（愛称ウィリー）」という名のオネエ言葉を喋り散らす劇作家が狂言回しとしてところどころに登場してきたりします。「キャピュレット家の再興を宿命づけられた少女は、一族の仇であるモンタギューの息子と恋に落ち、あまりにも純真すぎたその恋は、激しい運命の渦には逆らえず、翻弄され、そして引き裂かれた。ジュリエット、あなたはこの荒波をどう乗り越えるのかしら。決して交わることのない茨の道を、あなたはどう進んでいくのかしら」（第一四話冒頭）。〔1〕　一般的に言うと、アニメーションやマンガといった媒体は、客観的なリアリティの拠り所としての現実を必要としないだけに、より多様で豊穣なアダプテーションの世界を生み出してきました。〔2〕　この『ロミオ×ジュリエット』のアニメ版アダプテーション作品としての性質を考えるために、原作との異同の検討から始めるべく、今度こそシェイクスピアの原作『ロミオとジュリエット』のあらすじを以下に振り返ってみましょう。

――ヴェローナで勢力を二分する敵同士《かたき》のモンタギュー家とキャピュレット家。モンタギュー家のロミオは、キャピュレット家の仮面舞踏会でジュリエットと出逢い、運命的な恋に落ちるが、それぞれが敵の家の生まれであることを知って嘆く。自室のバルコニーで「おお、ロミオ、ロミオ！　なぜあなたはロミオなの？」と恋心を語るジュリエットと、その独り言を盗み聞いたロミオは、互いの愛を確かめ合い、結婚する手はずを整える。修道士ロレンスは、両家が和解するきっかけになればと二人に協力するが、そんな矢先にロミオは、友人マーキューシオを喧嘩の末に殺したキャピュレット家のティボルトを殺してしまい、ヴェローナから市外追放の宣告を受ける。乳母の手引きでジュリエットの部屋に忍び込んだロミオはジュリエットと結ばれるが、夜明けとともに追放先のマンチュアに旅立つ。その間に親の取り決めで婚約者のパリスとジュリエットの挙式準備が進められるが、ロミオとの秘密の愛を貫くために、ジュリエットは修道士ロレンスの勧めに従って仮死状態になる薬を飲む。ロレンスの手配の行き違いにより、ジュリエットが死んだという誤報が届いて絶望したロミオは、ヴェローナに駆けつけ、墓所で眠るジュリエットの傍らで毒薬をあおって死ぬ。その後、目覚めたジュリエットは短剣でロミオの後を追う。この二人の悲劇の知らせによって、両家はようやく和解する。――

アダプテーション作品としての『ロミオ×ジュリエット』は、この原作からどのように逸脱した作品となっているか、考えてみましょう。まず、物語の枠組みとして確認しておきたいことは、原作が「勢力の拮抗する二つの家同士の争い」(3) というヨコ・水平方向の対立を背景にしていたのに対して、アニメ作品では「貴族・支配者・暴君（モンタギュー）」対「平民という下の立場に身をやつしながらも反乱・復讐・お家再興の機会を狙うキャピュレット」という、原作にはないタテ・垂直関係が前提となっているということです。先程の作品のあらすじはロミオの側から紹介してみましたが、実際はもっぱら「下の立場」であるジュリエット視点で進む物語となっており、これは制作者側の話にも見てとれます。「家同士の争いだけでは話がもたない。大石内蔵助が女性だったら、という視点を入れてみた」（ＤＶＤに収録されている脚本家の吉田玲子談）。核家族化が進み、地域コミュニティ内部の絆も希薄化し、親の世代の権威も昔ほど強くなくなり、「自由と個人主義」が尊ばれ、政治が劇場化・空洞化してネオリベラルな価値観が台頭した結果、「大家族」や「家同士の争い」がそれほど現実味を持たなくなった現代日本で、「それでも恋人同士が社会と闘う」状況を説得力のあるものとして設定するために、制作者側は原作にはない「暴君・圧政への抵抗」という要素を導入したようです。水平関係が垂直関係へと書き換えられることで、元々の筋立ての中からジュリエットのキャラクターが、原作にはなかった「闘う美少女」として立ち上げられます。それによって物語は、逃れられない運命を背負っている少女ジュリエットを、まずは「男装の義賊」として登場させ、さらに「革命軍の闘士」として中核に据えることで、ジェットコースター的な復讐劇、「戦火の恋」が彩る革命劇へと発展していきます。しかも、このジュリエットというキャラクターが真の「革命軍の闘士」というアイデンティティを獲得する過程は決して単純なものではありません。この物語の中で、ジュリエットは決して「穢れなき・無垢で絶対的な善」を体現してはいない点も注目に値します。原作とは異なり、このアニメ物語には、ジュリエットの身代わりとして死ぬランスロットという殉教者が登場したり、またキャピュレット側の起こす反乱の失敗が描かれたりします。その中でジュリエットは、生き延びるために何かを選択し決断し、その責任を負いながら進んでいかねばならないことを自覚していくキャラクターとして描かれています。「正義」や「愛」に基づいて行動すると必ず誰かを傷つけ、そして自分自身も傷つく。これを引き受けて生きていく。こんなヒロインとしてのジュリエットは、実は二一世紀現在の日本のカルチャー・シーンで人気になっている「戦う美少女」にも重なっているのです。(4)対するロミオの造型は、暴君の父親に逆らえるか、いかに逆らうのかという「少年の成長物語」となっていますが、ジュリエットほど積極的に動く人物としては造型されず、もっぱらジュリエットの「添え木」としての役割、もっと言えば「活発な女の子によって自我に目覚める男の子」の役割を担わされています。

この書き換えによって、アニメ作品の中に、原作から逸脱するだけでなく、原作を超えていく契機が生じることになります。「ねえロミオ、あなたはどうしてロミオなの？」というあまりにも有名な原作のバルコニー・シーンはアニメでは既に中盤まで進んだ第一〇話に入ってからのジュリエットの台詞となりますし、「私じゃ恋物語のヒロインになれないわ」という第九話のジュリエットの台詞も、単なるお定まりの恋物語として消費しようとする受容者側の期待を裏切って進もうとするものに響きます。このジュリエットの台詞を陰から支えているのは、先程挙げた物語の中に登場する「疑似シェイクスピア・キャラ」であるウィリーです。彼は、終盤の第二一話で、「アタシだったらそんな物語（悲劇）は書かないわ」という興味深い台詞を吐きます。第一九話でも、「現実は物語を超えていく。それでも人々は物語

『ロミオ×ジュリエット』

http://www.gonzo.co.jp/

を必要とする。現実を生き抜いていくためにね。だから私は書き続ける」という台詞を発します。このアニメ作品では、シェイクスピア的キーパーソンがジュリエットというメイン・キャラクターに常に寄り添うことで、原作のストーリーのダイナミズムをなぞることで終わらずに、社会が何もしてくれないで「既存の秩序が崩れている」のは物語の前提として受け入れた上で、その前提の上でどう生きていくのか、という問題に視聴者の想像力が向くよう働きかけています。この点で、水平方向の対立（と、その結末における和解）と、その基盤となっている封建社会自体の枠組みには無自覚に、恋に生き恋に死ぬ原作のロミオとジュリエットの生き方は、「そんな物語にはしない」というアニメの「書き換え」目線によってガラッと改変されている、と言うことができるでしょう。

原作との関係で注目すべき第二点は、このアニメでは原作『ロミオとジュリエット』からの引用だけでなく、シェイクスピアの他の作品からの引用もされて、再編成されている点です。登場人物の名前がシェイクスピアの他の作品からランダムに採られているという点は先に指摘しておきましたが、他にも興味深い例として挙げられるのは、オネエの劇作家ウィリーが第二話で独白風につぶやく次の言葉です。「この世はすべてひとつの舞台。男も女もただの役者にすぎない。物語の中では恋に身分は関係ないのよ」。元の『ロミオとジュリエット』の中の台詞ではありませんが、シェイクスピアの他の作品群の中で、同様の台詞は幾度となく出てきます。このようにアダプテーション作品は、シェイクスピアの名台詞を原作とは異なる作品から自在に引き出して元の話の成り行きとは切り離し、新たな文脈に投げ込んでいることが多いのです。これをさしあたり「リパッケージ化」と呼ぶことにします。

さて、原作にはなくアニメ作品において新たに導入された要素として無視できない部分を第三点として挙げることにします。それは、舞台設定に表れるSF的要素です。原作の舞台であるイタリア・ヴェローナの街が、ジブリ映画『天空の城ラピュタ』（一九八六年）を思わせる「空中大陸ネオ・ヴェローナ」に変えられているのです。制作者側の談話によれば、「（恋人の）二人が逃避行できないように、地理的制約を必要とした」（吉田玲子談）ということですが、ただ単に「地理的制約」だけでなく、古代・中世的とも言える雰囲気や神話性と共に終末感も帯びている点で、さまざまな要素が一度に折り重なった、興味深い舞台設定となっています。

物語の最終部分では、このSF的要素がさらにエコロジー的要素と連動していきます。ちょうど『天空の城ラピュタ』が宇宙の彼方にあるという設定であるにもかかわらず「大樹」によって支えられていたのと同様、ネオ・ヴェローナを支えるのは「エスカラス」という名の朽ち果てゆく大樹であり、この木が瀕死であるがゆえに世界（＝ネオ・ヴェローナ）も終末を感じさせるような不気味な地震に見舞われています。この、大きな木が一本生えて街全体を支えているという、ありがちな設定のもと、自然を象徴している大樹を朽ちさせる醜い為政者は悪であると示唆され、この大樹の死とともに世界も滅ぶけれども、ジュリエットの体内にいつのまにか埋め込まれていたらしいエスカラスの種が芽吹くことで、世界（＝ネオ・ヴェローナ）も救われるという、アニメとは言えど唖然とさせられるほどに荒唐無稽なファンタジーが導入されています。そしてこの木を守っているらしき少女の名前はオフィーリア。彼女の次の台詞によって、物語はいよいよ大団円へとなだれ込んでいきます。「罪を浄化し、命の胎動を宿す運命を宿す者よ／大地の調和のため、その身を捧げよ／その体に埋められしエスカラスの種を芽吹かせ／挿し木となりて世界を救え／契約の時は近い」（第二〇話）。

エスカラスは、シェイクスピアの『尺には尺を』に登場する賢明にして温厚な老貴族。そしてオフィーリアは言うまでもなく『ハムレット』に登場する女性の名前ですが、ここでは大胆にも『ロミオとジュリエット』の翻案アニメ作品に登場し、しかも世界の生命の根幹をつかさどりつつも恋人の二人にとっては致命的な存在として現れるのです。先程は「原作の台詞のリパッケージ化」というお話をしましたが、キャラクターの名前に関しても、シェイクスピアの元ネタを「なんとなくしか知らない」若年層をターゲットにしているからこそ、元ネタに出てくる登場人物をより自由に組み合わせてリパッケージ化できるということ。これはアダプテーションの魅力として指摘しておきたいポイントです。

物語の最終部ではすでに暴君モンタギューは倒され、「暴君への抵抗」のテーマも同時に解決し消去されていますが、それまで一貫して物語の中景をなしていた「ネオ・ヴェローナの街」も消え、もっぱら暗い宇宙に浮かびあがる大樹エスカラスを背景として世界の存続に命を捧げようとする二人の恋人の話になっています。つまり、物語の最終部分では、もはや二人の主人公の前に立ちはだかるのは「暴君」や「家」といった上下の対立軸ではなく、「世界の危機」「この世の終わり」といった、もっと大きな宇宙的な危機であり、この考えうる限り最大の危機にある意味「屈し」、自己滅却による世界への貢献を実現してこそ、二人の愛は永遠のものとして後世に至るまで人々に記憶されるらしいのです。最終的には二人は二人きりのままでは終われません。やはり、二人を承認してくれる共同体の物語を必要とするのです。終わりのある生。この「生の有限性」は可能性としてポジティブに描かれ、さらにそれを周りの人たちに承認してもらう必要があります。二人の最期は、希望を孕む死として物語に織り込まれなくてはなりません。

ここで、原作『ロミオとジュリエット』に内在し、さらにその亜流の中で濃縮される、一つの大きな問題が出てきます。それは、「共依存的ロマンティシズムは乗り越えられるか」という問題です。共依存的ロマンティシズムとは、二人の関係が「きみとぼく」「あなたとわたし」として互いに互いを絶対的に必要とし、互いに互いしか見つめないような閉じた二者関係だとすると、そこに常に内在すると思しき「愛こそ全て」「あなたさえ幸せならば私も幸せ」といった考えをここでは意味します。ともすれば社会性に欠け、時に自己中心性に支配された二人きりの関係をロマン化して捉える傾向のことです。この共依存的ロマンティシズムの倫理的な是非はひとまず脇に置くとして、この閉じた世界が乗り越えられているとしたら、それはどのようにしてか、あるいは否定されずにどこかで温存されているのか、ということは考えてみると興味深い問題です。『ロミオ×ジュリエット』で言えば、主人公の二人が最終的に「ネオ・ヴェローナの存続のため」に犠牲になり主体が滅却されることで、恋愛を成就させた結果として互いに互いを所有する際に必然的に孕む暴力性（「お前はオレの女だ」「あなたは私のものよ」）を回避し、お互いが愛し合うために必要な排他性を購っていると、果たして言えるのでしょうか。他方で、自己犠牲・主体滅却という回路は、むしろ「完成された閉じた悲劇」として、互いに所有し合い依存し合うという愛情関係を永遠のものに強化温存したりはしないのでしょうか。この最後にして最大の問題は、『ロミオとジュリエット』とそのアダプテーション作品に限った問題ではなく、ここで「さしあたっての答え」を出せるようなものではありません。むしろ、このアニメを観る側の私たち一人ひとりがこの未決のまま開かれたテーマに向かい合い続ける限り、アダプテーション作品としての『ロミオ×ジュリエット』自体の価値も更新され続けるように思われるのです。

2 「これってアタシタチのこと?」――テレビドラマ版の場合

アニメ版のアダプテーション作品を検討したところで、同じ「日本の文化《カルチャー》」を背景として、「日本の若者《ユース》」向けに生み出されたテレビドラマ『未来世紀シェイクスピア#02「ロミオとジュリエット」』(以下「未来世紀ロミジュリ」と略)を取り上げることにします。〔5〕雑駁な物言いをするならば、シェイクスピアを若者文化《ユース・カルチャー》にも受け入れられるものにするために欠くことのできない二つの要素があります。若者にとって「退屈でつまらない」(“boring”)物語ではなく「興味深い」(“interesting”)ものとして差し出すことと、もうひとつは若者にとって「手に入れやすい・手に取りやすい」(“accessible”)ものとすることです。AAA(トリプル・エー)という、現代ユース・カルチャーの間で人気を誇るパフォーマンス集団が主演する『未来世紀シェイクスピア』シリーズは、まずテレビドラマというジャンルで差し出すことによって、若者にとってシェイクスピア作品をより“accessible”で親しみやすいものとします。また、毎回番組の冒頭でシェイクスピアの作品を「すんげぇ難解で、めっちゃアンダーグラウンド」と紹介した上で、「難解で何回読んでもわからない」作品を「バカでもわかる」、親しめるテレビドラマに仕立て直した上で日本の若者たちに届けるという趣向がナレーションとして語られます。ドラマの冒頭や途中に差し込まれる映像の中では、シェイクスピア（の肖像画）にはグラフィックアートが施され、時には旬なラッパーとして古着屋で売られるＴシャツのプリントに登場したり、また時にはおどけたアインシュタインのように舌を出していたり、さらにまた別の時には肖像画の頭の部分がびっくり箱になってパカッと開いたりします。これらのコラージュ的趣向も、異なる種類のものを自在に混淆させて楽しむ若者文化《ユース・カルチャー》を意識したスタイルなのです。

シェイクスピアの原作中から毎話、時空を超えてタイムスリップしてくる人物が一人いて、この人物がストーリーを見守るという趣向はシリーズを通じて一貫しています。「未来世紀ロミジュリ」では、とりあえずは原作をなぞるかのように、異国情緒的で時代がかったバルコニー・シーン、修道士ロレンスの教会、薬瓶を手にして寝室にいるジュリエットのシーンと、原作の中でも核となるシーンがまずドラマの冒頭で再現された後、この中世的風景が現代の横浜・みなとみらいの風景と次第にマッシュアップされていき、「お前はロミオの前で蘇るのだ」というロレンスの声をバックに、ゴスロリ風のコスプレイヤーのようないでたちで蘇ったジュリエット（特別出演・上原さくら）が、横浜のクラブにタイムスリップして来ます。そこでジュリエットは「修道士のコスプレをした弁護士」の若者に「萌え〜！」と叫ばれ、同じ若者から「よくいるんです、二次元と三次元の区別がつかなくなってしまうコスプレイヤー」とフォローされながらも、「おおロミオ」と、携帯電話の待受画面に写ったロミオに語りかける現代のジュリエット・江戸樹里（宇野実彩子・ＡＡＡ）と出会います。「何なのよ、あんた」「おばさん、誰！」と罵られながらも、蘇ったジュリエットは、肉まん屋「ＭＯＮＴＡ牛」の御曹司で在日のクラブ・ラッパーである現代のロミオ・魯美生（日高光啓・ＡＡＡ）と樹里の「親の承認を得られない」恋を見守り、原作の「バルコニー・シーン」を不完全ながらも模倣しているかのように団地のベランダで「いちごオーレ」を飲む樹里のもとへと排水管をよじ登る魯美生を応援します。

この物語では、現代の二人の間に立ちはだかる恋の障壁は「国籍の違い」です。「日本人」の樹里は、「外国人」の魯美生との恋を友達からはからかわれ、両親からは否定されています。

樹里　国が違うだけじゃん？　それのどこがいけないのよ？

樹里の父　どうしてもつきあいたきゃもっと普通の奴にしろ普通のやつに。……普通の仕事をしてる普通の日本人だ。

また、原作のロミオはティボルト殺しという罪を犯してヴェローナを追放されますが、このアダプテーション作品ではこの筋立てが書き換えられます。魯美生は日本人の若者に外国人であることを罵られ、カッとなって殴りかかり、傷害事件の容疑者になった末に「本国」へ強制送還されそうになりますが、父親の財力と在日人脈の力で釈放されることになります。この出来事が魯美生の「異質性」を一層際立たせ、彼自身の内側にしこりを残していきますが、最後はあらゆる障害を克服してのハッピーエンドを迎え、二人は横浜のクラブをアジトとする地元の若者たちのコミュニティに居場所を回復します。けれども、また最後にもうひとひねり加えられて終わることになります。

ＯＮＥ　らっしゃい。

ギャル男と腕を組んでいる樹里。

ＯＮＥ　（樹里を捕まえ）あいつは？

樹里　あいつ？

ＯＮＥ　ほら、あの牛まんの。

樹里　あー、魯美生？　やだぁ、もうずっと前に別れましたよ。

ONE　え？　ずっと前って、まだ一週間……何が永遠の愛だっつーの。

カウンターで飲んでいるZEROと鼠田。

ZERO　永遠の愛ってのは、死ななきゃ手に入らないモンだ。

鼠田　じゃあ悲恋悲恋と言われたロミオとジュリエットも、永遠の愛を手に入れたって意味じゃ幸せだったのかもしれませんね、先生。

ZERO　さあな、そいつだけは本人に聞いてみないと。

ONE（川村ゆきえ）はクラブのバーテン、ZERO（半海一晃）と鼠田（渡辺哲）はおじさんコンビで、ZEROの方はシェイクスピア風の格好をしているのですが、結局現代を生きる樹里と魯美生の関係はひとときの熱しやすく冷めやすい恋だったということがわかり、『ロミオとジュリエット』の「悲恋」「永遠の愛」は、この現代の横浜で相対化されます。

「未来世紀シェイクスピア」シリーズは、映像スタイルの斬新さだけでなく、以下のような点において非常に独創的で特徴的です。第一に、アダプテーション作品内部の筋立ての部分で、原作とアダプテーション作品の間に「対話」が発生し、そこから原作の書き換えが行われていること。第二に、その「対話」が異なるジャンルのメディアを自由に横断するものであること。この二点は互いに深く関連し合っているために一つひとつを独立させて論じることは難しいのですが、順番に解説してみたいと思います。

まず第一点、原作とアダプテーション作品の間の対話の演出について。このドラマの中のジュリエットは、四百年の時空を超えて全く異なる現代という時代に突然降りたってしまったため、どこかで脳内筋肉が筋違えを起こしているような、かわいらしいほどにトンチンカンなキャラクターとなっており、上原さくらが生き生きとチャーミングに演じています。よって原作と現代との対話は、すぐ後で考察する通り、このジュリエットの奮闘ぶりによるところが大きいのですが、無視してはいけない要素として、「メタ・ドラマ的要素」があります。メタ・ドラマとは、一言で言えば「ドラマについてのドラマ」を意味しますが、ことアダプテーション作品について考察する上で「メタ・ドラマ性」に注目する際には、①原作について語る「翻案」、②「翻案」の構造や特色をさらにあぶり出すために、翻案「ドラマ」内部に設定された別の「ドラマ」、という二つの要素に切り分けて考えると有効です。

「未来世紀ロミジュリ」には、この②「翻案」ドラマの内部に設定された別の「ドラマ」があります。クラブに設置されているステージで『ロミオとジュリエット』の舞踏会場面を練習している若手劇団の役者たちのシーンがこれにあたります。このメタ・ドラマ・シーンで舞台稽古をしている途中の役者たちの台詞に耳を傾けてみると、彼らは原作の舞踏会でロミオとジュリエットが出会って一目ぼれする場面について、こんなことを言っています。「これ、舞踏会で出会って即キスなんだよな」「いくらシェイクスピアとはいえ本《ホン》に無理あんだろ」「感情移入できないっすよね」「てかキャスティングに無理あんだろ」。現代において四百年前のストーリーを上演する現代の役者たちのこの戸惑いや苛立ちは、そのままこの「未来世紀ロミジュリ」を観ている視聴者の感想と重なるようでもあり、また原作についての、現代の若者なりの解釈・考察でもあります。つまり、〈出会ってすぐにキスするなんて、ありえない〉、〈こんな物語を現代の観客相手に説得力をもたせて上演するには無理がありそう〉、〈あまりにも唐突な流れに見える登場人物たちの心の動きにリアリティが感じられない〉など。劇団員のツッコミにも似たコメントの数々を聞いていると、原作と現代の間には埋めがたい溝や隔たりがあるために、原作をそのまま上演しても、もはや現代の（若い）観客には理解不能で受け入れ難いものであることがわかります。だからこそ、シェイクスピアの名作と現代の若者の橋渡しをかって出たかのような、この「未来世紀シリーズ」が必要になって来る、とも言えるわけですが。

この溝・隔たりを埋める役割を果たしているのは、タイムスリップしてきたジュリエットと樹里・魯美生との対話なのです。ジュリエットは樹里に言います。「あなたとこうしていると四百年経ったっていうのがウソみたいに思えてくるの」。さらに『ロミオとジュリエット』の公演を見ながらジュリエットはつぶやきます。「これ、あたしたちのこと？」その驚きと戸惑いを樹里に打ち明け気味に報告するのが以下の台詞です。

ジュリエット　……私、お話になっていたの。
樹里　お話？
ジュリエット　……私とロミオの、運命に翻弄された悲しい恋。
樹里　へー、『恋空』みたいじゃん！　マンガ版あるかな？
ジュリエット　でも、後悔してる。ここで、ロミオのいない世界で生きてみてわかったの。おいしいものがあれば食べたくなるし、おもしろいことがあれば笑う。眠たくもなればうん！……それが人間なの。だから何があってもダメ。一時の熱病で自分から死を選んだりしちゃ。

ジュリエットがメタ・ドラマとしてのクラブでの演劇を実際に観て、原作中の自分自身が舞台化された姿を距離感とともに目の当たりにして、原作『ロミオとジュリエット』の結末を自己批判する、面白いシーンとなっています。この一連のジュリエットの台詞は、相反する二つの方向を指し示していることが読みとれます。まずジュリエットは、魯美生に恋する樹里を見て、「四百年経った気がしない」と言います。つまり、原作から長い年月はたったけれど、それでも原作の世界は色あせておらず、むしろ現代の日本にあっても原作『ロミオとジュリエット』と同じように、悩みながら生きる恋人たちの姿があるのだということをジュリエットはまず強調します。しかし、上に引用した後半のジュリエットの台詞では、ジュリエットは「後悔している」と言います。つまり、原作と現代の恋人たちの恋愛を比較してみて、自分たちの「心中」という結末、あれはないわよねぇ、と反省しているわけです。アダプテーション作品は、このように原作に寄り添うことと、原作から離れて批判することの両方を一度に行う離れ業をさりげなくやり遂げていることがあるのです。この作品では、タイムスリップするジュリエットの台詞がこの離れ業を担うことで、現代のユース・カルチャーに対してシェイクスピア作品にアクセスする手がかりを示しているようです。

ここまで長々と、原作と現代のアダプテーション作品との対話という要素について述べましたが、これを可能にする装置として、第二点、この作品におけるメディア・ミックス効果について確認しておきたいと思います。まず「ラップ」という、「音楽ジャンルによる原作のリミックス効果」が挙げられます。魯美生からディズニーランド・デートに誘われた樹里が会ったばかりのジュリエットに、「ディズニー（Disney）なんだよ?」と説明しようとすると、「……デスティニー（destiny）だろ」とラップ仲間がツッコミを入れます。これを受けてジュリエットは、「わかるわ。だって、私とロミオの出会いもまさしく運命（destiny）だったんだもの」と、他人の会話を脱線させつつも自分だけは奇妙なほど見事に腑に落ちている、というコミカルなシーンがあります。ここはラップならではの、「音は似ているが意味の異なる単語を連ねていく」韻の踏み方をさせている面白いシーンですが、ある意味で、見事な脚韻の使用による美しいblank verseで書かれた原作のスタイルを、同じ脚韻の使用によるラップによって換骨奪胎している、稀有なシーンでもあるのです。〔6〕

メディア・ミックスの要素として見逃してはならないシーンは、先に引用した箇所で、樹里が「『恋空』みたいじゃん!」と、まるでロミオとジュリエットの恋が『恋空』〔7〕に代表されるような波乱万丈、悲劇的結末へと突き進むロマンティシズムに満ちたケータイ小説ばりであることを指摘する部分です。それに加えて、マンガ喫茶で、いがらしゆみこの漫画『ロミオとジュリエット』〔8〕を読み、「読んだよ、おばさんのこと、マンガで」と魯美生が言う箇所も注目してみたいと思います。整理してみると、次のようになります。まず、「芝居作品」であった原作が、①テレビドラマという形のアダプテーション作品になり、そのテレビドラマの中で原作が②ラップ、③ケータイ小説、さらには④マンガという、四つの異なるメディア・ジャンルに言及される形で視聴者に提示されているということです。このように、ある一つのメディア・ジャンルの作品中で別の異なるメディア・ジャンルの作品への言及が行われることの効果とは、いったいなんでしょうか？　ここから先は読者の皆さんの考察にゆだねたいところですが、先にメタ・ドラマについて説明したこととの関連で一つだけ挙げておくとするならば、「筋立てには取り立てて関係ないけれども、他のスタイルや異なるメディア・ジャンルの作品に敢えて言及することで、言及した当の作品（ここで言えば未来世紀シリーズのこと）の外部を生み出し、それによって当の作品の特質を視聴者にいっそう意識させる効果を生み出すことができる」という点です。「作品についての作品」「ある作品について言及し解釈を加える作品」というメタ視点の導入によって、この『未来世紀シェイクスピア』シリーズ、特に「ロミオとジュリエット」という作品は、四百年前の原作と現代の対話という大枠を維持しつつ、一つの作品という「結末の定まった物語がえてしてもつ閉鎖性」を突き破って、作品と外部世界との対話を視聴者に見せていく、非常にユニークなアダプテーション作品となり得ているのではないでしょうか。

3　「どういうことだ、今までの中で、一番面白いじゃないか」——映画版の場合

日本におけるアダプテーション作品の三作目の例として、映画『笑の大学』を取り上げます。〔9〕ラジオで初放送された一九九四年から舞台化を経て映画化に至るまで、足掛け十年の歳月を経ているこの作品は、日本を代表する映画監督であった故・伊丹十三（一九三三－一九九七）をして「これはもはやコメディの古典だ」と言わしめた作品です。この映画作品では、一見したところ原作『ロミオとジュリエット』の加工・改変・翻案部分が全体の中で占める割合はごく一部に見え、その意味では、この章で扱う作品の中でも原作から最も離れたところに位置するように見える作品です。

それでは、この作品ではどのように『ロミオとジュリエット』の作品世界と密かな絆を結ぶに至るのでしょうか。まずは『笑の大学』のあらすじを紹介するところから始めましょう。

――時は日本が戦争への道を歩み始めていた昭和一五年。国民の娯楽である演劇は厳しく規制され、警察での検閲を経てラブ・シーンや反戦思想や笑いを誘うシーンを削除した台本でなければ上演できない。ある日、劇団「笑の大学」の座付作家・椿一《つばきはじめ》と、笑いを全く解さないかのように生真面目に生きてきた検閲官・向坂睦男《さきさかむつお》が取り調べ室で出会う。向坂は、「低俗な喜劇」を上演価値のない不謹慎なものと考えており、椿が持ち込んだ、『ロミオとジュリエット』をもじったパロディ喜劇『ジュリオとロミエット』を上演中止にもちこむべく、椿に対して外国人の名前の使用禁止も含め、「笑い」を排除せざるをえないような無理難題を課していく。しかし冷静さの底に芝居へのあくなき情熱を秘める椿は、なんとしても上演許可を貰うため、向坂の要求に従順に従って、タイトルを『寛一とお宮』に変更し、中身に加筆訂正を行いながらも、さらに「笑い」を増やして面白い作品にするための抜け道を次から次へと考えついていく。向坂自身も椿の繰り出す喜劇世界の魅力に次第に気付き始め、閉ざされた取調室という密室の中で椿の「本読み」に付き合い、果ては自らカツラをかぶって実際に椿と「立ち稽古」を試みるなど、いつしか我を忘れて椿と「二人だけの禁じられた遊び」にのめり込んでいく――[10]

この『笑の大学』という作品と、シェイクスピアの『ロミオとジュリエット』はどのように関係しているのか、ということについて、考えていきます。まずはもちろん、「そりゃだって、椿一が持ち込んだ喜劇は原作のパロディ『ジュリオとロミエット』だから、ここで関係してるんじゃないの？」という答えが皆さんの頭の中をよぎるはずです。現に椿は「おお、ジュリオ様、あなたはどうしてジュリオなの」という「笑わせる部分」を向坂の前で本読みしてみせます。原作『ロミオとジュリエット』に見られる悲劇の要素は、こうしてトランプが裏返されていくかのように次々と喜劇の要素へと変わっていきます。「登場人物に外国人の名前をつけてはいけない」と向坂に命ぜられて『ロミオとジュリエット』はやめて『金色夜叉《こんじきやしゃ》』に読み換えた後でも、この恋人同士のラブ・シーンを「不謹慎だから」という理由で削除されたくない、台本通りのラブ・シーン上演にこぎつけたいという思いが高じるあまりに、

椿　お願いです、ほっぺにチューさせて下さい！

向坂　ダメだ。

椿　ほっぺがダメなら、おでこでいいです。一回でいいからチューさせて下さい！

向坂　……椿さん、人に聞かれたら誤解されるような言い方は止めて下さい。

と、自らキスシーンを演じてみせるかのように唇を突き出してしまったりする椿に対して、向坂は動揺するわけです。

『笑の大学　スタンダード・エディション』
DVD発売中／¥3,990（税込）
発売元：フジテレビ・東宝・パルコ／販売元：東宝

こうして椿は、『ロミオとジュリエット』という「誰もが知っている悲劇」が抱腹絶倒の喜劇『ジュリオとロミエット』に改変されるさまとそのメカニズムを、向坂に対してだけでなくスクリーンの外の観客である私たちに対しても示唆していくわけなのですが。

それでは『笑の大学』における『ロミオとジュリエット』のアダプテーションの要素は、たったこれだけなのでしょうか。実はそれだけにとどまりません。原作のアダプテーションの要素を、『笑の大学』の作品内部で言及される対象として捉えるだけでなく、この作品全体の構造を支える原理にもなっていると考えたときにはじめて、『笑の大学』それ自体が改変された『ロミオとジュリエット』である可能性に目が開かれることになります。

監督の星護は、こんなコメントを残しています。「椿のいる華やかな世界、向坂のいる冷たい世界を行き来し、対比させたい。世相の深刻さが増すにつれて、二人が作るコメディーは進化していく。皮肉な比例をさせたい。最初は単なる言葉遊び、単なる小ネタと思っていたものが、最後はストーリーを串刺しにする大ネタにしたい」。[11] 原作『ロミオとジュリエット』に見られる対立軸とは「親世代」対「子供世代」、「大人」対「若者」、「成熟」対「未熟」といった世代間対立が主でしたが、『笑の大学』で対立軸の背景となっているのは「戦争直前の国家総動員期の言論統制」です。渡辺保も注目した通り、もっぱら「体制・権力・お役所」対「反体制・一般市民」の対立構造であって、前者はもちろん「体制側の末端にいて検閲を行う役人・向坂」、後者の代表者は「検閲をなんとかくぐり抜けて喜劇を上演したい劇作家・椿」であるわけです。しかし、検閲室の机を挟んで左右対称に向かい合う二人のこの対立が先鋭的であるほど、あるいは星監督の言葉で言えば「華やかさ」と「冷たさ」の対立が和解不能であるように見えるほど、のちの二人の関係性の変化も向坂の「目ざめ」も劇的なものになっていきます。

同じく制作者側の意図を探る上で無視できないのは、脚本家の三谷幸喜が制作者側へ宛てたメモです。「演劇は登場人物を『俯瞰』から描く時にもっとも力を発揮する。演劇は『ものがたり』を描くにふさわしく、映画は『人間』を描くにふさわしい。映像は視点を作らなくてはならない。その時にこれは向坂の視線となる。なぜなら、椿は椿なりに頑張ったけれど、変わってはいない。向坂は大きく変わった。さらに、椿はスーパーな人、神様。物語が神の目線から描かれることはない。向坂の目線から描かれるべき」。最初は向坂と椿という二つの勢力を代表する敵対者同士の対立構造だったわけですが、向坂側の変化は物語の中盤の「三日目」、椿が検閲室の机で言われた通りに台本を書き換えているときに、向坂が椿の背後の椅子に腰かけて、新しい着想に夢中になって我を忘れている椿を盗み見をしながら、以下のように問いかけるシーンに最初に表れます。

向坂　人を笑わせることが、そんなに大事なことだろうか。
椿　……大事だと思います。

映像ではここで椿と向坂が机を挟んで対面・対立する構図が破れ、二人が初めて同じ方向を向いてパラレルに座る形になり、相似関係となります。対面の構図が相似の構図に変わってから先は、雪崩を打ったかのように、向坂の急激な「変節」が劇化されていきます。同時に検閲を目的とした向坂の理不尽な命令は、その一つひとつが芝居に生かされていくため、二人の間に立ちはだかり対立の要素となっている「お国」「戦時」「検閲」という障壁は皮肉にも、椿の作る喜劇の笑いに欠くことのできないネタとなっていきます。向坂は検閲官であることによって、実際は椿の芝居の共作者・コラボレーターの役割を果たすことになるのです。

向坂　気になるんだよ、こういうの。
椿　劇団の中にもいますよ。この台詞は辻褄が合わないから言えないとか。必然性がないからここでは怒れないとか。

向坂　上演許可は出せないな。

椿　ああ！

向坂　このホンには無理がある。

椿　こんな検閲は聞いたことがない。これはもう検閲ではない。ホン直しだ。

ここでは既に、座付作家の椿ではなくて向坂の方が台本改訂の主導権を握っています。さらに向坂は次々と新たな着想を披露していきます。

向坂　例えば、こういうのはどうだろう。

椿　……

向坂　いや、やっぱり門外漢は黙っておきましょう。

椿　なんです。

向坂　ちょっと思いついたんだが。

椿　……

向坂　やっぱり恥ずかしいからやめておこう。

（五日目）

こうして「五日目」には、二人は本読みを共にする関係に発展しており、向坂は「警察官」の役を演じながら検閲室中をぐるぐる走り回って、その様子はまるでリハーサルに集中している役者そのもの、椿はまるで新しい遊びを覚えた子供をやさしく見守る親のように、向坂を見守る役回りになっています。さらに次の日、物語のクライマクスの「六日目」、向坂は「ロレンス」改め浄土宗の「和尚様」に扮し、対する椿は「ジュリエット」改め「お宮」に扮して、立ち稽古をしているシーンから始まります。細部の直しはもうほぼ完了していますが、その際に向坂が、劇団の看板役者である青空寛太の得意芸である「サルマタ失敬（「これまた失敬」のもじり）」を非難したりしたりしています。が……

向坂　（和尚様の独白を朗唱しながら）この薬は一口飲めば全身の血が固まり、三時間死んだように眠ることができる不思議な薬である。寛一君とお宮さんの恋を成就させるためには、もはや、この薬を使うよりほかに手はないのだ。

椿　和尚様！

向坂　おっこれはお宮さん！

椿　例の睡眠薬というのは？

向坂　（薬瓶を掲げて）ああ、これだ。

椿　これを飲み、私は一度死ぬ。そして遺体安置室で貫一さんを待ち、二人で駆け落ちするのですね。

向坂　そうだ。

椿　本当に効くのですか？

向坂　大丈夫！　これを飲めば、間違いなく眠るように死ぬことができるのだ。

椿　そうですか……って死んじゃダメじゃないですか！

向坂　間違えた、この薬を飲めば、死んだように眠ることができるのだ。

椿　お願いしますよ、本当に大丈夫なんですね？
向坂　心配いらん！
椿　副作用はないんですか？
向坂　動物実験もやった。
椿　動物実験？
向坂　そうだっ、カエルと犬とサルに試してみたが、安心しなさい、カエルも、犬も、ちゃんと生き返ったよ。
椿　それなら安心だわ。……ってサルはどうなったんですか、サルは？
向坂　サルは死んだ。
椿　まずいじゃないですか。
向坂　サルだけだ。
椿　人間に一番近いのが死んでるじゃないですか！
向坂　サルマタ失敬！
椿　人間では試していないんですか？
向坂　安心しなさい、昨夜、私が飲んでみた。
椿　どうでした？
向坂　仔細はなかった。
椿　それなら安心だわ。
向坂　朝まで一睡もしなかったが、何の異常もなかったよ。
椿　それなら睡眠薬の意味がないじゃないですかぁ！

向坂　サルマタ失敬！（稽古を終え、衣装とカツラを脱ぎながら）かなり洗練されてきたねぇ。
椿　あ、はい。
向坂　面白くなってきた。
椿　感謝しています。
向坂　まあ、別に私としては、面白くならなくてもいいんだが。

（六日目）

この章では今まで触れませんでしたが、『ロミオとジュリエット』の中でこの修道士ロレンスという役柄は、「あいつさえいなきゃ、二人はあんなことにならなかったのに……」という筋立て上だけでなく、芝居全体の雰囲気や命運を握るキーパーソンと言える人物です。ロレンスがジュリエットに差し出した「睡眠薬」は、それによって恋人同士が再び出会うための希望を宿す「可能性としての良薬」でもあり、結局恋人たちの再会を阻む結果をもたらす致命的な「毒薬」でもあるという両義性を孕んでいます。この「睡眠薬」と同様にロレンスも、ロミオとジュリエットにとっては「唯一無二の味方」であると共に、結局この人の差し出した「（毒）薬」によって死ぬことになると言う意味で、二人にとっての「絶対的な敵」でもあるわけです。(12)　この「パルマコン（pharmakon「毒」と「薬」の両方を意味するギリシャ語）」的存在と言えるロレンスを向坂が演じているというのもなかなか意味深なシーンではありますし、また椿を演じる稲垣吾郎のチャーミングな女装姿が非常におかしくて印象に残るのですが、二人の関係はここからさらに劇的に変化していきます。椿は向坂に対して心情を吐露します。喜劇が検閲される世の中はおかしい。体制に対する闘い方はいろいろあるだろうが、あらゆる注文を受け入れて書き直し、上演にこぎつけることこそが、私の喜劇作家としての闘いなのだ、と。これを聞いた向坂は、検閲官としての自分の立場を取り戻し、権力に従って生きる自分の立場に再び目覚めます。向坂は、決して上演許可が下りないような不可能な条件を出します。「全く笑いの要素のない喜劇を書け」と。それを聞き、憤然として出て行った椿が一晩で書き直した本には、さらに笑いが溢れていました。向坂は驚愕し、「これは国家に対する挑戦ですか」と問いかけます。椿には、実は前夜に召集令状が来ていました。仮に上演許可が出ても、この台本を自らが演出することはもはやできないし、上演も不可能だろう。ならば、この脚本は向坂さんにあげよう。ここには自分が浅草で学んだことがすべて書かれているから、と椿は悟ったような顔で語ります。それを聞いた向坂は、初めて「国家の末端にいる役人」という立場をかなぐり捨てます。そして椿に言うのです。「帰ってこい。この台本は、いつか君の手でやるんだ。帰ってきなさい」。つまり、赤紙を貰って物語の最後に舞台からいわば「追放される」椿は、ヴェローナという物語の舞台から追放されるロミオに、そして、その椿を送り出し、二度と戻らないであろう彼の帰りを一心に待つであろう向坂は、ロミオを待ち続けるジュリエットになぞらえられるように見えてきます。ここで星監督の言葉を思い出してみましょう。「最初は単なる言葉遊び、単なる小ネタと思っていたものが、最後はストーリーを串刺しにする大ネタ［になるよう］にしたい」。例えば、「一日目」に椿が差し入れに持参した「今川焼」を「ワイロ」にあたるので受け取れないと押し問答をしたあげく、はずみで椿の手を握ってしまう向坂。なんとかしてキスシーンを上演させて欲しいと言おうとして、「チューさせて下さい！」と唇を突き出してしまう椿に、慌てて「人に聞かれたら誤解されるような言い方は止めて下さい」と言ってしまう向坂。最初は単なるハプニングで起こっていたことが、物語の終わりに至る頃には、ある種の必然に変わっていきます。対立し、競い、共作し、そしてそれによって互いに互いの住まう世界へと誘惑し合い、世間の目に対しては秘密にするべき絆を深め合う二人。向坂は椿に言います、「君とホンがもっと読みたい！　君の作った舞台が観たい！　生きて帰ってこいっ！　お国のために死ぬなんて、口にするな！……」と。別れ際に向坂が椿に向かって放つ最後の台詞、「大好きなんだ！」には主語と目的語がないままに、二人は万感の思いを込めて見つめ合います。「（私は）（君の創る喜劇が）大好きなんだ！」という言葉の裏に、「（ボクは）（キミが）大好きなんだ！」という意味合いが含意されていることはもはや疑う余地もないでしょう。

ちょっと待って。ロミオとジュリエットは男と女。椿と向坂は男と男。これは『ロミオとジュリエット』が同性愛モノに書き換えられたってことなの？　この二人に濃密な愛情関係を読みこむのには、ちょっと無理があるんじゃないの？　だいたい映画ではそんな性愛シーンはないんだし……と、思われるかもしれません。星監督も三谷も、この椿と向坂の関係を「友情の絆」とのみ定義付けており、「同性愛」の名のもとに親密な愛情関係に直結させるのは、受容者側の恣意的な解釈だと思われるかもしれません。しかし、逆に言えば「二人の関係に同性愛関係を読みこんではいけない／そういう解釈は全く不可能だ」と断言することもできないのです。

物語が、それを受容する側の読みにゆだねられた場合、オリジナルの原作では明示されていなかったことや、作者や制作者が意図していなかった部分を解釈行為を経てあぶり出してしまうことも多くあります。さらに言えば、原作では単なるほのめかしに過ぎなかったミクロな物語が、アダプテーション作品の中で濃縮・圧縮されて露わになるということも多いのです。事実、原作の『ロミオとジュリエット』の中には、二人の主人公同士の「異性愛」に隣り合うようにして、「同性の絆」が色濃く書き込まれており、ロミオと親友マーキューシオの関係はその代表的な例です。また、『ロミオとジュリエット』をクィアに再解釈した映画や上演も少なくありません。(13)

戦時国家統制という抗い難い大きな障害を前にして、喜劇のコラボレーションを通じて密かなる絆をはぐくみ、互いの拠って立つ立場をわきまえつつ手を握り合い、涙で別れを惜しむ二人は、もう一組のクィアなロミオとジュリエットなのです。さらに付言すれば、三谷が「椿のモデル」としたという、菊田一夫を凌ぐとの評判をとるも中国戦線で戦死した幻の天才喜劇作家・菊谷栄（一九〇二－三七）と、戦前に彼とタッグを組み戦後も菊谷の死を哀悼し墓前を弔い続けたという稀代の喜劇役者・エノケンとの関係も、戦争で引き裂かれた二人の相棒の物語として、『笑の大学』の背景にたたずむ一組のロミオとジュリエットだと言うこともできるかもしれません。

そう考えた時、この作品で椿が二度と還って来ないであろうことには意味があるでしょう。椿と向坂。この二人の絆は、決して永遠のものではなく、いずれは椿の「戦死」という、あっけないけれどたとえようもない深い喪失によって断たれてしまうでしょう。この人間の生の絶対的な有限性（必ず「死」が来るということ）は、しかしながら、二人の生を懸けたぶつかり合いと対話を逆説的に輝かせ、観る人の記憶に刻みつけることになります。『笑の大学』が最後に魅せる、この「人間の生の有限性を前提とした輝き」こそは、他ならぬ原作『ロミオとジュリエット』のテーマでもあったのです。こうして検討してみると、『笑の大学』は全体として『ロミオとジュリエット』の「翻案作品」と言える程に原作と近しい関係にある作品とは言えないかもしれませんが、少なくとも原作と「類縁・連携関係」（affiliation）にある作品と言うことはできるでしょう。

おわりに

アニメ版『ロミオ×ジュリエット』にしても、テレビドラマ版『未来世紀シェイクスピア#02「ロミオとジュリエット」』にしても、映画『笑の大学』にしても、多くの歴史的、イデオロギー的、形式的な状況がアダプテーション作品を現代の中に関係づけていることが明らかになったかと思います。アダプテーション作品を生み出すのは、原作というよりもむしろ、その作品が生まれる時代の世界の方であり、その世界の潮流・趨勢の複合、状況への位置づけの仕方が作品の性質に陰影を与えていきます。この章で取り上げた『ロミオ×ジュリエット』は、闘う美少女、SF、エコなど、二一世紀日本に特徴的な物語の要素をふんだんに織り込み、他のシェイクスピア作品から自在に引用してコラージュを行いつつも、「恋人同士の共依存的ロマンティシズム」がどのように扱われるかという大きな問題を私たちに投げかけてきます。「未来世紀ロミジュリ」はもっぱらメタ・ドラマという形で、現代ユース・カルチャーによる原作の再読・

再解釈といった趣向に貫かれています。『笑の大学』では、「権力と芸術」というコントラストのもとに、「検閲」という抑圧や規制が表現にとっての生みの親になるという逆説的な構図がおかれ、そこに原作のパロディが埋め込まれ、立場の根本的に対立する人間が火花を散らし合い、競い合い、闘い合い、愛し合うのです。原作に忠実で真正な物語であるかどうかをめぐる議論をするには、アダプテーション作品はこのようにあまりに豊穣で、あまりに独自の生命力を主張します。この生命力に私たちは打たれ、そしてさらなる解釈の地平へと無限に誘惑されていくのです。次にアダプテーションを生み出す主体となるのは、もしかしたらこれを読んだあなたかもしれません。

コラム

アフィリエーション

「アフィリエーション」という用語は、エドワード・サイードが著書『世界・テキスト・批評家』の中で発展させた概念です。原作を「親」に見立てて、アダプテーション作品を「子」に見立てる「親子関係」「血縁関係」（filiation）のみに光を当てて研究する場合には、ともすると先行する「親」としての原作との主従にも似た関係をとおしてしか、アダプテーション作品の重要性を認識できなくなり、影響関係の考察を基盤とする従来通りの読みに縛られてしまう危険性があります。しかしながら、アダプテーション作品を非親子関係、つまり「アフィリエーション」という「類縁関係」「養子縁組関係」（affiliation）として捉えればどうでしょうか。非文学的・非正典的・非伝統的なさまざまなアダプテーション作品および批評は、原作の「直接の系譜的血統」であるか否か、という限定的な判断基準から解放されるはずです（サイード『世界・テキスト・批評家』「序章・世俗批評」を参照）。それによって作品が原作だけでなく外部の世俗的・政治的・社会的世界と関わっているありようや、他のより多様なテクスト群との間に持つ連続性や非連続性・潜在的同質性や異質性を検討することが可能になります。「アフィリエーションを考慮することによって、わたしたちは、『このテクストはどこで生まれているのか？』『いかにして誕生しているのか』と問わずにはいられなく」なり、「アフィリエーションは、わたしたちを、テクスト生産の場所と、場所への位置づけ状態へと、容赦なく引き戻すのである」と、エドワード・サイードの入門書の中でビル・アシュクロフトとパル・アルワリアは説明しています（アシュクロフトとアルワリア、六ページ）。

〈参考文献〉

サイード、エドワード『世界・テキスト・批評家』、山形和美訳、法政大学出版局、一九九五年。

アシュクロフト、ビル、パル・アルワリア『エドワード・サイード』、大橋洋一訳、青土社、二〇〇五年。

オリジナルなきコピー（ジュディス・バトラーによるクィア理論を敷衍して）

原作とアダプテーション作品の関係について、別の観点から考えてみる際に参考になるのは、「セックス（生物学上の性）」と「ジェンダー（社会生活の場面で見られる性差）」は同じであると喝破したクィア理論家であるジュディス・バトラーの考え方です。詳しくはバトラーの『ジェンダー・トラブル』およびサラ・サリーの『ジュディス・バトラー』を読んでいただきたいのですが、ここではごく簡単に彼女の考え方を紹介いたします。ジャック・デリダとミシェル・フーコーの影響下にバトラーは、まず「系譜学」について「多様で拡散した複数の起源をもつ制度や実践や言説の結果でしかないアイデンティティのカテゴリーを、唯一の起源とか原因と名付ける政治上の利害を探っていく行為」（『ジェンダー・トラブル』序文）と定義した上で、アイデンティティとは「人間主体」の存在を成り立たせる「源泉・根っこ」のようなものではなくて、そのアイデンティティを言説によって反復実践・コピーしていく行為そのものであると定義づけます。ボーヴォワール『第二の性』を思い起こさせる言葉で言えば、ジェンダー・アイデンティティも、固定的に「ある」ことではなく、「する」こと・実践することなのです。この考え方を「アイデンティティのパフォーマティヴな構築」と呼びます。ここから、たとえば社会を支える規範とされている異性愛アイデンティティ（恋愛や結婚の相手は異性であるべきと考える人のあり方）が、実は「本質的」で「自然」な「原型」であるように捏造されたものであるという考えに発展していきます。「社会でまっとうとされている人」は「望ましい・正しい」

とされるジェンダーを「演じている」だけであるがゆえに、実はジェンダーは不安定で、反復、反復の反復、再定義によってはじめて成り立っているということになります。さらに、「一見すると本質的にみえる源泉」の反復を重ねる際には、「源泉」とされているものを寸分たがわぬそのままの形でコピーすることは不可能であるため、コピーとしてのアイデンティティ確立行為には、その時間的プロセスの中でつねにズレや攪乱が伴うことになります。ゆえに、あらゆるジェンダー・アイデンティティの本質は「パロディ」であって、「オリジナルなき模倣」であると考えられることになります。ジェンダーは反復であり、模倣の模倣である。さらに、「バトラーが描きだすジェンダー・パロディには、オリジナルの存在は前提とされていない。なぜなら、オリジナルという概念こそがパロディの対象だからである」(サリー、一一九ページ)ということになります。

オリジナル幻想を伴う「アイデンティティ」を「原作」に、「コピー」を「アダプテーション」に読み換えると、バトラーのこのジェンダー概念が、いかにアダプテーションの考え方と近しいかは、明らかになってきていると思います。本書の「まえがき」でも書いた通り、シェイクスピアの原作自体がアダプテーションであるということは、シェイクスピアの原作という「起源・原因」がまず「ある」という考えを捨てなければいけないことになります。アダプテーションとは、シェイクスピアの原作という「オリジナルとされてきたもの」を「少し変えながら」「ずらしながら」「反復・模倣していく」ことで生まれます。それによって、「オリジナル」自体に宿るパロディ性を体現していくのです。アダプテーション作品を読み解くことで、「オリジナル」とされている原作の性質がよりよくわかるという、一種の転倒状態もここから生じます。数々のアダプテーション作品を読み解いていくことは、「間違いや誤認や自己再構築を繰り返す、バトラーが『失敗の喜劇』と呼ぶ」複数の旅路を歩むことによって(サリー、五九ページ)、シェイクスピアの原作という「オリジナル」の性質を問い直し続ける営為なのではないでしょうか。

〈参考文献〉

バトラー、ジュディス『ジェンダー・トラブル――フェミニズムとアイデンティティの攪乱』、竹村和子訳、青土社、一九九九年。

サリー、サラ『ジュディス・バトラー』、竹村和子他訳、青土社、二〇〇五年。

注

〔1〕『ロミオ×ジュリエット』（GONZO×スカパー・ウェルシンク原作、追崎史敏監督、シリーズ構成は吉田玲子）。全二四話からなる初のハイビジョン制作・放映アニメ作品として、二〇〇七年四月から九月まで東京放送（TBS）系列の中部日本放送（CBC）他で放送された。国外では二〇一〇年五月より台湾のアニマックス台湾で放映された。マンガとしては二〇〇七年の『あすかコミックスDX』五月号（角川書店）にて連載開始。小説版は二〇〇七年九月に角川ビーンズ文庫より『Romeo×Juliet 赤き運命の出逢い』（雨宮ひとみ著、角川書店刊）が発売された。本論では全八巻のDVD版として発売されたアニメ作品を参照する。

〔2〕シェイクスピア作品のアニメ化作品については、特に以下を参照。Minami, Ryuta. “Appendix A. Shakespeare in Japanese Comics: Entries Play by Play” *Shakespeares after Shakespeare: An Encyclopedia of the Bard in Mass Media and Popular Culture*, vol.2. Burt, Richard, ed. London: Greenwood Press, 2007, pp. 813-17; Osborne, Laurie. “Mixing Media and Animating Shakespeare Tales” *Shakespeare the Movie II: Popularlizing the Plays on Film, TV, Video, and DVD*. Burt, Richard, and Lynda E. Boose, eds. London: Routledge, 2003, pp. 140-53.

〔3〕*Romeo and Juliet* のプロローグは次の言葉で始まる。“Two households, both alike in dignity” (Prologue, 1.1).

〔4〕現代日本のアニメ文化に関しては、雑誌『思想地図』シリーズ（NHK出版）、宇野常寛『ゼロ年代の想像力』（早川書房、二〇〇八年）などを参照。

〔5〕『未来世紀シェイクスピア』シリーズは、AAA（トリプル・エー）主演、二階健監督、小原信治脚本、関西テレビ、エイベックス・エンタテインメント制作著作で、二〇〇八年一〇月〜二〇〇九年一月までの毎週月曜日の深夜一時半から放映された。『ヴェニスの商人』、『ロミオとジュリエット』、『オセロー』、『真夏の夜の夢』、『リア王』、『テンペスト』の各作品をそれぞれ前編と後編に分けて二週ずつ、全六話一二週構成で放映された。本論ではDVD版を参照している。

〔6〕ルネサンスの脚韻はラップとかなりの親和性がある。実際に日本語ラップによるシェイクスピアのアダプテーションも存在する。例えば『韻訳ロミオとジュリエット』（ラップ・パフォーマー長澄によって二〇一〇年 東京都現代美術館講堂で上演）もあるほど。海外におけるラップ・シェイクスピアの例は枚挙に暇がない。中でもサン・フランシスコのアフロ・アメリカン・シェイクスピア・カンパニーはヒップ・ホップで『マクベス』を上演したし、イギリスの名優 Ian McKellen も、シェイクスピアの「ソネット一八番」をヒップ・ホップで録音していることで話題となった。ロンドンには「ヒップホップ・シェイクスピア・カンパニー」がある。ラップ以外のポピュラー音楽によるシェイクスピアのアダプテーションについては、Burt ed. *Shakespeares after Shakespeare* の Pop Music の章を参照。

〔7〕美嘉原作のケータイ小説。二〇〇六年に書籍化、二〇〇七年にマンガ化、映画化、二〇〇八年にテレビドラマ化され、大ヒットした。

〔8〕いがらしゆみこ『ロミオとジュリエット』（マンガ世界の文学　第二巻）、世界文化社、一九九五年。

〔9〕三谷幸喜脚本のこの作品は、まず一九九四年一一月五日にNHK-FMラジオで放送された。向坂睦男役に三宅裕司、椿一役に坂東八十助（現三津五郎）。当初の設定では椿は東北訛り、向坂は「純朴な田舎のおまわりさんみたい」な造型であった。舞台版は一九九六年一〇月、東京の青山円形劇場で初演。向坂役に西村雅彦、椿役に近藤芳正。同年度読売演劇大賞最優秀作品賞受賞。二年後に同キャストで東京のパルコ劇場で再演。本論で使用する映画版は星護監督作品、二〇〇四年一〇月三〇日公開。向坂役に役所広司、椿役に稲垣吾郎。興行収入は七億二千万円。海外の舞台ではロシアでの上演（初演は一九九八年）、カナダでのフランス語による上演（初演二〇〇七年二月）、英語版は、劇作家リチャード・ハリスが三谷作をベースにイギリス人向けに書き下ろした *The Last*

Laugh（イギリスでの初演は二〇〇七年）、それに韓国での上演（初演は二〇〇八年）、香港での上演（初演は二〇〇九年）がある。
〔10〕演劇評論家の渡辺保は『演劇入門――古典劇と現代劇』（放送大学教材、二〇〇六年刊）の一三章「現代喜劇『笑いの大学』」（一九一―二〇三頁）の中で、「喜劇とはなにか」「体制と市民の対立」の二つのポイントから舞台版『笑いの大学』を丁寧に論じている。より詳しい筋についてはこちらを参照。
〔11〕DVD付属冊子「『笑の大学』制作日誌・完全版」（フジテレビプロデューサー重岡由美子著）より抜粋。
〔12〕高森暁子「ラディカルなセラピー――『ロミオとジュリエット』における「医療」と修道士表象」（『英文学研究・支部統合号』vol. III, 2010）四七三-八八頁参照。
〔13〕本書第Ⅲ章、および特に以下を参照。大橋洋一「ヤング・アダム――『ロミオとジュリエット』と同性愛」『学問の扉――東京大学は挑戦する』（講談社、二〇〇七年）; Burt, Richard. *Unspeakable ShaXXXspeares: Queer Theory and American Kiddie Culture*. New York: St. Martin's Press, 1998.

課題

①日本では最近、人気マンガや人気小説が次々とテレビドラマ化されたり映画化されたりしています。原作を別のメディアに移し替えること自体がアダプテーション創生行為になるとするならば、その移し替えがもつ効果にはどのようなものがあると思いますか。あなたの好きな作品を選び、考えてみましょう。
②自分の好きな作品の魅力を、自分とは異なる世代の人たちに伝えるにはどのような工夫が必要だと思いますか。あなたの好きな作品を例にとって、考えてみましょう。
③戦争や紛争のある（または過去に戦争や紛争のあった）国や地域では、『ロミオとジュリエット』や『ハムレット』

のアダプテーション作品が多く生まれています。このことがもつ意味を考えてみましょう。

推薦図書

① サイード、エドワード（Said, Edward）、『世界・テキスト・批評家』山形和美訳、法政大学出版局、一九九五年（*The World, the Text, and the Critic*. Harvard University Press, 1984）。この一冊に限らずサイードの著作は多く翻訳されており、アダプテーションを考える上で示唆に富んでいる。

② ベンヤミン、ヴァルター（Benjamin, Walter）、『ベンヤミン・コレクション』全五巻、ちくま学芸文庫、一九九五–二〇一〇年。『複製技術時代の芸術』や、『翻訳者の使命』における「死後の生」論、『歴史哲学テーゼ』等はアダプテーションを考える上で避けて通れない必読の議論。

③ Yoshihara, Yukari（吉原ゆかり）, "Popular Shakespeare in Japan." *Shakespeare Survey* Vol. 60: Theatres for Shakespeare. Ed. Peter Holland. Cambridge University Press, 2007, pp. 130-40.
宝塚歌劇団による『暁のローマ――「ジュリアス・シーザー」より』と劇団☆新感線による『メタルマクベス』という、二〇〇六年の二つの公演を、二一世紀初めの日本の文化的状況との関わりから精緻かつ刺激的に論じた論文。

第Ⅱ章　シェイクスピアとクィアな夢
──『夏の夜の夢』と青春ドラマ

高森　暁子

はじめに──欲望のゆくえと同性愛のファンタジー

『夏の夜の夢』には、いとも魅惑的な魔法の薬が登場します。それを眠っている者の瞼《まぶた》に垂らせば、目覚めて最初に見る者を夢中で恋するようになるという、伝説の花のエキスです。妖精の王オーベロンは、言うことを聞かない妻ティターニアを懲らしめるため、そして彼女の気をそらした隙に、彼女が可愛がっているインドの子どもを手に入れるために、この花の力を借ります。オーベロンはまた、愛するディミートリアスを追って森に来たヘレナの一途さを憐れんで、ディミートリアスの目にも薬を塗るよう妖精パックに命じます。ところがパックは間違えて、惚れ薬を同じく森に来ていた別の若者、ライサンダーに塗ってしまいました。そして目覚めた彼が最初に見たのは、本物の恋人ハーミアではなく、偶然通りかかったヘレナのほうだったのです。

オーベロンの予想では、ティターニアが目を覚ました時、彼女の恋の相手になるのは、森の野生動物のはずでした。けれどもパックのいたずらのせいで、彼女は「ロバ頭の人間」という、全く想定外の奇怪な生き物に夢中になってしまいます。それは得体の知れない人間とロバの混成物《ハイブリッド》なのですが、一つだけ確かなのは、間違いなく「彼／それ」は「男」であるということです。妖精の女王の恋の相手は、生き物の種族の垣根は越えても、セックスやジェンダーの垣根を越えてしまうことはありませんでした。一方ライサンダーも、惚れ薬のせいで間違った相手を追いかけ始めますが、相手が「女」であることには変わりはないのです。

そこで自然とある疑問が湧いてきます。惚れ薬を塗られた女が女を見たら、男が男を見たらどうなるか？単純に「目が覚めて最初に見た生き物に惚れる」というのが薬の効果ならば、状況次第で同性に惚れてしまうことも、当然起こり得るはずです。シェイクスピアが問題にしなかった、あるいは敢えて追究しなかったその可能性について、探ろうとした現代のアダプテーションがあります。

イギリスのリンゼイ・ケンプ劇団による一九八四年の映画『真夏の夜の夢』(*A Midsummer Night's Dream*)〔1〕では、森に来た二組の男女は、惚れ薬のせいで男が男を、女が女を追いかける展開になります。それまでの異性の相手への情熱が、瞬く間に同性愛の欲望へと転化します。恋敵だったはずの相手に突然せまられて、驚き逃げ惑う男女二人。その姿にいたずら者のパックは笑い興じるのです。女王ティターニアの恋の相手は、やはりロバ頭の「男／雄」なのですが、そのティターニアを演じているのは、実は女装した男性俳優なのです。〔2〕そしてオーベロンとティターニアが競って取り合う「インドの子ども」も、画家カラヴァッジオが描いた少年を髣髴とさせるような、両性具有の雰囲気を漂わせています。この映画の中では、シェイクスピアの描いた異性愛体制は基本的に踏襲されていますが、惚れ薬による同性愛の可能性が示唆されているのと、女王をドラァグ・クイーンの男性が演じていることや、少年が両性具有的に表象されていることによって、全体にジェンダーの混沌の世界が描かれています。〔3〕

『夏の夜の夢』をモチーフとした二〇〇八年の映画『シェイクスピアと僕の夢』（*Were the World Mine*）は、同性愛を中心的なテーマとしたアダプテーション作品です。学校のミュージカルで『夏の夜の夢』のパックを演じるゲイの高校生が、練習中に台本に出てくる「惚れ薬」のレシピを発見し、それを使って保守的な学校や町をゲイ・フレンドリーに変えてしまうというファンタジーです。この映画は同性愛およびクィアという視点からのシェイクスピア作品の書き換えであるのと同時に、『夏の夜の夢』に挑む高校生の姿を描いた青春映画

リンゼイ・ケンプ劇団による『真夏の夜の夢』より
写真協力：公益財団法人川喜多記念映画文化財団

でもあり、またミュージカル映画でもあります。その意味でこの映画は、『夏の夜の夢』の現代版アダプテーションに関するいくつかの可能性を示している興味深い作品です。この章では、『夏の夜の夢』に描かれた異性愛体制について検証しながら、『シェイクスピアと僕の夢』へとつながるこの劇のクィアな解釈の可能性を探ります。また、青春映画やディスコ・ショー、レイヴ映画といったジャンル横断的なアダプテーションを可能にしている、『夏の夜の夢』の現代ポップ・カルチャーにおけるポテンシャルについても考えてみます。

1 『夏の夜の夢』からクィアな夢へ

まずはシェイクスピアの『夏の夜の夢』の内容を振り返っておきましょう。

アテネの公爵シーシュースは、間近に迫ったアマゾンの女王ヒポリタとの結婚を心待ちにしています。そこにアテネの住人イージーアスが困り果ててやってきます。娘のハーミアが、父親の決めた婚約者ディミートリアスとの結婚を拒み、恋人ライサンダーとの結婚を望んでいるからです。シーシュースはハーミアに、父親の言いつけどおりに結婚するか、さもなければ古いアテネの法律に従って死刑になるか、もしくは巫女となって独身のまま一生を終えるかだ、と選択を迫ります。ついに駆け落ちを決意したライサンダーとハーミアは、そのことを親友ヘレナに打ち明けます。ヘレナはかつてディミートリアスと愛を誓い合った仲でしたが、相手がハーミアに心変わりをした後も、忘れられずに思い続けているのでした。

夜になり、アテネ近郊の森には、駆け落ちしてきたハーミアとライサンダー、二人を追ってきたディミートリアス、そして彼を追ってきたヘレナが来ています。夜の森は妖精たちが支配する世界ですが、妖精の王オーベロンと女王ティターニアは夫婦喧嘩中です。ティターニアがインドから連れて来た人間の子どもを、オーベロンは自分の小姓にしたくてたまりません。子どもを渡せとせまるのですが、ティターニアは断わります。業を煮やしたオーベロンは、妖精パックに命じ、ある花を摘みに行かせます。その花の絞り汁を瞼に垂らせば、目覚めて最初に見たものに恋するという魔法の花です。そのエキスをティターニアに塗り、彼女の気をそらした隙に、子どもを手に入れるのがオーベロンの計画です。するとそこにディミートリアスとヘレナがやってきます。ディミートリアスに冷たく拒絶されるヘレナを見て、憐れに思ったオーベロンは、ディミートリアスにも花のエキスを塗るようパックに命じます。

一方、アテネの職人たちは、シーシュースの結婚式の余興のため夜の森で芝居の稽古中です。中でも一番張り切っているのは、主役を演じる機織りボトムです。練習の様子を見ていたパックは、ついいたずら心で魔法を使い、ボトムの頭をロバの頭に変えてしまいます。その騒ぎで目を覚ましたのは、近くで眠っていた女王ティターニアでした。そして彼女が一目惚れしたのは、何とロバ頭のボトムだったのです！

「惚れ薬」の効果によって、恋人たちにも予期せぬ変化が起こります。パックは間違えてライサンダーに薬を塗ってしまい、目を覚ましてヘレナを見たライサンダーは、ハーミアを捨ててヘレナを追いかけ始めます。パックの間違いに気づいたオーベロンは、あらためてディミートリアスに惚れ薬を塗りますが、今度はヘレナをめぐる男たちの争いが起きてしまいます。この事態を収拾するために、オーベロンは惚れ薬の効果を消す、別の花のエキスをライサンダーに使います。やがてティターニアにも同じエキスが塗られ、ほどなくボトムの魔法も解かれます。

翌朝、眠っているアテネの若者たちのもとを、狩りに来ていたシーシュース一行が通りかかります。不思議なことに、夢とも現実ともつかない一夜の出来事を経て、目を覚ました四人は、いつの間にか愛し合う二組のカップルになっていました。恋人たちの話を聞き、シーシュースはイージーアスの願いを退けます。そして二組の恋人たちは、シーシュースとヒポリタとともに結婚式を挙げることになりました。

トム・ガスタフソン監督による二〇〇八年のアメリカ映画『シェイクスピアと僕の夢』は、日本には第一七回東京国際レズビアン&ゲイ映画祭のオープニング作品として登場しました。〔4〕 世界中の映画祭で数々の賞を受賞したこの作品は、低予算のインディーズ映画のイメージや、ゲイ映画というジャンルのステレオタイプを覆す意欲的な作品です。個性的な魅力が光る俳優陣の演技、音楽と歌の素晴らしさ、そして『夏の夜の夢』のファンタジーの要素を、現代に生きるゲイの高校生の日常に巧みに融合させたストーリーによって、この映画はジャンルの垣根を越えて、より多くの観客にアピールできる魅力を持っています。この作品には「田舎の小さな町でゲイとして育った自分の現実逃避は、映画とパフォーマンスだった」〔5〕と語るガスタフソン監督の実体験が活かされています。映画を作るにあたって監督がこだわったのは、主役の二人には、実際にゲイの若者をキャスティングすることだったと言います。〔6〕 映画の主人公ティモシーは、郊外の小さな町で抑圧を感じて暮らす日々のなか、偶然『夏の夜の夢』の惚れ薬を手に入れて、まさにパックのように町に波乱を巻き起こすのです。

では映画のストーリーを紹介しましょう。シカゴ近郊の小さな町に母親と暮らすティモシーは、私立の男子校に通うゲイの高校生です。同級生たちからはゲイであることをからかわれ、教室でも孤立した存在です。放課後は別の学校に通うマックスとフランキーと一緒に過ごしますが、彼らだけが心許せる親友たちです。ある日、女性の国語教師テビット先生の提案で、生徒全員参加のミュージカル劇『夏の夜の夢』が上演されることになりました。気乗りしないまま配役オーディションを受けるティモシーですが、そこで歌の才能を見いだされ、妖精パック役に抜擢されます。

劇の練習が始まり、台詞の意味がなかなかつかめないティモシーに、テビット先生が「言葉とリズムを融合させなさい」とアドバイスします。家に戻り、シェイクスピアの書いた弱強の音のリズム（iambic pentametre）で台本を読んでいくと、まるで秘密の扉が開くように、ページの上に伝説の惚れ薬のレシピが現れます。半信半疑のまま、ティモシーはその薬を作ってみます。材料を全て混ぜ合わせると、レシピの最後には“Sing”の文字が。魔法の薬の仕上げをするのは、優しくも力強いティモシーの歌声なのでした。

翌日、家に遊びに来た親友マックスに、ティモシーは誤って惚れ薬をかけてしまいます。するとマックスは、シェイクスピアの言葉でティモシーへの愛を語り出しました。どうやら惚れ薬の効果は本物のようです。そして劇の練習中、

『シェイクスピアと僕の夢』より

ティモシーはライサンダー役のジョナサンに、その薬を塗ってみます。実はジョナサンはティモシーが秘かに憧れるクラスメートなのでした。目を開けたジョナサンは、期待通り一目でティモシーの虜になってしまいます。それを見て嫌悪感をあらわにする同級生たちに、ティモシーは衝動的に手当たり次第薬をかけてしまいます。するとそこは男子校、次々に男性カップルが誕生してしまいました。ラグビー部のコーチでさえ、ティモシーに薬をかけられて、校長を追いかけ始める始末です。

こうして学校中にセクシュアリティの革命を起こしたティモシーですが、一歩学校の外に出れば、相変わらず同性愛への冷たい反応が待っていました。この同性愛恐怖《ホモフォビア》の町を丸ごと変えてしまわない限り、ここでの幸せは望めない――そう思ったティモシーは、ある決心をします。変化を起こすため、一晩かけて町じゅうに惚れ薬をばら撒いたのです。翌日、町は同性愛に目覚めた人々で溢れだします。町長が同性婚の解禁を宣言し、保守的だった町は一挙に全米屈指のゲイ・フレンドリーなコミュニティーに生まれ変わりました。しかしその一方で、残された人々は混乱し、学校には息子たちの変化に戸惑う親たちが押し寄せます。彼らは学校に劇の中止をせまり、特異な指導で生徒たちを扇動した容疑で、テビット先生の取り調べを求めます。

ティモシー自身も、自分の願いが叶った反面、周囲を混乱させ、一部の人々の幸せを奪ってしまったことに、心が痛まないわけではありません。ジョナサンの自分への愛が、ただの薬の効果に過ぎないことも彼を苛みます。「もう気が済んだのでは？」「友達や家族のことも考えなさい」。そうテビット先生に諭されて、ティモシーはついに惚れ薬の魔法を解き、世界を元に戻すことに同意します。

劇の上演当日、舞台でジョナサン演じるライサンダーの目に惚れ薬の効果を消す「醒め薬」が塗られるとき、テビット先生の演出で、会場にも同じ液体が雨となって降り注ぎます。終演後、会場には自らの同性愛の経験を経て、異なる価値観に寛容になった人々の姿がありました。同級生たちも舞台でのティモシーの活躍と、公演の大成功を素直に喜んでくれています。それでもティモシーは、ジョナサンを失ったショックを隠せません。するとそこにジョナサン本人がやってきました。魔法が解けた後、彼に起きた変化は――。驚きの結末については、また後ほど触れることにしましょう。

2　『夏の夜の夢』と異性愛のオルタナティヴ

そもそもなぜ『夏の夜の夢』のアダプテーションとして、ゲイの高校生が主人公の物語が生まれたのでしょうか。最も表層的なレベルでは、現代では言語的な連想が働くことが挙げられます。妖精（fairy）という言葉は、二〇世紀以降の英語は男性同性愛者を示す俗語でもあります（もちろん侮蔑的な響きが含まれていますが）。したがってゲイのティモシーが妖精の役を演じるという設定は、一種の自虐的なユーモアを示していると言えます。『シェイクスピアと僕の夢』のもととなったガスタフソン監督の二〇〇三年の短編映画は、まさに『妖精たち』（*Fairies*）というタイトルでした。また、惚れ薬の材料の「キューピッドの花」は、『夏の夜の夢』の中では"love-in-idleness"と呼ばれていますが、これは三色スミレ（pansy）の別名です。そして"pansy"にもまた、二〇世紀以降は男性同性愛者を示す意味が与えられています。ティモシーが手にした紫のパンジーのエキスが、なぜかいつも同性カップルばかりを生み出すのには、こうした背景があるのです。

しかし言葉上の連想以外にも、『夏の夜の夢』のテクストには、同性愛をはじめとするクィアな視点からの読みなおしを可能にしている要素があります。一つは冒頭で述べたように、劇中の「惚れ薬」の効果が、同性の相手への欲望を喚起する可能性を常に孕んでいるということです。そしてもう一つは、この劇には結婚に収斂する異性愛体制への対抗言説として、同性同士の親密な結びつきや、異性愛体制に回収されない生き方を評価する価値観が、もともと書き込まれているということです。

例えばシーシュースがハーミアを説得する際、はからずも認めてしまう「常処女《とこおとめ》の幸せ」という価値観があります。そもそも劇自体の中に、愛の神ヴィーナスやキューピッドと、その力の及ばない処女神ヴェスタやダイアナという対立的な構造があるのです。処女神ヴェスタを狙ったキューピッドの矢がそれて、代わりにその矢に射られた花が「惚れ薬」になるのに対して、その効果を消す「醒め薬」は、貞潔な月の女神ダイアナの花です。そしてこの「ダイアナの花」には、興味深いことに「キューピッドの花」の効果を上回る力が与えられているのです。

また劇の中で印象的に描かれているのは、同性同士の親密な結びつきです。子どもの頃からいつも一緒に過ごしてきたハーミアとヘレナは、濃密な時間の共有の中で一心同体の関係を築いてきました。妖精の女王ティターニアは、彼女の崇拝者であったインドの女性との友情の日々を懐かしみ、その思い出をしみじみと語ります。また、シーシュースとの結婚を控えたヒポリタも、もともとは女性だけからなるアマゾン族の女王だったのです。

しかし『夏の夜の夢』は、こうした同性同士の親密さや自己充足的な独り身の幸せが、やがては異性愛や家父長的権力の介入を受け、最終的にはその中に（表面上は）円満に回収されていく様子を描いています。ちなみにこの回収の対象となるのは、身分や人間／妖精の別を問わず、全て女性たちなのです。ハーミアとヘレナの無二の親友としての関係は、互いの異性愛への目覚めによって、特にディミートリアスがヘレナからハーミアに心変わりをしたことによって、重要な転換期を迎えます。そしてライバルとなったハーミアに、憎しみの代わりに「あなたのようになりたい」という決定的な違いを見出します。ヘレナは一心同体だったはずの自分と親友との間に、異性に愛される者／愛されない者としての激しい憧れを抱くようになりました。ティターニアはインドの女性信者との友情にかけて、彼女の忘れ形見である子どもを手放さないと断言しますが、結局は夫の策略にかかって子どもを渡すことになります。アマゾンの女王ヒポリタも、劇の冒頭で明らかになるように、シーシュースとの戦いに敗れ、彼の征服の証としての結婚に力ずくで同意させられたのでした。「ヒポリタ、私は剣をもってあなたの愛を求め、あなたの心をかちえたのも力ずくであった」（一幕一場一六ー一七行）と述べるシーシュースに対して、ヒポリタの応答となる台詞はありません。ヒポリタのこのテクスト上の「沈黙」は、様々な解釈の余地を残していると言えます。

3　ホモソーシャルと同性愛恐怖《ホモフォビア》

『夏の夜の夢』でハーミアが経験する生きづらさと『シェイクスピアと僕の夢』でティモシーが感じている生きづらさには、共通する部分があります。父親の命に背き、自分の選んだ相手との愛を貫こうとするハーミアと、男子校の中にいる同性愛者のティモシー。二人とも社会的に「正しくない」相手に対して「逸脱した」欲望を抱いているということで、共同体からの制裁を受ける危機に瀕してしまいます。しかし『シェイクスピアと僕の夢』には、『夏の夜の夢』では描かれることのなかった、異性愛体制のあるネガティヴな側面が描かれています。それは同性愛恐怖《ホモフォビア》です。

ティモシーが通うのは、保守的な小さな町の伝統ある私立男子校です。学校の内も外も、偏狭なホモフォビアの溢れる息苦しい世界ですが、ことに学校の中では、それが容赦ない攻撃となって表れることがあります。なぜなら男子校という男だけの閉鎖的な環境の中では、男同士の「ホモソーシャル」な関係が、互いへの「ホモセクシュアル」な欲望に転じる可能性が潜在的に危惧されているからです。そのため同性愛に対して警戒し、同性愛者を徹底的に排除する行為が日常化してしまうのです。〔7〕

ティモシーに特に侮辱的な態度をとっているのは、この学校のラグビー部員たちです。ラグビー部という環境は、男子校の中でもことさらホモソーシャルな連帯とマッチョな「男らしさ」が重視され、ホモフォビアの度合いが高くなる世界として描かれています。ラグビー部員たちが日常的にティモシーを貶めることは、彼個人への嫌がらせの域を超えて、同性愛者への攻撃が、ホモソーシャルでホモフォビックな共同体における連帯の確認行為となってしまっているからです。

ティモシーが想いを寄せているジョナサンは、そんなラグビー部のキャプテンで、スター選手である彼は、学校の誇るヒーローでもあります。ゲイとして「でき損ないの男」の烙印を押されたティモシーとは対照的に、ジョナサンはスポーツの才能によって周囲からも認められた「男の中の男」なのです。ヒーローである彼は、そのステイタスにふさわしく、チームで唯一ガールフレンドがいるという設定です。ティモシーはそんな手の届かない相手への想いを口にすることもできず、いつも遠くから眺めているだけなのです。

ホモソーシャルな連帯がホモセクシュアルな欲望に転ずる可能性への恐怖は、男子校で劇を行うことへの男性教師たちの反発にも見ることができます。男子生徒たちによる『夏の夜の夢』の上演に関して、ラグビー部のコーチと校長はテビット先生に抗議します。男子生徒に女の役をやらせることで、「生徒たちが恥ずかしい思いをする」「ラグビー部員の士気が下がる」「学校が誤ったメッセージを発していると思われる」というのがその理由です。しかしテビット先生は、「エリザベス朝時代、女性は舞台で演じることを禁じられていたので、その穴を男性が埋めた」という演劇史上の慣習に言及しながら、彼らの演劇嫌いの根底には、セクシュアリティに関する不安があることを鋭く指摘します。彼らが秘かに危惧しているのは、男子生徒に女性役を演じさせることをきっかけに、生徒たちがホモセクシュアルな感情に目覚めてしまうという事態です。これは女性の衣装を身につけた少年俳優が、観客の男性の同性愛的欲望を喚起し、風紀を乱すという理由で演劇を攻撃した、エリザベス朝時代の劇場反対派の人々の主張に驚くほどよく似ています。

4 「スポーツ」対「ステージ」——ジェンダーの視点から

『シェイクスピアと僕の夢』のオープニングには、「スポーツ」対「ステージ」という二項対立的なイメージが現れます。

高校の体育の授業でドッジボールの練習中、男性体育教師（兼ラグビー部コーチ）が「しっかりやれ、汗をかけ！」と気合を入れます。同級生の一人が投げたボールがティモシーの顔面にぶつかる瞬間、映像はスローモーションのようにティモシーの白昼夢の世界を映し出します。体育館の扉の向こうに、ほの白く光の射す世界があり、そこはどうやら舞台のようです。ティモシーはラグビーボールを持って華麗に舞い踊る同級生たちをバックに、ゆっくりとその光のほうへと歩いて行きます。マッチョでホモフォビックな価値観の支配する「スポーツ」の世界から「ステージ」の世界への参入が、彼の現実逃避のファンタジーとして現れるのです。

映画の中では、この二項対立的なステレオタイプが随所で意図的に用いられています。ダンス、歌、演劇といったステージの世界は「女性的な」領域として、スポーツ、特にラグビーは「男らしい」領域として対置されています。その構図はそれぞれの指導者のジェンダーにも反映されています。演劇指導のテビット先生は女性、スポーツ指導のラグビー部コーチは男性です。二人は生徒たちの演劇への参加や、練習場としての体育館の使用をめぐってしばしば衝突します。コーチは徹底してステージの価値を否定する人物ですが、そんな彼がひとたび惚れ薬を浴びて同性愛に目覚めると、誰よりも熱心なステージ擁護派へと変貌します。

「ステージ＝女」対「スポーツ＝男」というジェンダー化されたステレオタイプの中では、ゲイ男性もステージ側に分類され、「ステージ＝女とゲイの男」対「スポーツ＝ゲイ以外の男」という構図を作り出しています。〔8〕映画には、このゲイ男性をステージの側に置くステレオタイプを、パロディとして逆利用した箇所があります。同性愛に目覚めたラグビー部コーチは、すぐさまバレエを取り入れた練習法を開始します。メンデルスゾーンをポップにアレンジした曲をＢＧＭに、ラグビーボールを持ってバレエダンサーのような動きで練習に励む部員たちの様子が、コミカルに描かれています。一九世紀以降、メンデルスゾーンの音楽を用いて様々な振付家によるバレエ版の『夏の夜の夢』が作り出されてきました。〔9〕したがってこの場面は、そうした『夏の夜の夢』のバレエ版アダプテーションの伝統へのオマージュであると同時に、ゲイ男性をバレエをはじめとするダンスに結びつけるステレオタイプのパロディでもあります。映画の脚本を担当したコーリー・クルークバーグは、映画の中でコメディーを機能させるためには、「ゲイの人々は踊る」というステレオタイプを逆利用することが必要だったと述べています。〔10〕この映画では、ステレオタイプを戦略的に用いることによって、そのステレオタイプにまつわる負のイメージを積極的に覆す方法が試みられているのです。

5　ホモフォビアに効く惚れ薬

『夏の夜の夢』と『シェイクスピアと僕の夢』に出てくる惚れ薬の最大の違いは、前者は結果的に必ず異性愛を、後者は必ず同性愛をもたらすという点でした。逆に共通点と言えば、どちらも報われない恋に苦しむ若者の助けになる一方で、「正しくない」態度を取る者への懲罰としても使われることです。ティターニアは夫であるオーベロンに反抗したために、罰として恋狂いの醜態をさらすよう惚れ薬を塗られます。ティモシーの同級生やホモフォビックな町の人々も、同性愛に対してあからさま侮蔑的態度を取ったために、差別への罰、またはホモフォビアへの治療として惚れ薬をかけられてしまいます。ティモシーのロッカーに「ホモ野郎」(faggot) と落書きした同級生、男性優位主義的でホモフォビックなラグビー部コーチ、「彼がホモ (fag) なら殺してやる」と憤るジョナサンのガールフレンド、息子がゲイだというだけでティモシーの母親を罵る校長の妻――彼らは皆、そうした同性愛に対する差別的な態度への懲罰もしくは治療として、ティモシーからたっぷりと惚れ薬を浴びせられるのです。

また、ティモシーが惚れ薬を町中に撒いたことで、保守的だった町が翌日には町長自ら同性婚の解禁を宣言するほどの、ゲイ・フレンドリーな町に生まれ変わります。一晩中自転車で町を駆けまわり、惚れ薬を撒いたティモシーの行動は、文字通り一種のアクティビズムとなって政治的な改革をもたらしました。町は至るところ男女両方の同性カップルだらけになり、ティモシーは同性愛者である自分が、マイノリティーからマジョリティーに変わったことを実感します。逆に今度マイノリティーになったのは、ティモシーの母親や親友フランキーといった、彼のごく身近な人々を含む異性愛者たちでした。しかし惚れ薬によって実現した強制的な同性愛体制は、強制的な異性愛体制と同様に、マイノリティーにとっては抑圧的なはずです。テビット先生が言うように、「自由な意志は回復されなければならない」ことを、やがてティモシーも理解するようになります。

6　ゲイとカミングアウト

ティモシーの母は、はじめ息子のセクシュアリティをなかなか受け入れられない親として登場します。夫と離婚した彼女は、慣れない化粧品訪問セールスの仕事を始めましたが、ストレスを抱えて惨めな気持ちになるときは、やりきれなさの矛先を息子に向けてしまいます。

「なんであんたはゲイなの。私が何をしたっていうの」
「クィアなのは誰のせいでもない。ただ単にクィアなんだ。だから諦めなよ」
「冗談じゃない、あんただけの問題じゃないのよ。私だってあんた同様、毎日カミングアウトしてるの。私だって努力してるのよ」

日常生活におけるカミングアウトは、一度行えばそれで終わりというものではありません。新しい環境に身を置くたびに、また新しい相手と知り合うたびに、あらゆる局面でカミングアウトを繰り返すことになります。ティモシーがゲイとしてカミングアウトしていることによって、母親も日々、息子がゲイであること、そしてゲイの息子を持つ母親であることのカミングアウトを経験することになるのです。ある日化粧品セールスに訪れた先で、母親は客の女性とこんな会話を交わします。


「うちの息子は妖精（fairy）なの。劇の中で」

「あら！」

「実生活でもね」

「……？？」

「息子はゲイなの。つまり、クィア……」

「男は男と寝てはいけないのよ」


「妖精」と「同性愛男性」の二つの意味にかけたジョークめかした母親のカミングアウトでしたが、相手の女性は聖書の言葉を引用しながら、商品の受け取りを静かに拒否します。カミングアウトによって非難を受け、顧客を失うという理不尽さを経験しながらも、母親もまた世間の偏見に正面から向き合い、息子を全面的にサポートしようと心に決めます。その夜、母親は思い出のウェディングドレスを裁断して、息子のステージ衣装用にひときわ豪華な妖精の羽を作ってやるのでした。

7　クィアな人々

この映画に特徴的なのは、ティモシーに友好的な人々は、異性愛と同性愛の境界を無効化するような「クィアな」人物として描かれていることです。彼らは特に同性愛者として描かれているわけではありませんが、どこかしらセクシュアリティが曖昧であるか、または固定したセクシュアリティにとらわれない人物たちです。ティモシーの最大の理解者であるテビット先生は、レズビアンとの噂もある、どこか不思議な雰囲気を持った女性です。[11] ゲイであるティモシーにも公正に接し、同性愛を積極的に擁護することはないまでも、同性愛に対して一貫して寛容な態度を取る人物です。この映画で『夏の夜の夢』のオーベロンとパックにあたるのは、テビット先生とティモシーだと言えます。テビット先生は劇の演出家であり、またティモシーに魔法の薬のレシピを発見させたり、学校に抗議に来た親たちを催眠術にかけたり、劇の上演中に「醒め薬」の雨を降らせたりと、教師・演出家・魔法使いの性質を兼ね備えた人物として描かれています。『夏の夜の夢』のオーベロンとパックは、ホモソーシャルな主従関係にあり、パックはオーベロンの妻の懲らしめにも加担しますが、その点テビット先生とティモシーの関係は異なっています。二人は主従関係ならぬ師弟関係にありますが、テビット先生は女性、ティモシーは男性というジェンダーの違いに加え、一方はオープンなゲイ、もう一方もそれとなくクィアな人物という設定によって、ジェンダーとセクシュアリティの双方のレベルで、原作での二人のホモソーシャル関係にねじれが生じています。

ティモシーにはマックスとフランキーという男女の親友がいますが、二人もまたクィアな人々です。ティモシーの部屋で、三人はマックスを女装させる遊びをしますが、女装を楽しんでいるマックス自身のセクシュアリティは曖昧なままです。一方でフランキーのほうは、自意識的にクィアな人物です。彼女はマックスから「レズビアン」と呼ばれ、それを「あなたの幻想よ」と一蹴しながらも、自分のことを「ヘテロフレキシブル（heteroflexible）」と呼んでいます。「私はストレート。でも、人生まずいことは起こるもの。」と言う彼女の言葉の意味するところは、「基本的には異性愛者でも、同性愛に転じることもある」という境界域に属するスタンスです。

フランキーとマックスの相性の良さは明らかですが、二人は互いに相手が同性愛者ではないかと思っています。二人はセクシュアリティの点で、自分が相手の欲望の対象になり得る存在なのか、なかなか互いに確信が持てません。しかしティモシーが誤ってマックスに惚れ薬をかけたことで、マックスがティモシーを追いかけ始めると、不安になったフランキーは「彼が自分のボーイフレンドだ」と宣言するようになります。マックスもまた、惚れ薬の魔法が解かれ、あらためてフランキーを見たときに「彼女が自分のガールフレンドだ」と自覚します。マックスは映画の最後になってようやく、観客に対して異性愛をカムアウトするのです。

実は映画にはもう一人、クィアな人物が登場します。さきほど先送りしていた映画の結末はこうです。『夏の夜の夢』の舞台が終わり、楽屋のティモシーのもとにジョナサンがやってきます。「今日の君は素晴らしかった」と言いながらティモシーにキスをするジョナサン。驚いたことに、魔法が解けてなおジョナサンの気持ちは変わっていませんでした。戸惑うティモシーに今の気分を聞かれ、彼はこう答えます。“I feel like myself.” これは「いつも通りの気分だ」とも「これが自分らしい気持だ」ともとれる表現です。一つの可能性としては、『夏の夜の夢』のディミートリアスと同様に、ジョナサンに塗られた惚れ薬の魔法も、解かれないままに残されたのではないかということが考えられます。それならば「いつも通りの気分だ」というジョナサンの言葉の意味も、そのままに受け取ることができます。とはいえジョナサンだけが自由な意思を回復できないまま、薬の影響下で迎えるハッピーエンドという結末は、『夏の夜の夢』にはより近い結末ではあっても、現代の観客にとっては多少とも違和感を覚えさせるものであることは否めません。

一方、ジョナサンの言葉を「これが自分らしい気持だ」と取った場合、これは彼のゲイとしてのカミングアウトだと解釈することができます。実は惚れ薬を塗られる以前から、ジョナサンのティモシーへの興味をほのめかすさりげない行動が、映画の中では伏線的に描かれていました。しかしジョナサンがゲイであると思わせる出来事は最後まで起こらず、彼のセクシュアリティは、基本的には彼がラグビー部のキャプテンであり、ガールフレンドがいるという状況証拠によって、ヘテロセクシュアルだと推定されていたと言えます。「ラグビー部のキャプテンで、彼女もいるジョナサンが、ゲイであるはずがない」という観客の思い込みが強ければ強いほど、最後のジョナサンのカミングアウトは衝撃的かつ理解困難なものになるでしょう。しかし男子校のラグビー部という極めてホモソーシャル色の強いホモフォビックな環境の中で、ジョナサンが生きるための戦略として、異性愛者のふりをしていたとしたらどうでしょうか。そこにあるのは、ゲイであることをオープンにして、周囲の無理解と抑圧に苦しむティモシーとは対照的な、ゲイであることを隠しながらヘテロでマッチョな男性性を演じる、もう一人の生の光景です。あるいはホモフォビックなイデオロギーの充満する環境の中で、ジョナサンは自分のセクシュアリティに気づかないままに、異性愛者として生きてきたのかもしれません。この場合、彼のカミングアウトは、誰よりも自分自身に向けたものとなるはずです。

8　変幻自在な欲望

『夏の夜の夢』で惚れ薬による恋の騒動として描かれていたのは、欲望とは常に不安定なもので、その対象は交換可能であったり次々に移り変わったりするという、欲望そのものの変幻自在な姿でした。惚れ薬の効果でボトムに夢中になってしまったことで、ティターニアはあっさりと子どもをオーベロンに引き渡し、ライサンダーとディミートリアスはハーミアからヘレナへと一瞬にして恋の対象を変えています。恋に熱狂する者たちを描いたこの劇全体を貫いているのは、「恋なんて単なる偶然」「真実の恋でも惚れ薬による恋でも大きな違いはないのだ」という、恋に対するある種の醒めた見方です。それはこの『夏の夜の夢』に、「冷静さや判断力を伴わず、愚かなまでに溺愛する」ことを意味する

"dote"という語が多用されていることや、「理性と愛とはこのごろあんまり仲がよくないらしい」(三幕一場一四三-四行)と言うボトムの台詞に象徴されるような、恋愛の理性的でない側面が繰り返し描かれていることからも分かります。

恋心は激しければ激しいほど真実らしく見えますが、それが案外あてにならない変わりやすいものであること、そして「まことの恋が平穏無事に進んだためしはない」(一幕一場一三四行)という恋人たちの思い込みとはうらはらに、惚れ薬の力や為政者の気まぐれによって恋の結末が簡単に決まってしまうという展開は、恋愛や欲望というものが本来的に持っている、不安定さや変わりやすさを示しています。『夏の夜の夢』と『シェイクスピアと僕の夢』は、異性愛と同性愛というある意味で正反対の欲望を描いていますが、そこで起こる数々の恋の騒動を通して透けて見えてくるのは、異性愛の欲望も同性愛の欲望も、その不安定で変幻自在なあり様はどちらも変わらないということです。

9 「シェイクスピアものの」ゲイ映画

『シェイクスピアと僕の夢』は、ゲイの若者を主人公にして同性愛の問題を描いていますが、映画のラブストーリーとしての形式は、異性愛の若者がファンタジーの助けを借りて社会的な障壁を乗り越え、恋を成就させる物語と同じです。男性同士のセックスに焦点をあてる代わりに、異性愛/同性愛の区別を超越したロマンティック・ラブコメディを描いたことで、内容的にはゲイ映画のステレオタイプを乗り越え、ジャンルの垣根を越えて、より多くの観客に受け入れられる作品になっています。しかし内容がより一般的に受け入れやすいものになったとしても、それが実際に多くの観客に届くこととは単純に結びつかない現実があります。『シェイクスピアと僕の夢』が他の一般的なゲイ映画に比べて、文化的に「近づきやすい」(accessible)作品になっているとしても、それが政治的に「近づきやすい」ものとして評価されない限りは、観客に物理的な「近づきやすさ」(accessibility)をもたらさないという問題があります。

メインストリームの青春映画では、そもそも同性愛やクィアというテーマが正面から扱われることはほとんどありません。ゲイの登場人物がいたとしても、「面白い友達」「変わった仲間」として描かれるか、あるいは分かりやすいコミック・リリーフ（物語の深刻さや緊張感を和らげるための道化役）として済まされることが多いのです。『シェイクスピアと僕の夢』は、世界各地のＬＧＢＴ（レズビアン、ゲイ、バイセクシュアル、トランスジェンダーの頭文字をとった総称）関連の映画祭では高い評価を受け、東京国際レズビアン＆ゲイ映画祭でもオープニング作品に選ばれましたが、その後日本では一般館での公開はなく、ＤＶＤも国内未発売です。そうした物質的な近づきやすさ、手に入れやすさがない状況では、多くの観客に映画を届けることは難しくなります。

そのジレンマを解消するために、「シェイクスピアもの」というパッケージが役に立っていることは確かです。一般公開も行われず、ＤＶＤも輸入物しかないこの映画の存在を私自身が知ったのも、まさに“Shakespeare” AND “adaptation” という検索キーワードによってでした。「シェイクスピア」という存在は、私とこの映画とを結びつける媒体、つまりメディアとして機能していたのです。私たちは映画をはじめ、様々なメディアを通してシェイクスピアに触れていますが、いまやシェイクスピアそのものがメディアであると言えるかもしれません。

10　『夏の夜の夢』における青春

『シェイクスピアと僕の夢』には、ゲイ映画という以外に、高校生を主人公とした学園青春ドラマとしての顔があります。そもそも『夏の夜の夢』自体が、この「学園青春ドラマ」というジャンルに取り入れられることの多いシェイクスピア作品なのです。妖精が登場し、森で人間たちと入り混じっての騒動を繰り広げるこの劇は、しばしば子どもたちが家庭や学校で最初に触れるシェイクスピア劇であり、学芸会での人気演目でもあります。そのため『夏の夜の夢』に挑

む高校生が主人公という映画の設定自体は、先行する様々なアダプテーションにも見られます。〔12〕

一九八九年のアメリカ映画『いまを生きる』(*Dead Poets Society*) は、一九五〇年代のアメリカ東海岸を舞台に、全寮制の名門私立男子校に通う高校生たちが、型破りな教師との関わりの中でそれぞれに成長していく様子を描いた作品です。教師の影響によって生徒たちは、周囲に望まれた自分を演じるのではなく、自身の内なる声に耳を傾けて「いまを生きる」ことの大切さを思うようになります。生徒の一人ニールは、厳格な父親から将来医者になることを期待されていますが、学外の演劇で『夏の夜の夢』のパック役を射止めたのをきっかけに、舞台への情熱に目覚めていきます。ところが父親はニールに演劇を諦めさせるために、強引に士官学校への転校を決め、絶望したニールはその夜自らの命を絶ってしまいます。

若者の良き理解者であり、精神的な指導者でもある型破りな教師という、この映画でロビン・ウィリアムズが演じたキーティングの役柄は、『シェイクスピアと僕の夢』のテビット先生にも受け継がれています。ただしキーティングが同じ学校の卒業生であり、生徒たちが在学中の彼を真似て「死せる詩人の会」を結成することは、彼と生徒たちの間に、直接の師弟関係に加えて、名門校の伝統の中で脈々と受け継がれるホモソーシャルな絆が存在することを意味しています。一方、同様に伝統ある男子校の教師とはいえ、女性であるテビット先生と男子生徒たちの関係は、キーティングと生徒たちとのそれとは違い、ホモソーシャルなものにはなり得ません。また、女性教師の指導のもと、男子ばかりの演劇を敢行する『シェイクスピアと僕の夢』の場合とは異なり、『いまを生きる』では演劇は学校内では決して行われません。ニールが参加するのは、男女両方のメンバーからなる学外の劇団です。この男子校の極めてホモソーシャルな世界には、「スポーツ」は繰り返し描かれていても、「ステージ」が入り込む余地はないのです。その証拠にキーティングはホイットマンの詩の朗読は行っても、演劇の指導をすることは決してないのです。

青春映画にミュージカルの要素が加わった『夏の夜の夢』のアダプテーションとしては、別れた恋人を取り戻すために、冴えない主人公が学校のミュージカル『夏の夜の夢』に挑戦する二〇〇一年のティーン・ラブコメディ映画『恋人にしてはいけない男の愛し方』（*Get Over It*）が挙げられます。そしてミュージカルに情熱を注ぐ高校生が主人公ということでは、『夏の夜の夢』との直接の関連はありませんが、二〇〇六年のテレビ映画『ハイスクール・ミュージカル』も無視することはできません。『シェイクスピアと僕の夢』の制作と同時期に、世界的に大ヒットしていたこの作品の存在によって、『シェイクスピアと僕の夢』は公開当時しばしば「ゲイ版ハイスクール・ミュージカル」「インディーズ版ハイスクール・ミュージカル」と評されていました。ディズニー制作の『ハイスクール・ミュージカル』と、インディーズのゲイ映画『シェイクスピアと僕の夢』とは、様々なレベルで非常に対照的な作品ではありますが、それでもテーマの上でいくつかの共通点が見られます。舞台への出演を契機に、主人公たちがパフォーマーとしての新たなアイデンティティに目覚め、これまで抑圧してきた自分の一面を解放していく姿は、『いまを生きる』から『ハイスクール・ミュージカル』、そして『シェイクスピアと僕の夢』に至るまで、一貫して描かれる青春映画のテーマなのです。

11　魔法の惚れ薬——愛とセックスとドラッグと

妖精が登場し、音楽やダンスといった華やかなスペクタクルの要素のある『夏の夜の夢』は、上演史上も古くからショーとしての演出が多く、オペラやバレエとしてもたびたび舞台化されてきました。上演の際は、妖精をどのように表象するかが重要な課題となりますが、妖精独特の軽やかな身のこなしに対する一つの解釈が、妖精をダンサーとして登場させることです。伝統的にはバレエが一九世紀以来のその大きな流れですが、現代のダンサーたちはバレエのステージを飛びだして、ダンスフロアやディスコ、クラブ、野外のレイヴ会場にまで繰り出しているようです。

一九九九年にオフ・ブロードウェイで上演されたディスコ版『夏の夜の夢』、『ドンキー・ショー』（*The Donkey Show*）は、六年間世界中をツアーしながらロングランされ、その後二〇〇九年からアメリカン・レパートリー・シアターで再演されています（二〇一一年七月現在）。ショーの舞台はクラブ「オーベロン」。ミスター・オーベロンはこのクラブのオーナーで、ダンスフロアを取り仕切るボスです。そのガールフレンドのセクシーなディスコ・ディーバは、蝶のスパンコールでバストトップを覆っただけの、ホットパンツとニーハイブーツ姿のティターニアです。そしてティターニアに従う妖精たちは、スパンコールのホットパンツとグリッターのメイキャップできめたゴー・ゴー・ボーイズ（ショーを盛りあげる男のダンサー）たちです。七〇年代のディスコナンバーに乗せて、観客はショーの出演者たちと一緒に歌い、踊り、疲れればフロアの観客となってショーを見物することもできます。この作品の制作者の一人であるランディ・ウィーナーは、「『夏の夜の夢』はドラッグとセックスと愛に関する劇で、ディスコもまた、ドラッグとセックスと愛がテーマだ」[13]と述べていますが、それを示すかのように、パックにあたるドクター・ウィールグッドは、ローラースケートに乗ったドラッグ・ディーラーとなっています。

ディスコ・クラブ版の『夏の夜の夢』には、他に二〇〇二年のアメリカ映画『夏の夜のレイヴ』（*A Midsummer Night's Rave*）があります。四人の若者たちは、それぞれミア（Mia）、ザンダー（Xander）、エレナ（Elena）、デイモン（Damon）、オーベロンはOBジョン（O B John）と現代風に改名されています。この映画では、OBジョンは自然を愛するヒッピー、パックはゲイのドラッグ・ディーラーで、二人が取り仕切るレイヴ会場は人里離れた森の中にあります。この日パックはレイヴの参加者たちに、通常のパーティー・ドラッグに加えて、OBジョンが用意した特製のドラッグ"love portion"を配ります。その薬を飲むと、最初に見た者を好きになるという「惚れ薬」です。参加者たちにドラッグの様々な効果が表れるなか、ボトムにあたる登場人物ニックは、薬のせいで自分がロバだという幻覚を見てしまいます。

このような、「薬」をいわゆる「ドラッグ」と結びつける連想は、魔法の惚れ薬の出てくる『夏の夜の夢』だけにあてはまるものではありません。バズ・ラーマン監督の一九九六年の映画『ロミオ＋ジュリエット』（*Romeo + Juliet*）にも、キャピュレット家の仮面舞踏会に乗り込む際、ロミオが白い錠剤を口にして「薬の効き目は早い」（"drugs are quick"）と言う場面があります。これはシェイクスピアの原作では、ロミオが薬屋から手に入れた毒を仰いで死ぬ場面の台詞ですが、この台詞を別のコンテクストの中に置くことによって、薬に全く別の現代的な意味が生まれます。映画の中で「マブの女王」について語る際のマキューシオの異様なまでのハイテンションも、彼がドラッグの影響下にあることを多分に感じさせています。

おわりに――ポップな想像力とアダプテーション

現代の人々が『夏の夜の夢』を読むとき、そこに描かれた様々なものに、シェイクスピアが劇を書いた時点では、全く想定していなかったものを読みこんでしまうことがあります。惚れ薬、森、妖精といったものが、現代ではドラッグやディスコやゲイ男性を連想させてしまうのは、私たちの文化的想像力の産物だと言えます。いかにそれが不適切に思える連想であったとしても、連想が生まれること自体は文化的な現象であり、そうした連想を生みだした文化について考える機会を私たちに与えてくれます。例えばパックをゲイのドラッグ・ディーラーに、オーベロンをディスコの支配人に、森を野外レイヴの会場に読み替えたとしたら、それはシェイクスピアの文化的権威を失墜させるような、行き過ぎたアダプテーションなのでしょうか。少なくともそれは、私たちのポップな想像力が、ポピュラー・カルチャーの中に息づくシェイクスピアの姿を捉えたことを意味しています。テクストの解釈は、テクストが書かれた状況と同様に、常にその時のコンテクストに依存しています。時代や環境によって、そのテクストのストーリーや細部が持つ意味も、受け止められ方も変わってくるのです。その意味でテクストを読むということは、常にそれ自体がアダプテーションであると言えます。つまり私たちがシェイクスピアを読むという行為そのものが、ある意味ではすでにアダプテーションなのです。

コラム

"Shakespeare was queer, too!"

映画『シェイクスピアと僕の夢』のなかで、学校に詰めかけた親たちから同性愛批判の意見が相次ぐなか、同級生に恋する生徒の一人がこう反論します。「シェイクスピアもクィアだった！」。本来は「奇妙な」という意味の形容詞だった「クィア」は、次第に性的な逸脱を意味する表現となり、二〇世紀に入ると日本語の「オカマ」「変態」に相当するような、同性愛者に対する蔑称として用いられるようになりました。しかし一九九〇年代になると、そうした差別意識に対抗するべく、同性愛者たちは自らを敢えて「クィア」と呼ぶようになりました。やがてこの「クィア」は、ゲイとレズビアンだけでなく、バイセクシュアル、トランスジェンダーをはじめ、規範化されたヘテロセクシュアリティの範疇から逸脱する多様なジェンダーやセクシュアリティのありようを示す、より包括的な概念へと発展していきました。学問的な領域では、「クィア」という語を「理論」と組み合わせた「クィア理論」という批評分野が確立し、今やジェンダーやセクシュアリティに限らず、あらゆる「規範的」「正常」とみなされる制度そのものを問い直し、検証するための理論的枠組みとなっています。

一方で、そうした学問の領域以外、特に現在のアメリカでは、「クィア」は今や「ゲイ」とほとんど同じ意味で流通しています。さきほどの高校生が発した「クィア」もそれに当たります。だとすれば、「シェイクスピアもクィアだった！」という主張の背後にあるのは、「あの大詩人もゲイだった。だからゲイは正しいのだ」というメッセージです。これはシェイクスピアの文化的権威と、ゲイであることの政治的な正しさを結びつける態度を表していると言えます。そうした姿勢から浮かび上がってくるのは、ゲイに限らず、様々な政治的、社会的、文化的な立場からシェイクスピアの権威を領有（appropriate）する試みによって、いまや誰のものでもあり、同時にますます誰のものでもなくなっている「シェイクスピア」という存在です。

「シェイクスピアもクィアだった！」という生徒の発言に対し、映画の中でテビット先生はこう答えていました。「シェイクスピアがホモセクシュアルだったという証拠はありません。バイセクシュアル、ではあったかもしれません。」ここでシェイクスピア自身のセクシュアリティが話題になっていることには、実はシェイクスピア研究における歴史的な背景が関係しています。シェイクスピアのセクシュアリティに関する疑問の声や議論は、一八世紀以来繰り返され、現在も続いている現象です。しばしばそうした議論の的となってきたテクストが、シェイクスピアの『ソネット集』です。そこに収められた一五四篇のソネットのうち、最初の一二六篇は若い男性に呼び掛けており、それに続く一二七－一五二番はいわゆる「黒い女」（The Dark Lady）に関するものです。中でも相手の美青年を“the master mistress of my passion”と表現するソネット二〇番は、このソネット集が捧げられた「W・H氏」という人物に関する謎とあいまって、この詩の語り手、またシェイクスピア自身のセクシュアリティについての多くの議論を呼んできました。シェイクスピアは同性愛者だったのか？　はたまた両性愛者だったのか？

歴史的にみると、シェイクスピアの生きていた時代には、「同性愛者」というカテゴリー自体が存在していませんでした。「同性愛者」という分類の出現は、彼らが異性愛という「正常な」規範から逸脱した、特定の人間のタイプとして認識されるようになった一九世紀のことです。したがってシェイクスピアは歴史的に見れば「同性愛者」とは言えませんし、シェイクスピアの作品に「同性愛者」の登場人物も一人もいないことになります。とはいえ、これはシェイクスピアがホモエロティックな感情を描いていないということや、彼自身がそのような感情とは無縁であったと結論づける根拠にもなりません。シェイクスピアの時代と一九世紀以降のセクシュアリティ理解の違いに注目し、現代的なジェンダーやセクシュアリティの規範を相対化していくことが、シェイクスピア研究とクィア批評とを結ぶ"Shakesqueer"の課題なのです。

注

〔1〕リンゼイ・ケンプ劇団による舞台版のアダプテーションを、セレスティーノ・コロナードが脚色・演出をした映画版が、一九八四年の映画『真夏の夜の夢』である。この作品には台詞がほとんどなく、音楽とバレエ風のダンス、パントマイムによる幻想的な雰囲気の中でストーリーが展開する。

〔2〕女王に扮するのは、俳優としてのキャリア半ばで完全に視力を失いながらも、驚くべきパフォーマンスを続けた「インクレディブル・オーランド」ことジャック・バーケットである。彼はデレク・ジャーマン監督の映画にもたびたび登場し、『テンペスト』ではキャリバンを演じている。また『BBCシェイクスピア全集』所収のジョナサン・ミラー演出『トロイラスとクレシダ』では、おネエ風のサーサイティーズを演じていたのが印象深い。

〔3〕ケンプ自身、その感性や美意識がしばしばホモセクシュアルだと評されることについては、それに異議を唱えている。彼がアーティストとして目指しているのは、厳格な性の差別を超え、両性具有の視点から表現の可能性を切り開いていくことだという。橋本ユキ・北折智子編『スピリット・ダンシング―リンゼイ・ケンプの世界』（晶文社、一九八八年）、一二六–八頁。

〔4〕『シェイクスピアと僕の夢』という邦題は、東京の映画祭での上映時のタイトルによる。また、原題の *Were the World Mine* は、「世界が私のものなら、ディミートリアスは別にして、あとはみんなあなたにあげる」という一幕一場のヘレナの台詞から取られている。

〔5〕ガスタフソン監督インタビュー（http://tokyo-lgff.org/2008/prog/wtwm.html）より。

〔6〕東京国際レズビアン&ゲイ映画祭での監督インタビューより。インタビューの模様はYouTubeで視聴可能。

〔7〕ホモソーシャルの中にはホモセクシュアルな欲望が含まれていて、両者は連続体であるというのは、セジウィックの理論である。イヴ・K・セジウィック『男同士の絆――イギリス文学とホモソーシャルな欲望』、上原早苗・亀澤美由紀訳(名古屋大学出版会、二〇〇一年)、一-四〇頁。

〔8〕映画『恋人にしてはいけない男の愛し方』の中で、『夏の夜の夢』のミュージカルを指導する男性教師は、ゲイまたはバイセクシュアルという設定である。

〔9〕主なところでは、プティパ、フォーキン、バランシン、アシュトン、ノイマイヤーらが挙げられる。

〔10〕映画のDVDのコメンタリーより。

〔11〕テビット先生に扮するのは、一九九〇年代のアメリカのテレビドラマ『ツイン・ピークス』で、黒の眼帯をつけたミステリアスなネイディーン・ハーリー役が印象的だった、ウェンディ・ロビーである。

〔12〕学園ドラマではないが、演劇をテーマにした美内すずえの長編少女漫画『ガラスの仮面』にも、主人公の北島マヤがパック役を演じるエピソードがある。マヤはオリンピック選手並みの過酷な肉体トレーニングを経て、本番では軽やかな妖精の演技で観客を魅了する。演劇の世界を題材にしているが、内容的には「スポ根もの」に近いエピソードである。

〔13〕Hulbert, Jennifer, Kevin J. Wetmore, Jr., and Robert L. York. *Shakespeare and Youth Culture*. New York: Palgrave Macmillan, 2006, p. 130.

課題

① シェイクスピアのテクストを読む際、クィアという視点を導入することが、作品の解釈にどのような影響を与えるでしょうか。

②『夏の夜の夢』のファンタジーの要素をアダプテーションに反映させようとする際、どのような課題と工夫が考えられるでしょうか。

③シェイクスピア作品の「優れた」アダプテーションと「そうでない」アダプテーションの区別があるならば、それを判断する根拠は何だと思いますか。

推薦図書

①イヴ・K・セジウィック『男同士の絆――イギリス文学とホモソーシャルな欲望』、上原早苗・亀澤美由紀訳、名古屋大学出版会、二〇〇一年（Sedgwick, Eve Kosofsky. *Between Men: English Literature and Male Homosocial Desire*. New York: Columbia University Press, 1985）。ホモソーシャルな男同士の絆こそが、異性愛社会の根幹にあるという概念を全面的に打ち出し、フェミニズム、ジェンダー研究、ゲイ・スタディーズに決定的な影響を与えた記念碑的な一冊。

②村山敏勝『（見えない）欲望へ向けて――クィア批評との対話』、人文書院、二〇〇五年。クィア理論を精神分析と重ねて論じつつ、セジウィックの提唱したホモソーシャル概念を英文学の作品論、作家論を通じて検証した刺激的なクィア研究書。

③Lanier, Douglas. *Shakespeare and Modern Popular Culture*. Oxford: Oxford University Press, 2002. 現代ポップ・カルチャーにおける文化的アイコンとしてのシェイクスピア像を、映画、マンガ、テレビ、ラジオ、音楽、ミュージカル、ポピュラー・フィクション、テレビ、広告など、幅広いジャンルにおいて検証したポップ・シェイクスピア研究の必読書。

第Ⅲ章　異性装のシェイクスピア
――宝塚歌劇とスタジオライフ

吉田季実子

はじめに

シェイクスピアが戯曲を創作していた頃、すなわち初演当時、シェイクスピアの劇は男性のみからなるキャストによって演じられていたという事実は広く知られています。このキャスティングの背景には、女性がパブリックな空間で行動することへの社会的な規制がありました。つまり、シェイクスピアのヒロインたちはそもそも少年俳優が演じることを前提として書かれていたのです。したがってシェイクスピアが執筆過程で、その制約を常に意識していたことは言うまでもないでしょう。そのためいくつかの戯曲の中では、少年俳優の背が伸びたり、声が変わったりしていることへの楽屋落ち的な言及もみられますし、〔1〕映画『恋におちたシェイクスピア』〔2〕のヒロインであるヴァイオラが男装してヒロインを演じている、つまり女装しているふりをするのも、もちろん架空のエピソードではあるのですが、不自然なことではありません。

現代日本では、もはや役者の性別に対する社会的な制約、規制はありませんが、劇団あるいはカンパニー自体の特色として演技者の性別が限定されている場合は多々あります。伝統芸能である歌舞伎では女性役は女形が演じますし、蜷川幸雄演出によるシェイクスピア上演の中には、「オールメール・シリーズ」〔3〕と銘打った公演もあり、若手の俳優が女性の役を演じています。また、劇団スタジオライフは、男優集団として、シェイクスピアのみならずさまざまな小説や漫画の舞台化を行っています。反対に女性のみの上演としては、百年近い歴史をもつ宝塚歌劇団が有名です。歌舞伎の舞台の上では、老名優が可憐な姫役を演じるように、演技者の実際の身体性をはるかに超えた地点で物語が紡ぎだされますが、歌舞伎に限らず、すべての異性装演劇において、役者は異なった役ジェンダーを身にまとっています。執筆当時と同じく、異性装を伴う演出をとおして、現代の日本においてシェイクスピアの芝居がどのように受容されているか、そして消費されているかを、宝塚歌劇団ならびにスタジオライフでのシェイクスピア上演を例にとって考えてみることにします。

宝塚歌劇団は現阪神阪急ホールディングスの創立者である小林一三が、箕面有馬電気軌道沿線の娯楽施設として作ったもので、当初は宝塚少女歌劇と呼ばれ、家族連れを対象に少女たちが歌や踊り、芝居を披露したものであったことが知られています。近年では、海外の研究者も宝塚歌劇に関する論文を発表しており、ジェニファー・ロバートソンの『踊る帝国主義』は日本語訳も出版されています。〔4〕その中でロバートソンは、黎明期の宝塚歌劇について、戦前ならびに戦中の観客を良き「国民」〔5〕へと教化する装置であったと分析しており、上演される芝居やショーの中で帝国主義的言説を通した他者、他国表象が行われていたと述べています。また、そこで提示される物語の中ではあるべき家族の姿が描かれており、極端な例でいえば、男役は男性を演じることによって男性の心理を理解することができ、その結果、夫を支える良き妻になれるといったような言説も当時はあったと分析しています。しかし制作側の思惑とは裏腹に、観客の宝塚歌劇の受容はかならずしも「よき家庭」の枠におさまるものであったとは限らなかったようです。男装した女性が演じるヒーローの活躍を観ることによって、たとえ舞台上で展開される物語が男性中心のものであったとしても、観客の女性は自立した強い女性像を志向し、男役によって演じられる男性像への憧れはむしろ同性愛的なものであったという指摘もなされています。このような観客による要請をうけ、宝塚歌劇は現在まで九十年以上にわたってさまざまな物語を発信し続けています。

本章では主に女性の観客をターゲットにしている宝塚歌劇団と劇団スタジオライフという二つの異性装劇団における シェイクスピア上演を取り上げて、執筆当時と同様にジェンダーのねじれを内包した上演のなかで、戯曲がどのように再解釈されているかを考えていきたいと思います。宝塚歌劇団とスタジオライフの共通点は、ただ単に女性だけ／男性だけから構成され、異性装を演出に取り入れているというだけではありません。どちらも、主に女性からなる固定ファン層を得ており、その層はしばしば重なっています。その要因の一つとしては、いずれもメディアで語られる際にはビジュアルを前面に出している点があげられます。〔6〕また、それ以外にも詳しくはコラムで後述しますが、少女漫画家である萩尾望都作品へのオマージュ、あるいは萩尾作品の舞台化に見られるように「少女文化」〔7〕に対するリスペクトが演目にとりいれられている点も共通しており、同時にこの「少女文化」の文脈での受容こそが両劇団を他の異性装上演から際立たせているといえるでしょう。最近では、宝塚の演出家がスタジオライフに関して言及を行っており、〔8〕両劇団を論じる上では受容層という共通性は無視することはできません。作品を受容する女性たちの欲望がどのように作品自体に反映されているかをとおして、現代日本の「少女文化」の中で、西洋文化の正典の一つとされているシェイクスピア戯曲がどのように受容され再生産されているかについて分析します。まず、近年宝塚歌劇で上演された中から、『ロミオとジュリエット』の二つのバージョンについて議論し、さらに『ハムレット』についても、ジョナサン・ケント演出のオールメールバージョンとの比較で論じます。次に、スタジオライフのシェイクスピア作品の中から、『夏の夜の夢』と『じゃじゃ馬ならし』を紹介したいと思います。

これらの作品群の中で、正典が解釈しなおされ、再生産されることで生じる新たなポテンシャルに注目してみましょう。

1　宝塚版『ロミオとジュリエット』

シェイクスピアの四大悲劇の中でも、もっとも若い世代の恋人たちの悲恋を扱った『ロミオとジュリエット』はイタリアの都市ヴェローナを舞台に、対立するキャピュレットとモンタギュー、二つの家の若者たちが恋に死ぬ悲劇で、知名度も非常に高く、宝塚歌劇でも過去八回、さまざまなキャスティングと演出で上演されています。〔9〕ここでは、六回目の上演にあたる、一九九九年の植田景子演出、水夏希主演のものと、二〇一〇年と二〇一一年に上演されたフランスのジェラール・プレスギュルヴィック作のミュージカルを翻案した、小池修一郎演出の作品について論じたいと思います。一九九九年、宝塚歌劇団は「バウ・シェイクスピアシリーズ」と題して、若手演出家を起用し、シェイクスピア作品の連続上演を行いました。〔10〕『ロミオとジュリエット'99』はその中の一作で、演出を担当したのは宝塚歌劇初の女性演出家の植田景子であり、この公演は振り付け、音楽にも女性を起用していたために、宝塚歌劇でも珍しい、制作側も含めて女性メインの公演であったといえます。宝塚での上演を考える上での手がかりにキャスティングの序列がありますす。宝塚では演目にかかわらず、固定したスターシステムがあるために、脚本上での役の比重がキャスティングで明らかになります。そのため翻案物では、もととなる戯曲を解釈する上で、脚本家、演出家がどこに比重を置いているかも一目瞭然になります。しかしその反面、観客もそのスターシステムに縛られて観劇するため、戯曲の解釈に偏りが生じる可能性も否めません。

『ロミオとジュリエット'99』では、若手スターの水夏希がロミオを演じ、当時水に次いで活躍していた彩吹真央はマーキューシオを演じました。そして、水よりもキャリアが上の眉月凰がパリスを、そして若手の愛音羽麗がベンヴォーリオを演じています。ティボルトを演じたのはベテランの貴月あゆむですが、その後の他の演目でのポジションから考慮すると、主要な男性登場人物の比重はロミオ＞マーキューシオ＞パリス＝ベンヴォーリオ＞ティボルトとなっていたようです。またオリジナルのキャラクターとして、幕開きに天使（花央レミ）を登場させています。両家のいさかいに心を痛めた天使は、口の利けない子供として修道士ロレンスに拾われ、ロミオとジュリエットの死後に両家が和解した時に、「愛」という単語を発話できるようになって幕がおります。

この上演においては、マーキューシオ役を二番手にすることによって、モンタギュー家の若者たちのホモソーシャルな関係が前面に押し出される効果があります。若者たちが連れ立って行動する場面での、マーキューシオとロミオのじゃれあいにおける過剰な身体接触は、他の登場人物間には（ロミオとジュリエットの間でも）見られません。ロミオがジュリエットと恋に落ちた以降にロミオとマーキューシオが出会う場面では、あからさまにマーキューシオが不機嫌で、自らを道化に模して歌いますが、その背景で踊る道化が涙を流しています。マーキューシオの死後の追放されたロミオと薬屋の場面では、マーキューシオの幻覚が現れ、死のイメージとしてロミオの背後に忍び寄っています。これらの変更点が上演において、どのような効果を及ぼしていたかを考えたいと思います。天使を登場させ、同時にジュリエットの幻想の中ではパリス役の役者が死神に扮する、すなわち愛と死という枠組が設定されることで、ヴェローナという街の輪郭を描くことができます。この上演ではヴェローナの大公の実像は舞台上には登場せずに、修道士ロレンス役の役者が声のみで兼ねており、またセット等の舞台機構も最小限であったため、よくも悪くもヴェローナという土地が抽象化していましたが、そこに愛と死の二項対立を持ち込むことで『ロミオとジュリエット』のプロットの普遍化が行われました。また、愛と死はただ対立しているだけではありません。ジュリエットの霊廟の場面の直前に置かれたロミオの台詞「見ているがいい。お前がもてあそんだロミオとジュリエットの愛の終焉を！」が、ロミオ役者がいわば大見得を切る形で演出されていることからも、死と愛とが交錯しているのは明らかですが、それを象徴するのが本演出でのマーキューシオの描かれ方ではないでしょうか。ジュリエットにとって死神＝パリスはロミオとの間を引き裂く存在であったのに対し、何度か選択肢としての死を口にするロミオにとって、死とはジュリエットと結ばれるための手段であり、愛の類縁に位置するものであるといえます。ロミオが幻で死を思うときに、その象徴としてマーキューシオが現れるのは、ロミオにとっての潜在意識下での愛の対象がマーキューシオであったことにほかなりません。そのために、終幕でのジュリエットの自害が急かされるのに対し、死の願望を持ち続けて追放先から戻ってくるロミオの死が先延ばしにされ続けているのは、ロミオがジュリエットのために死ぬのではなく、死ぬということ自体がロミオにとって目的化しているようで、ロミオは、むしろマーキューシオとのホモソーシャルな関係に殉じたかのように見えます。

次に二〇一〇年版、二〇一一年版の『ロミオとジュリエット』について考えたいと思います。これは、ジェラール・プレスギュルヴィック作、二〇〇一年初演のフランス・ミュージカルを宝塚歌劇団の演出家、小池修一郎が潤色、演出したものであり、小池は過去にも宝塚歌劇において『エリザベート』『スカーレットピンパーネル』などの海外ミュージカルの輸入に成功しています。[11] 小池は曲、役柄、場面の変更などの潤色によって、男女混合で演じられている海外ミュージカルを翻案し、その都度「宝塚らしく」「宝塚用」に書き換えてきました。その文脈からも、前述の植田景子の女性のみの上演とは違った意味での宝塚の特色が現れているといえるのではないでしょうか。フランスでの初演当時から、このミュージカルでは「死」の象徴がキャラクターとして舞台に登場していましたが、宝塚版では「死」だけでなく「愛」も登場しています。さらにこれらの役にジェンダーを与え、「死」は男役、「愛」は女役のダンサーが務めました。序幕で「愛」と「死」が踊り、その後は登場人物が争う場面や死ぬ場面では「死」が、ロミオとジュリエット二人の場面や修道士ロレンスの草庵の場面では「愛」が登場します。さらにロミオに毒薬を売る薬屋は「死」が変装した姿であり、最後の霊廟の場面では「愛」と「死」の両方が登場します。ここで注目したいのは、九九年版と比較した場合、「愛」と「死」は対立概念なのではなく、プロットの両輪として併走するものとして扱われている点です。〔12〕

また、今回の上演の大きな特徴としてティボルト役の拡張があげられます。ティボルトはただのキャピュレット夫人の甥というだけではなく、キャピュレット夫人と近親相姦の関係にあり、キャピュレット家の後継者であると明言されています。また、いとこのジュリエットに片思いをしているため、決闘の場面も両家の争いという側面よりロミオへの私怨がクローズアップされています。さらに、キャピュレット家の内情も書き換えられていて、キャピュレットは浮気性で夫婦の間に愛情はなく、家計は傾いており、そのためにも資産家のパリスとの縁組が必要になっています。また、ジュリエットの年齢設定は一六歳に引き上げられており、両親を反面教師にして愛のある結婚にあこがれる娘として描かれています。このようにリアルなジュリエット像に対し、ロミオは恋に恋する青年として描かれています。九九年版では、ロミオは憧れの女性ロザラインに会うために舞踏会に潜入しますが、一〇年版のロミオは、舞踏会を荒らしに行こうとするマーキューシオのお目付け役として付いて行くだけであり、ロザラインのエピソードは一切出てきません。出会った後も、乳母に使いの品を積極的に託すのはジュリエットであり、イニシアチブは彼女の手にあるといってよいでしょう。さらに大きな改変は、ロミオとジュリエットの結婚をティボルトをはじめ街中が知ってしまっているという設定です。そのことによってティボルトはロミオに殺意を抱くわけであり、ベンヴォーリオ、マーキューシオもロミオの行動を非難します。また、決闘によって傷ついたマーキューシオはロミオに向かって「ジュリエットを愛しぬけ」という言葉を残して死にます。ここにおいて、マーキューシオのロミオへのホモセクシャル的な愛情は否定され、ロミオとジュリエットのヘテロセクシャルの愛が祝福されることになります。キャピュレット家の場面にしても、家族が結婚のことを知っているので、両親がパリスとの結婚を迫るときには「ロミオを忘れなさい」という言葉が周囲のすべての人から発せられます。

これらの改変が上演にもたらした印象の変化は決して小さなものではありません。まず、ロミオとジュリエットの結婚に関しては、神の前での誓約の無力化を読み取ることができるのではないでしょうか。原作ではプライベートなものであったはずの結婚の誓いがパブリックなものになることによって、かえって周囲の憎悪に火をつけ、否定されるものへと変貌しています。これは主人公の二人の間のことに限らず、他の婚姻関係にも共通しています。例えば、マーキューシオの両親の不仲も同様で、結婚によって得られた姻戚よりも血族が重視されています。マーキューシオはヴェローナの大公の親戚であるというのは元からの設定ですが、この上演では大公とマーキューシオの伯父と甥としての会話さえ挿入されており、さらに、そこにティボルトの後継者問題を絡めることによって、原作では漠然としていたキャピュレットの家系が複雑化しています。夫人の甥に相続の権利があり、家の中での発言権は夫人のもので、パリスがジュリエットと結婚しても、ティボルトの継ぐキャピュレット家への資金源にしかなりえないという設定に基づけば、キャピュレットの本流は夫人だということになってしまいます。この女性の強さはモンタギュー家にも共通しています。第二場で両家の夫人はそれぞれの家の若者に向かって、憎しみにおぼれている男たちはおろかだと説くのですが、この場面は見方を変えれば、若者たちが世代交代を歌って騒いだところで、女性たちに説教されるばかりだということを表しています。恋愛に関しても常に強いのは女性たちです。キャピュレット家への挨拶の品としてパリスが持参した薔薇の花束は、キャピュレット家の女性たちの手に渡った後、今度は彼女たちの求愛のツールに変貌します。一輪はキャピュレット夫人がティボルトに差し出しますし、次にはキャピュレット側の女性たちが自らの結婚相手について歌い踊るときにかざされます。ジュリエットがロミオに手渡して、翌日乳母に返事をするときの証にしてほしいというのも一輪の薔薇です。家から家への婚姻の挨拶の証であった薔薇の花束が、婚姻外での個人的な求愛の証になるときに、恋愛自体も家同士の関係から個人の自由意志のもとへと移行され、男性主導のものから女性主導のものへと変化していきます。タンポポの綿毛を手にいつか現れる理想の恋人の幻想を漠然と追い求めるロミオに対して、ジュリエットは非常に主体的であるといえるのではないでしょうか。

この女性上位の『ロミオとジュリエット』において、小池の新演出である「愛」の存在は不可欠であるといえるでしょう。出演者は女性、観客のほとんども女性、にもかかわらず観客に好まれるのはマッチョな男と従順な女というところに宝塚歌劇の孕む大きなパラドックスがあります。宝塚歌劇団は、少なくとも『ロミオとジュリエット'99』の作・演出家である植田景子の入団までは、男性によって創造され、提供される夢の男性像の工場でした。したがって、いわゆる「宝塚化された」は「フェミニズム的な」とイコールにはなりえないのです。さらに、観客は宝塚化された強い男たちに違和感を覚えるのではなく、むしろ極まれに登場する力強いヒロイン像に反発すら覚える傾向にあります。したがって、一〇年版の『ロミオとジュリエット』で強い女であるジュリエットが、夢見る優男タイプのロミオと愛を語るときには、前後のプロットとの違和感を打ち消すように「愛」のダンサーが登場して、この場面におけるジュリエットは従順な恋する乙女であるという前提を枠組として提示する役割を果たしています。「愛」のダンサーが登場すると、それまでの力関係が逆転するのです。この撞着語法的な瞬間のヒントは随所に隠されていて、モンタギュー家の若者たちがジュリエットの乳母をからかう場面で、「綺麗は汚い、汚いは綺麗（fair is foul, foul is fair）」[13]という言葉が何度も繰り返されます。ここではマーキューシオ、ベンヴォーリオが、自分たちは女に真剣に恋なんてしない、女は劣っているからだという内容の歌を歌っているのですが、登場人物たちの心情とは裏腹に、この歌詞によって彼らのマッチョな価値観はすぐにも反転されてしまうはかないものだということも同時に提示されているのです。つまり、あらゆる枠組は転覆の危機にあるということであって、舞台における男女のパワーバランスももちろん例外ではないという解釈が可能になるともいえます。この枠組のはかなさこそが宝塚歌劇の真骨頂であるとも言うことができるのではないでしょうか。舞台上で上演される芝居がたとえどんなにマッチョなものであっても、さらに観客がマッチョなヒーローに魅了されるとしても、それは所詮芝居の枠の中の出来事にすぎません。何よりもそのことを明白にするのは、舞台上でヒーローを演じる役者が女性だという、宝塚の舞台特有の虚構にほかなりません。(さらにショーやフィナーレがついてしまうと、芝居の虚構性はますます強まることになります。悲劇の後に主人公が復活し、別のキャラクターで歌い踊った挙句に羽根を背負って並ぶのです。)同時にそれは大いなる安全装置でもあって、舞台上で何が展開されても「これはショーアップされたものにすぎない」という逃げ口上を制作者に許すものにもなり、したがって、先に述べた「女が男の仕立て上げた理想の男性像に熱狂して、強い女性像を憎んでしまう」というパラドックスも、その観客の熱狂も含めての一種の様式美=お約束であるということに対し、観客自身が自覚的であるという事象によって解消しえるのです。

2　二つの『ハムレット』

次に、作品中での主人公の性格が魅力の一つでもある、『ハムレット』について論じたいと思います。

『ハムレット』はシェイクスピアの戯曲の中でも特に人気のある作品です。デンマークの王子ハムレットは、叔父クローディアスに暗殺された父王の亡霊に、その死の真相を告げられます。そして、母と王位を奪った叔父を討つ決意を固めるべく苦悩します。ハムレットは仇討のために狂気を装いますが、誤って恋人オフィーリアの父、宰相ポローニアスを殺害したため、オフィーリアは狂死します。最後にはクローディアスを討ち果たすものの、ハムレット自身もオフィーリアの兄、レアティーズとの決闘に倒れ、デンマークにノルウェーの王子フォーティンブラスが侵攻したという知らせとともに幕がおります。

さまざまな解釈をされているハムレットという男性像が、女性によって演じられることで、どのように新しい側面を付与されうるかという可能性について考えます。二〇一〇年に上演された宝塚月組の『ハムレット』は、二〇〇三年の野村萬斎主演、ジョナサン・ケント演出の『ＨＡＭＬＥＴ!!』（於世田谷パブリックシアター）に先立って出版された河合祥一郎訳の『新訳ハムレット』を上演台本として使用していました。(14) 前者は女性のみ、後者は男性のみの出演者による上演であったため、どちらの公演も必然的に異性装を含むものでした。ここでは、この二作品の比較をしつつ、宝塚版、すなわち男装版の『ＨＡＭＬＥＴ!!』について考察したいと思います。

宝塚版『ＨＡＭＬＥＴ!!』は五〇〇人収容の小劇場、宝塚バウホールで上演されたロックオペラで、セットは中央に位置する階段のみ、全編ロックに乗せて進行しており、この中で演出家の藤井大介は宝塚におけるシェイクスピア上演の新たな可能性の一つを提示したといってよいでしょう。この上演では、音楽以前に一見してキャラクターがわかりやすいようにとの配慮からか、視覚情報が多用されました。例えば、黒を基調にした衣装のなかで、ハムレットとガートルード、ホレーシオ（ホレイシオ）は赤、クローディアス、ローゼンクランツ、ギルデンスターンは青、ポローニアス家の人々は緑とそれぞれ差し色を用いて属性が表されており、さらに髪型に関しては、純粋でない人物ほど高く盛り上げられているという設定がありました。これは原作の創作当時に流布しており『ハムレット』の中でも言及されている、ガレノスの四体液説の一種の現代的反転のようにも思われます。その視覚効果の助けを借りて、階段だけのセットに役者がならんでいるだけでも、ある程度まではキャラクターの位置、関係性が理解できることになります。また、シェイクスピア作品であるという前提をより強調するために、墓堀は「綺麗は汚い」という科白を口にする三人の魔女になっており、ホレーシオの妹としてシーリアという人物が登場する（このキャラクター自身にはハムレットを看取る以外の役割は課せられていません）など、他のシェイクスピア作品への言及も多い脚本になっていました。

次に主役のハムレット像について、宝塚版とジョナサン・ケント版を比較しつつ考えたいと思います。これまで宝塚歌劇におけるハムレット像[15]は、サラ・ベルナールが演じたようなロマン派的解釈にのっとって造形されてきました。そのことは、宝塚で何度も再演されている『うたかたの恋』の中で、悩める皇太子として、劇中劇のハムレットが主人公のハプスブルク家の皇太子ルドルフと重ねられるシーンでも明らかです。しかし、二〇一〇年のハムレットの台本は河合祥一郎の『新訳ハムレット』に準拠しており、ハムレット自身を「ヘラクレスのような理想的な男になろうとしている」「たくましい肉体をもった行動する」王子として描いていました。

ここで、二〇〇三年のジョナサン・ケント演出の『ハムレット』について振り返っておきたいと思います。野村萬斎演じるハムレットはいわゆるロマン派的な貴公子ハムレット[16]を踏襲せず、行動に移す以前に考えるハムレット像を構築していました。つまり悩むのではなく、行動に移る前に熟考する人物なのです。同上演では、篠井英介がガートルード、中村芝のぶがオフィーリア、植本潤が劇中劇の王妃と、女性役を女形役者が演じました。また、漆塗りのようなセットや、一部の役者の衣装には日本的なものがとりいれられており、終幕のフォーティンブラスに関しては、幕末に来航したペリーを思わせる装束でした。野村萬斎の卓越した科白術だけでなく、篠井、中村芝のぶのもつ、女形としての身体言語がこの上演の柱の一つになっていたことは言うまでもありません。篠井のもつ現代的な女形の型と、中村芝のぶの歌舞伎の発声と身のこなしを洋装にも適応させた演技が際立たせる女性性が、相対的に野村萬斎演じるハムレットの男性性を強調することになり、いわゆる男らしいハムレット像の造型の成立を助けていたといっても過言ではないでしょう。女形役者の身体が作り出す女らしさが、男らしさを男性役の中から発掘し、照らし出すことに成功していた上演であるといえます。

それに対し、宝塚での『ＨＡＭＬＥＴ!!』は、科白を聞かせることよりも、圧倒的にビジュアル面での説得力に重きを置く演出となっていました。また、ローゼンクランツを女性であるという設定にし、かつてハムレットと恋愛関係にあったことを示唆する設定にしています。したがって、ロマン派的な解釈において、女性が演じるにふさわしいとされたハムレットではない、どちらかといえばマッチョよりな、より「男らしい」ハムレットを描こうとしていたともいえるのではないでしょうか。ジョナサン・ケント版で女形の役者が「男らしさ」を浮き彫りにしたように、宝塚版でも演技者の異性装が効果を発揮します。この上演では、フォーティンブラスは登場せず、男らしいと語られるハムレットの死を悼むコーラスに始まり、ハムレットの伝説を語るという劇中劇的な形式でプロットが進行していました。終幕、ハムレットの死をホレーシオとシーリア（ホレーシオの妹）が悼み、賛美の歌のなかでハムレットが復活し、ハムレットという人物のもつ精神的、肉体的な強靭さ＝いわゆる「男らしさ」がほめたたえられることになります。しかし、その反面、ハムレットを演じる役者（龍真咲）が長髪にし、化粧をより強調した赤い口紅を塗ることで、舞台上で「男らしさ」の神話を作り上げようと苦闘している役者の実体は女性であるということがますます明白になってしまう効果も表れていました。その結果、自らの「男らしさ」を高めるために、王位や仇を巡って彼が打ち倒そうとしている相手（クローディアス、あるいはレアティーズ）もまた、女性の肉体の上に男らしさという幻想を宿しているにすぎないということを観客は認識してしまうことになります。しかし、このように女性による上演が大前提であること、すなわちハムレットの物語が女性によって表象されていることが観客の意識から消えないことは、必ずしも上演の失敗というわけではありません。劇中で賛美される「男らしさ」の神話化の過程が男装の女性によって提示されることで、逆説的に「男らしさ」の神話が脱構築されてしまう、すなわち「男らしさ」とは作り上げられている虚構にすぎないということも同時に露呈することになるのです。これは女性だけのハムレットが上演されるにあたって得られた大きな成果の一つではないでしょうか。「男らしさ」にもっとも肉薄しようとしているのが実は女性なのだから、「男らしさ」は男性が備えるべき美徳でもなんでもなく、幻想にすぎないということが暴かれるのであり、これはシェイクスピアの正典の解釈にあらたな意見を差し挟む翻案の一例といってもよいでしょう。ジョナサン・ケント版の上演では虚構の「女らしさ」が相対的に「男らしさ」を提示したように、宝塚版では「男らしさ」が女性の肉体の上に投影される虚構であるということが語られます。仮に台詞をこなしきれない稚拙さが見え隠れしようと、女性キャストのみによる上演だということを観客に見せつけることによって、ジェンダー自体のはらむ虚構性までをも暴く可能性が、宝塚歌劇による上演には潜んでいるのではないでしょうか。

3　スタジオライフ版シェイクスピア

ここまで、宝塚歌劇団による異性装、すなわち男装でのシェイクスピア上演について論じてきましたが、この章では、スタジオライフによる、女装版のシェイクスピアについて論じていきたいと思います。宝塚歌劇団が女性の劇団員のみによって構成されているのとは反対に、スタジオライフは男性の劇団員のみによって構成され、オリジナルの作品だけでなく、『トーマの心臓』、『11人いる!』、『マージナル』、『訪問者』など萩尾望都の少女漫画の舞台化や、清水玲子の『月の子』、樹なつみの『OZ』、さらには東野圭吾の『白夜行』、皆川博子の『死の泉』など、多岐にわたる原作を舞台に乗せてきました。また、日本国内でのヒット作だけではなく、ブラム・ストーカーの『ドラキュラ』やジョゼフ・シェリダン・レ・ファニュの『吸血鬼カーミラ』など西洋の古典に関しても意欲的に舞台化を行っています。近年では、シェイクスピア作品もレパートリーに入っており、二〇一〇年までに『十二夜』、『ロミオとジュリエット』、『じゃじゃ馬ならし』、『夏の夜の夢』などが上演されました。もちろん劇団員は男性のみなので、あらゆる女役は男性によって演じられます。宝塚歌劇と異なる点では、女性役と男性役の完全な分業がなされていないので、演目によって女性役を演じる役者が変わること、はっきりした固定の主役スターがいないことが挙げられます。また、シェイクスピアの時代とは違って女性役を演じるのは少年俳優ではなく成人した男性俳優であり、宝塚以上に役者自身のジェンダーが役の上ににじみ出るところもこの劇団の特徴といえるでしょう。観客層は圧倒的に女性が多く、演出家の倉田淳も宝塚歌劇を意識しているところがありますが、宝塚歌劇と掛け持ちのファンが多いところも独特です。ここでは、『夏の夜の夢』と『じゃじゃ馬ならし』の二つのコメディーを取り上げます。『十二夜』や『お気に召すまま』とは違って登場人物の異性装がない、この二作品を上演するにあたって、スタジオライフの異性装がどのような演出効果を醸し出していたかについて考察します。

スタジオライフ版の『夏の夜の夢』では、森に迷い込んだ二組の恋人たち以上に、ヒポリタとシーシアス（シーシュース）、さらにはティターニアとオーベロンの二組の夫婦にスポットがあてられていたのが特徴的です。幕明き、ヒポリタは足枷につながれて登場します。森の中での騒動の場面では、さながらティターニアとオーベロンが、歌合戦のように競いあって歌い、その中でパックと恋人たちは翻弄されていきます。翌朝、恋人たちの問題に決着がつき、シーシア

スタジオライフ『夏の夜の夢』より、ハーミアの岩崎大とライサンダーの曽世海司

『夏の夜の夢』より、ティターニアの林勇輔とオーベロンの石飛幸治

スの宮殿に参上するのをみて、ヒポリタは自ら足枷を外します。足枷付きでの登場は、アマゾンの女王ヒポリタが敗者であり、シーシアスにとって戦利品であるという認識を元の戯曲以上にはっきりと打ち出しており、この演出を目の当たりにした観客にも強い印象を残し、同じ認識が共有されることになりますが、終幕にヒポリタ自ら足枷を外すことによって、この認識自体がそもそもヒポリタによる思いこみであり、そこから彼女が自分自身を解放するというプロセスにも見えてくるのです。二組の恋人たちの騒動に集約しがちな物語が、冒頭と終幕にしか登場しないシーシアスとヒポリタの祝婚歌における劇中劇へと変化することで、ピラマスとシスビー（シズビー）の劇中劇との接続、さらにはすべてを俯瞰する妖精たちの物語との接続が、より重層化される、すなわち入れ子構造、枠構造が顕在化しているといえるでしょう。冒頭で親の決めた結婚に従わされようとしているハーミアに、ヒポリタが同情を示す点も明白に表現されていますが、森の中での出来事の末に、希望する伴侶を勝ち取ったハーミアの姿を見て、ヒポリタが虜囚として強制されてではなく、自ら選択してシーシアスの妻になることを示唆する演出は、戯曲の中にある女性たちの連帯の形を具現化しています。ハーミアとヘレナ、ティターニアとインドの王女など、メインプロットの異性愛の成就の中で見過ごされがちな女性同士の絆の表面化が著しいこの上演を支えていたのも、やはり女装であったといえるのではないでしょうか。明らかに女装であるとわかる女役の俳優同士がののしり合ったりあるいは非常に強い調子で男性役にせまったりする場面は、喜劇的かつ印象的であると同時に、身体的な力強さを前面に出しています。すなわち、字義通りに「強い女性」を描き出しているのですから、女性の持つ力強さをなんのてらいもなく表現することにもなります。ヒポリタは囚われの身であり、ハーミアは父に従わなければならないという言説が舞台上に存在していても、彼女らがもつ強さは損なわれず、むしろ反撃のチャンスを狙っている、つまり「女は強い」という共通認識が、舞台上と客席の女性たちにもたらされることになるのです。

『じゃじゃ馬ならし』についてはどうでしょうか。じゃじゃ馬といわれるキャタリーナ（カタリーナ）が手荒な方法でペトルーチオ（ペトルーキオ）の従順な妻に変身するまでを描いたこの戯曲は、夫によるいわば妻いじめをコメディーにしているという点から、しばしば観客、あるいは読者に不快な感情を催させる作品であるといわれたりもしています。

資産家バプティスタにはカタリーナとビアンカの二人の娘がおり、妹のビアンカはおしとやかで大勢の男から求婚さ

『じゃじゃ馬ならし』より、左からホーテンショーの坂本岳大、キャタリーナの松本慎也、ビアンカの関戸博一、台上は、リージー・ディクソンの林勇輔と猫おばさんの石飛幸治

『じゃじゃ馬ならし』より、歌い踊る女の子たち

れていましたが、姉のビアンカはガミガミ怒鳴ってばかりのきつい性格のために、男たちのみならず、家族からも煙たがられていました。バプティスタは、カタリーナの結婚が決まらない限りビアンカを結婚させないと宣言し、ビアンカの求婚者たちはカタリーナを結婚させるべく一計を案じます。求婚者の一人、ホーテンショーは、友人のペトルーキオを連れてきます。ペトルーキオはじゃじゃ馬カタリーナを従順な妻へと飼いならしてみせると宣言し、さまざまなやり方で彼女の反抗心を挫いていきます。

このメインプロットは実は劇中劇になっています。酔っ払いの鋳掛屋クリストファー・スライが酩酊して見た夢としてもとらえることができ、暴君的な夫のペトルーキオはスライの妄想として演出されることもあります。スタジオライフ版では、スライは登場しません。替わりに、幕明きに売れない女優のリージー・ディクソンが、酔って現れます。リージーは、役が欲しくてプロデューサーに取り入ってみたものの、利用されるだけ利用されて捨てられたと嘆いているのですが、そこに野良猫に餌付けをする猫おばさんなる人物がやってきて、彼女に夢を見せます。どうやら猫おばさんは天使らしく、二人のまわりで天使の女の子たち（もちろん演じるのは男優です）による歌と踊りが始まって、劇中劇的にキャタリーナの物語が展開されます。終幕、三人の夫たちがそれぞれの妻の従順さを競う場面で、キャタリーナの心情がモノローグとして語られます。有利に物事を運ぶために、自分のためにここで演じなければならないと決意するキャタリーナは、心からペトルーチオに屈服したわけではありません。むしろ自分自身を守るために、跪くふりをするという選択を自ら行うのであり、リージー・ディクソンは、その演技する姿をみて、女優である自分自身と重ね合わせます。ここで表面化するのは、男性が女性を従わせているという図ではなく、むしろ演技して男性を掌の上で転がそうという女性のしたたかさなのではないでしょうか。女優としての演じる本能に目覚めたリージー・ディクソンは、男たちを利用すべく、したたかに生きていくために立ち上がります。そしてキャタリーナと手を取り合った周囲を、幕明きと同じく天使たちが取り囲むのですが、よく見てみると、その面々はキャタリーナの物語に出てくる男たちが女装して、可愛らしく歌い踊っているのであり、二人の女がそれを従えているようにも見えるのです。この劇でも、やはり女は強いという図式は崩されてはいません。それどころか、強かった女が屈服させられる元の戯曲の中の鋳掛屋スライのくだりを、女優と猫おばさんの挿話に書き換えたことによって終幕でのキャタリーナの従順さの中の演技性がクローズアップされるので、女性を支配しているつもりになっている男性、すなわち女に騙されている男たちの愚かさが際立つことになります。さらに、その男たちを演じているのが猫おばさん率いる天使の女の子なのですから、考えようによっては、男に騙されて意気消沈しているリージー・ディクソンの前で、性別不明の天使たちが、男の愚かしさを説こうと寸劇をしている図にも見えてくるのです。シェイクスピアの時代の劇団と同じ、男性キャストのみによる上演にもかかわらず、スタジオライフのシェイクスピアでは、原作を支配しているジェンダーの観念を逆転させることに成功しているといえます。その背景では、演出家が女性であり、観客の大部分も女性であるということ、すなわち女性による受容を意識して、女性が行った翻案であるということが大きく寄与していることは間違いありません。男性が女装して女役を演じるという形は同じでも、現代の男優集団におけるシェイクスピア上演であるスタジオライフの公演は、シェイクスピアの時代の上演とは異なり、現代を生きる「強い女の子」たちのためのシェイクスピアになっているといえるのではないでしょうか。

おわりに

宝塚歌劇団におけるシェイクスピアの上演は、シェイクスピア作品のもつ西洋の古典という権威のため、劇団の創成期近くから行われており、その歴史の中でシェイクスピア作品は、ロマン主義的解釈に基づいた、コスチュームプレイの古典として上演されてきました。しかし一九九九年の「バウ・シェイクスピアシリーズ」を境に、ただ台本に忠実に、あるいはロマン主義的解釈に基づいたコスチュームプレイとしてだけではなく、出演者を女性に限るというカンパニーの特徴を考慮したうえでの演出が行われており、その中で、演出家、脚本家の作品解釈が前面にあらわれています。このようなシェイクスピアの受容のスタイルの変化は、女性を主体とする観客の欲望の変化への認識に基づいているといえるでしょう。ロマン主義的主人公を現出させるのにちょうどいい男装の麗人が演じているから、というわけではなく、宝塚歌劇の大前提である異性装という虚構の枠組が、原作の創作当時のように欲望を抑制する装置としてではなく、むしろ観客の欲望に応えるものとして機能し、舞台上で生み出される虚構を虚構であると観客に意識させることによって、脚本の、さらには原作となっているシェイクスピアの作品が孕む物語や問題点を浮かび上がらせることができるのではないでしょうか。その結果、作品の解釈を含め、上演、演出にさらにさまざまな可能性が与えられています。

同様のことがスタジオライフのシェイクスピア劇に関しても当てはまります。少女漫画、とくに『トーマの心臓』の舞台化で人気を博したスタジオライフが、シェイクスピア作品に挑戦するということは、古典への回帰というよりは、シェイクスピアの戯曲をスタジオライフ流に再解釈しなおすことでもあります。その中で、劇団の固定ファンをはじめとする観客のニーズに沿う形でのシェイクスピア戯曲の、観客主導型の消費がなされることになります。このような現代日本の劇団発信の演出が、戯曲自体にフィードバックし、シェイクスピアの戯曲の解釈に多様性を付与する一つの要因となりえているのではないでしょうか。

コラム

宝塚歌劇団と劇団スタジオライフ――西洋の正典《キャノン》の翻案上演における比較

本論の中で、宝塚歌劇団と劇団スタジオライフにおけるシェイクスピア作品の受容と翻案について議論しましたが、ここではさらに両劇団について紹介したいと思います。本文の中で触れましたが、どちらの劇団も、シェイクスピア以外にも西洋の正典《キャノン》と呼ばれるような文学作品の舞台化を行っています。宝塚歌劇団では、『風と共に去りぬ』、『戦争と平和』、『アンナ・カレーニナ』、『誰がために鐘は鳴る』、『危険な関係』等の舞台化を行っていますし、スタジオライフでは『ドラキュラ』、『吸血鬼カーミラ』の舞台化を行っています。ここでは、スタジオライフの『ドラキュラ』と、宝塚歌劇団のミュージカル作品で『ドラキュラ』のパロディーの『蒼いくちづけ』を比較してみたいと思います。

ブラム・ストーカーの『ドラキュラ』は言わずとしれた一九世紀に書かれたホラー小説の名作です。一九世紀末に執筆されたあと、何度も舞台化、映画化を繰り返してきました。黒髪のオールバックにタキシード、マントという現在のビジュアルイメージが確定したのも二〇世紀初頭の舞台版からのことだといわれています。いわゆる吸血鬼ものの系譜をたどれば、日本では萩尾望都の『ポーの一族』が有名でしょう。萩尾作品といえば、宝塚では『アメリカン・パイ』が小柳奈穂子演出で上演されており、同じく小柳作・演出の『シルバーローズ・クロニクル』は、『ポーの一族』のなかの一エピソードである、『メリーベルと銀のばら』をモチーフにしています。一方、スタジオライフでは、萩尾望都の『トーマの心臓』、『訪問者』、『マージナル』、『11人いる!』を舞台化していることは本論で述べたとおりです。このようないくつかの接点をもつ両劇団において、『ドラキュラ』がどのように受容されているかについて考えてみたいと思います。

スタジオライフの『ドラキュラ』は、ジョナサン・ハーカーがドラキュラ城を不動産の契約のために訪れるところから始まり、ドラキュラのイギリス上陸、ルーシー・ウェステンラの死と吸血鬼化、ミナ・ハーカーがドラキュラに襲われ、最終的にヴァン・ヘルシング教授や男たちとともにドラキュラ城でドラキュラを退治するまで、ほぼ原作に忠実に書かれています。ただ大きな改変は、ドラキュラはミナではなくジョナサンに執着しているという点でしょう。もちろんルーシーやミナを襲撃はしますが、それも最初に出会ったジョナサンを手に入れるためというストーリーになっています。『ドラキュラ』には、ルーシーとミナのシスターフッド、ルーシーへの求婚を媒介にする三人の男性の連帯というように、ホモソーシャルなモチーフが散りばめられており、クィアな観点からの批評もありますが、それをホモセクシャルにまで強調したのがスタジオライフ版の『ドラキュラ』なのではないでしょうか。原作小説と同様に、事件後にハーカー夫妻にはキンシーと名付けた長男が生まれます。スタジオライフ版は、このリトル・キンシーがジョナサンを襲い、血を吸うところで終わります。この終幕は、ドラキュラのジョナサンへの恋情の一つの到達点として描かれているといえます。

それに対して、宝塚歌劇の小池修一郎作・演出の『蒼いくちづけ』では、一幕でカーファックス荘でのドラキュラ出現と消滅までを描いており、二幕では現代によみがえったドラキュラが、ルーシーの子孫のヴィーナスと結ばれるまでを描いたコメディーになっています。登場人物の名前は原作そのままですが人間関係は書き換えられており、一幕は、ルーシーの結婚問題が物語の中心になっています。財政難のために金持ちのゴダルミング卿の息子アーサーと結婚するか、愛する貧しい家庭教師のジョナサンと結婚するかでジレンマに陥っていたルーシーは、ドラキュラの襲撃を機にジョナサンを選択します。二幕のヴィーナスにもやはり金銭問題と恋愛問題が発生しているのですが、今度は、彼女はドラキュラを選んで自ら吸血鬼の世界に旅立ちます。『蒼いくちづけ』では、原作に描かれきれなかった女性の結婚問題、とくにいかに伴侶を選ぶのか、選択権が女性に委任されている、原作のミナの言う「新しい女」の生きる世界を描いているといえます。誰と結婚したいか、女の子たちが集まって騒ぐ場面には原作のミナとルーシーのシスターフッドをさらに強調した連帯が描かれているのではないでしょうか。ちなみに二〇一一年夏には、フランク・ワイルドホーンの作曲によるミュージカル、『ドラキュラ』オーストリア・グラーツ版〔17〕が宝塚宙組元トップスターの和央ようかとその相手役の花總まりを、ドラキュラ伯爵とミーナ（ミナ）にキャスティングして上演されます。ドラキュラ伯爵を男装の女性が演じ、その他の男性役は本物の男性が演じるわけであり、この上演も『ドラキュラ』の解釈にまた新たな光を投げかけてくれるのではないでしょうか。

宝塚歌劇団とスタジオライフは観客層や題材も非常に近似しており、最近では制作側も相互に言及していることも見てとれます。ポップカルチャー、マスカルチャーとしての異性装を通して、西洋の原典《キャノン》を見つめなおすことは、原作のテクストの解釈にさらなる広がりを与えてくれるのではないでしょうか。

注

〔1〕『夏の夜の夢』一幕二場などで女性役を演じる少年俳優の姿形に関する言及がある。
〔2〕『恋におちたシェイクスピア』は一九九八年公開のアメリカ映画。脚本はトム・ストッパードで、シェイクスピアのソネット、『ロミオとジュリエット』、『十二夜』がモチーフとして使われている。
〔3〕蜷川幸雄演出のオールメールキャストのシェイクスピア上演は、彩の国シェイクスピア・シリーズの第十四弾の『お気に召すまま』、第一七弾の『恋の骨折り損』、第二〇弾の『から騒ぎ』、第二三弾の『じゃじゃ馬ならし』がある。
〔4〕ロバートソン、ジェニファー『踊る帝国主義――宝塚をめぐるセクシュアルポリティクスと大衆文化』、堀千恵子訳、現代書

館、二〇〇〇年; Kishi, Tetsuo, Graham Bradshow. *Shakespeare in Japan.* NY: Continuum, 2005; Leonie, Stickland R. *Gender Gymnastics: Performing and Consuming Japan's Takarazuka Revue.* Melbourne: Trans Pacific Press, 2008 等を参照。

〔5〕ここでの「国民」とは、すなわち戦前の大日本帝国において理想的であるとされた大衆の在り方であるとRobertsonは指摘している。

〔6〕宝塚歌劇団のモットーは「清く正しく美しく」であり、スタジオライフはしばしば耽美男優集団として語られることが多かった。

〔7〕「少女」を担い手とする文化に関しては、大塚英志による以下の論考を参照のこと。『「彼女たち」の連合赤軍――サブカルチャーと戦後民主主義』（角川文庫、二〇〇一年）、『少女たちの「かわいい」天皇――サブカルチャー天皇論』（角川文庫、二〇〇三年）、『サブカルチャー文学論』（朝日文庫、二〇〇七年）。

〔8〕『美しき生涯』（二〇一一年五月）のパンフレットの中で、演出家石田昌也がスタジオライフに言及している。

〔9〕初演は昭和八年。

〔10〕シナリオ集は以下を参照。宝塚歌劇団『宝塚バウホール公演脚本集』、宝塚歌劇団、二〇〇〇年。

〔11〕フランスのミュージカルとその演劇性に関しては以下を参照。Do Rozario, Rebecca-Anne C. "The French Musicals: The Dramatic Impulse of Spectacle." *Journal of Dramatic Theory and Criticism.* Fall 2004, 125-42, Kansas: The Univercity of Kansas, 2004.

〔12〕フランス版には副題として de la Haine à l'Amour と添えられており、憎しみから愛へという方向づけが提示されている。

〔13〕フランス版では "Les Beaux, Les Laids" で、『マクベス』の魔女のセリフからの引用。

〔14〕河合祥一郎『新訳ハムレット』角川書店、二〇〇三年。なお河合訳におけるハムレット像に関しては『ハムレットは太っていた！』（白水社、二〇〇一年）を参照した。

〔15〕近年では、宝塚の舞台以外でも麻実れい、安寿ミラなど宝塚出身の女優が男装してハムレットを演じている。

〔16〕『ハムレットは太っていた！』二一六、二二九ページ参照。

〔17〕作曲＝フランク・ワイルドホーン、脚本・作詩＝ドン・ブラック、クリストファー・ハンプトン、翻訳＝常田景子、演出・訳詞＝吉川徹。ブロードウェイでの初演は二〇〇四年で、その後世界各地で上演されている。ワイルドホーンは二〇〇六年には宝塚歌劇団の

公演『NEVER SAY GOODBYE』(脚本・演出＝小池修一郎)に楽曲を提供しており、その公演はドラキュラ役の和央ようかと、ミーナ役の花總まりの退団公演であった。

課題

① シェイクスピア作品の中には異性装を題材として扱っている作品がいくつかあります。作品の中で異性装がもたらしている効果はなんでしょうか。

② シェイクスピア作品の中で、男性のみ、女性のみによって上演したほうが面白くなりそうな作品を挙げてみて、その理由を考えてみましょう。

③ 演劇だけではない、さまざまなメディアや大衆文化における変装、異性装について、それ自体が導くテクスト解釈の可能性、新しさについて考えてみましょう。

推薦図書

① 『宝塚歌劇九十年史　すみれ花歳月を重ねて』、宝塚歌劇団、二〇〇四年。宝塚歌劇団で過去九十年に上演された全作品のデーターベース。シェイクスピアの翻案作品が上演された回数、演出家、主演者等のデーターがすべて参照できる。

② 青弓社編集部『宝塚という装置』、青弓社、二〇〇九年。宝塚歌劇という文化を社会学的観点から分析している論文集。

③ 白水社書籍編集部『Studio Life ビジュアルブック「Troubadour」』、白水社、二〇〇三年。劇団スタジオライフ、ならびに所属俳優のプロフィール等が掲載されている写真主体の本。劇団の成り立ちやスタイル等をうかがい知ることができる。

④ Kawai, Shoichiro. "More Japanized, Casual and Transgender Shakespeares." *Shakespeare Survey Volume 62: Close Encounters with Shakespeare's Text.* Cambridge: Cambridge University Press, 2009, p. 261-72. 近年の日本でのシェイクスピアの翻案上演に関して、網羅的に取り扱っている研究論文。メジャーなものからマイナーなものまで幅広く論じられている。

第Ⅳ章　エコロジーで読みなおす『テンペスト』
――ＳＦ映画からテレビまで

森　祐希子

はじめに

シェイクスピアの場合に限らないことですが、ある作品からアダプテーション作品を創作する時、よく使われる方法がいくつかあります。わき役の視点から物語全体を見直したり、登場人物の性別を変えたり、物語の設定されている時代を変えたりすることなどがそのよい例です。また、物語が設定された場所を変えることもあります。この章では、『テンペスト』を取り上げて、この、場所を変えるということがどのような効果や意味を持つのかを考えていきます。

シェイクスピアの『テンペスト』は、そもそもどこを舞台にしているのかがはっきりしない作品です。地中海やアメリカなど具体的なモデルも想定できますが、どこにもない場所とも、逆にどこにあってもいい場所とも考えられます。この劇をもとに、さまざまなジャンルにわたってアダプテーションが作られてきたのですが、ここでは場所をはっきりと規定した映画作品を二つ見比べてみましょう。

どちらの作品も実は時代設定も変えているのですが、場所に注目すると一つは地球から遠く離れたある惑星を、もう一つはアメリカ南部を舞台にしています。それぞれの映画が舞台としている場所の中で、動植物といった自然がどのように描かれ、その場所の環境がどのように描かれているのかに注目して、エコロジカルな観点から考えてみます。すると、惑星という一見荒唐無稽な設定が、私たち二一世紀の観客の目にはとても身近で今日的な地球の未来に対する新しい問題を提起してきますし、アメリカ南部という豊かな自然の中で展開され、自然と同調し共生する人物が登場している物語が、逆にそのような場所に設定されているせいで解釈の方向を決定づけられていることが見えてきます。場所の設定がアダプテーションを生み出す際に重要な要素になっているということに加えて、それぞれのアダプテーション作品を私たちが受容すること自体が、私たちの置かれている時代の読みによって新しい解釈を生み出すという、一種のアダプテーション作用を持っていることに気づかされるのです。


『テンペスト』はシェイクスピアが単独で書いた最後の劇だと考えられる作品で、全編に魔法が満ちあふれています。

魔術にたけたプロスペローは、娘のミランダと共に妖精エアリエル、魔女シコラックスの息子キャリバンを従えて島で暮らしていますが、実はかつてミラノの大公でした。魔術の研究に没頭するあまり、ナポリ王アロンゾーと手を組ん

だ弟アントーニオに位を奪われ、幼かったミランダとぼろ船で海へ放逐され、この島に流れ着いたのでした。それから十二年後、折から近くを通りかかったアロンゾーたちの乗る船を、魔術で嵐をおこして島に呼び寄せます。アロンゾーの息子ファーディナンドとミランダの結婚をおぜん立てしたうえで、プロスペローはアロンゾーやアントーニオを許し、島を去っていきます。

魔法の杖を折ると宣言するプロスペローの最後の台詞は、この作品を最後に劇作家として第一線を離れたシェイクスピアの、引退の挨拶と解釈されることも多いのです。また、プロスペローが来る以前から島にいたエアリエルとキャリバンは、二〇世紀後半以降、植民地問題と重ね合わせて解釈されることが多い登場人物となっています。

『テンペスト』からはさまざまなアダプテーションが作られていますが、映画によるアダプテーションもたくさんあります。なぜ『テンペスト』にはアダプテーション映画が多いのでしょう。理由の一つとして、場所の設定が自由にできるという点があります。シェイクスピアの作品には舞台がはっきりしているものがかなり多いのです。いくらかフィクションが混ざるものの、基本的に場所と時代の設定が固定されている英国史劇、ローマ史劇、タイトルに地名が入る『ヴェニスの商人』、『ウインザーの陽気な女房たち』、『アセンズのタイモン』、『ヴェローナの二紳士』などは特定の町と強固に結びついています。また、『ロミオとジュリエット』のヴェローナ、『ハムレット』のエルシノア、『から騒ぎ』のメシーナ、『十二夜』のイリリアなど、物語の進行する場所が明瞭に規定されています。『お気に召すまま』のアーデンの森のように、実在する地名でなくても、印象深い名称が与えられた場所が用意されていることもあります。

それに対し、『テンペスト』の場合、プロスペローの島がどこに存在し、なんという名の島なのか、実は原作のどこを読んでもわかりません。テクストから、また一六世紀末から一七世紀初頭にかけての海外プランテーションの状況などから、さまざまに推測することは可能ですし、実際に諸説があります。原作に提示されているミラノ、ナポリ、チュニス、といった地名から推し量ると、島はヨーロッパ大陸とアフリカ大陸の間のどこか、おそらくは地中海に位置すると思われます。一方で、シェイクスピアが『テンペスト』執筆にあたって参考にした可能性が高い資料として、アメリカ東部の英国植民地ジェイムズタウン（現在のヴァージニア州）からのウィリアム・ストレイチーの書簡がありますが、ここには嵐で遭難した英国船が島に漂着して現地の人たちと遭遇した一件が書かれています。また、これ以外にもやはりアメリカの植民地レポートであるシルヴェスター・ジョーダンの『バミューダ諸島の発見』なども参照された可能性があります。この点から考えると、島はアメリカ大陸ヴァージニアのあたり、カリブ海のどこかに存在すると考えられます。あるいはさらに、プロスペローの島には当時のアイルランドが投影されていたという考え方もあります。原作が成立した時点で、すでにこの島がヨーロッパでもアメリカでもアイルランドでもあり得る可能性が秘められていたことになります。

このように島が本来限定された土地ではなく、さまざまな場所であり得る可能性を持っていること自体、どこを舞台にしても成り立つ物語として、アダプテーションの多様化をたやすくしていると言えるでしょう。スタジオ撮影や特殊撮影によって、不特定でどこにでもありそうな場所や、逆にどこにも実在しそうもない場所を作りだすことも、あるいはロケ撮影によって土地のアイデンティティーを前面に押し出すことも可能な映画というメディアにおいて、『テンペスト』のアダプテーションは映画ならではの多様性を生み出す可能性を持っているのです。

『テンペスト』のアダプテーション映画の中から、ある程度『テンペスト』のストーリーを踏襲しながらも舞台設定が大きく異なる、ＳＦ映画『禁断の惑星』とテレビ用に作られた『テンペスト』を比較してみましょう。二作品とも、なかなかユニークな設定です。

『禁断の惑星』は一九五六年に作られたＳＦ映画。二三世紀の宇宙空間に存在する惑星アルテア4《フォー》に舞台が設定されています。地球からこの惑星に到着した宇宙船の乗組員たちは、そこで暮らすモービアス博士と娘アルタに遭遇します。

博士は惑星の先住民クレルによって築き上げられた高度なテクノロジー文化を継承し、自作の高性能ロボット・ロビーを使って何不自由なく暮らしていました。しかし、彼の自意識から生じた憎しみの心がイド（id）の怪物となって、以前には自分と一緒に地球から来た人たちを殺し、そして今度は宇宙船の乗組員たちを襲っているという事実に直面し、死に際して原子炉の爆破装置を起動させ、惑星は消滅しますが、アルタとロビーは他の乗組員たちと地球に向かいます。当時としてはなかなか高度な特殊撮影を駆使し、またロビーは大変人気が高かったようです。

一方、一九九八年のテレビ用『テンペスト』は、往年の名優ピーター・フォンダを主役に、南北戦争時代のアメリカを舞台にしています。妻を亡くしたプランテーション経営者のギデオン・プロスパーは、女奴隷ミゼリを師に魔術の習得に没頭するうち、弟のアンソニーに経営権を奪われ、命まで狙われます。ミゼリの魔術で一命は取りとめますが、娘のミランダとミシシッピーの沼地に逃げ込むはめになります。ミゼリの息子エアリエルと、前から沼で暮らしていたワニ男の二人を使って十二年を過ごしますが、ついに弟を魔術で引き寄せます。若い北軍兵士フレデリックをミランダが助けたのを機に、プロスパーも北軍に手を貸し、最後は弟と対決して農場を取り戻すというストーリーです。歴史的背景や事柄を取り込みながら、魔法で変身したり炎が舞ったりと、いわゆるSFXを多用した映像が特徴的な映画です。

このように、どちらの映画も物語の大筋は原作の『テンペスト』と呼応しているのですが、プロスペローの「島」にあたる惑星と沼地は、それぞれ特異な場所として描かれています。この二作の舞台の特性を、そこに暮らす生き物や植生の様子など、場の環境全体がどのように物語と絡んでいくのかに注目しながら、詳しく見ていくことにしましょう。

1　二本の映画の「場」の設定

一九八〇年代から盛んになった『テンペスト』に対する新歴史主義的、ポスト・コロニアリズム的な読みは、キャリバンを軸に『テンペスト』を読み解こうとすると試みを生み出しました。これは必然的に征服／被征服の関係を考えることになり、舞台上演の演出やアダプテーション作品にも大きな影響を与えてきました。さらに、「島」に一番昔から住んでいたはずで、少なくとも魔女シコラックスとプロスペローから二度にわたって支配されたエアリエルの読みにも及んでいます。一方で、大量に生産され続けるポスト・コロニアリズム的、レイシズム的、フェミニズム的読みを脱して、「文化《カルチャー》」と「自然《ネイチャー》」の観点からエコロジカルに『テンペスト』を読みなおそうとする動きも出てきました。この章では二本のアダプテーション映画を取り上げて、多様な解釈をされ続けているキャリバンとエアリエルをキーにしながら、プロスペローの「島」の「自然」と「環境」に目を向けて新たな読みの可能性を探ってみることにします。

まず、映画の中のキャリバンとエアリエルについて考える前に、それぞれの映画の「場」の設定と、そこに表れている自然や環境について簡単に考察しておきましょう。『禁断の惑星』は二三世紀の宇宙空間に存在する、惑星アルテア4《フォー》が舞台ですが、このアルテア4は地球タイプの惑星という設定になっています。ここでは、人間は特にシェルターや特殊装置などなしに、地球上と同じように暮らすことができるのですが、空の色が違っていたり、月が二つ見えたりします。それ以上に、この惑星の最大の特徴は、高度なテクノロジーによる環境支配です。宇宙船は砂漠に着陸するよう誘導され、着陸地点の周辺はかなり広大な、人の手の及んでいないことを思わせる砂漠地帯に見えます。これに対し、モービアス博士の家の周りには植生が見られるし果物も提供されます。ただ、映像から判断する限り、植物は博士の住まい近くの極めて限られた範囲にしか生えておらず、その生え方も大変人工的な感じを受けます。博士の家の庭にある池も人工的に見え、「自然」のどこまでが「自然」であるのかは厳然と区別できません。むしろ博士の家の周りの「自然」は、高度な科学文明を駆使してすべてをコントロールしようとするモービアス博士の管理力を誇示するための道具立てとさえ見えるのです。家の中に猿が入ってきたり、アルタが呼べば鹿と虎が現れたりしますが、これらの生物も、あたかも人工飼育されているペットのような印象を与えます。実際、後になって博士は、惑星上に地球と同じ種の動物が存在するのは、この惑星の先住民だったクレルが、かつて地球から連れてきたからだと語っています。逆にいえば、アルテア4独自の動物は結局登場しないのです。この映画ではアルテア4に住んでいたクレルの高い知能と技術力は語られるものの、自然環境についてはほとんど何も語られることがありません。

一方、ジャック・ベンダー監督の『テンペスト』は南北戦争時代のアメリカ南部が舞台です。プロスパーが暮らす沼地や、北軍が渡る場所を見つけるのに苦労する川は、周りに木々が生い茂り、外部から来た人間には道筋さえ判然としないもので、人間によるコントロールはかなり困難なものとして描かれています。この映画の中にあふれる自然は、人

宇宙船が着陸する砂漠地帯（『禁断の惑星』）

モービアス博士とロボットのロビー（『禁断の惑星』）
写真提供：MPTV ／ amana images

間の力や技術が作り出したものという印象はまったく与えないのです。プロスパーは嵐をおこすだけの魔法の力を持っていますが、日々の暮らしの中ではザリガニを獲って食用にするなど、自ら生態系の一部となって生きています。また、この映画には馬、カラス、ワシ、蛇などの生物が登場しますが、そのほとんどは魔術によって出現するものです。この点についてはまた後で、もっと詳しく述べることにします。

2 『禁断の惑星』におけるキャリバンとエアリエル

『禁断の惑星』において、実は原作の登場人物が映画の中のどの登場人物(あるいはどのような要素)に投影されているのかは、曖昧な要素が多いのです。ロボットのロビーがエアリエル、イドの怪物がキャリバン、そして博士はプロスペロー、アルタはミランダ、宇宙船の船長アダムズはファーディナンド、酒好きのコックはトリンキュローとステファノーを一人で担っていると対応させるのが一般的です。〔1〕このような登場人物ごとの対応はまた、アルテア4が原作の島であり、博士が先住民クレルから学びとった科学技術に基づく高度な文明がプロスペローの魔術に相当するという対応にもなります。けれども特にキャリバンとエアリエルに関しては、対応の可能性はこれだけではありません。そして、キャリバンとエアリエルを何と対応させるかは、必然的に他の登場人物、ひいては映画が設定している「場」にも異なった可能性を与えるのです。

キャリバンと同一視されがちな「怪物」の正体は、モービアス博士のイド、すなわちフロイトの精神分析などで言うところの本能的な強い欲求であると判明します。そうすると、モービアス博士こそがまさにキャリバンなのだという見方も成り立ちます。〔2〕また、博士が自ら作り上げたロボットのロビーは、宇宙船のコックと親しくなり、酒好きのコックの要求にこたえて物質再構成の能力を発揮し、大量の酒を造ってしまいます。シェイクスピアのキャリバンが初めて口にした酒ですっかり酔っ払ってしまうのに対し、さすがにロビーはロボットなので酔っ払いはしないのですが、このロボットには博士の忠実な召使としてあらゆる任務をこなすというエアリエル的要素と、飲んだくれと酒というモチーフに関与するキャリバン的要素が混在していると考えられるのです。

興味深いのはロビーをキャリバン的なものとみなすと同時に、アルタをミランダ兼エアリエルと位置付ける、ロスウェルが主張している見方です。〔3〕ここでロスウェルがアルタの中にエアリエルを見出した理由の一つは、女優によって優美に演じられるという伝統的なエアリエルの演出方法に起因するものだったのかもしれませんが、〔4〕プロスペローに救い出され、重宝がられながらも真の自由を求め、解放を待ち望むエアリエルの一面を、父親に育てられ、これまでは外界を知らずに従順な娘として生きてきたものの、最後には地球に帰りたいという願望をはっきり主張するアルタに

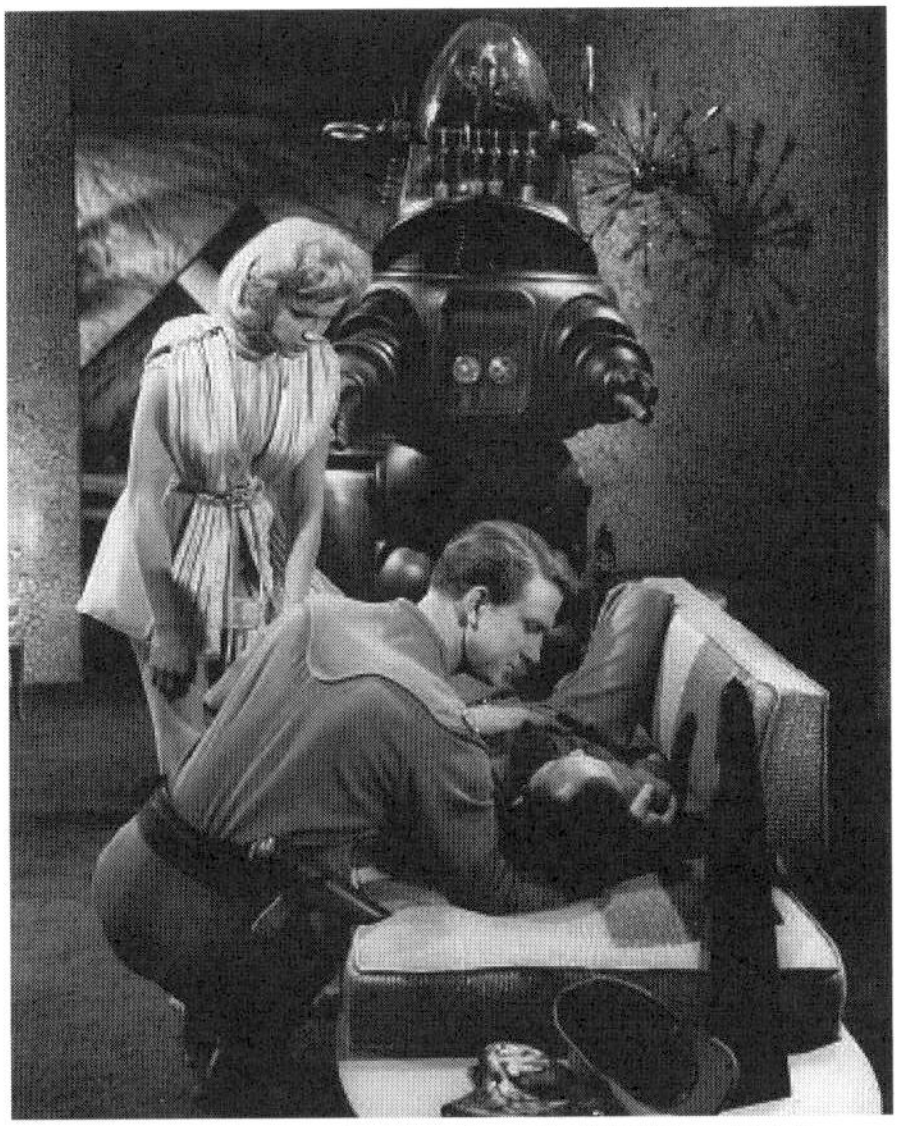

娘アルタ、ロビー、船長アダムズ（『禁断の惑星』）
写真提供：MPTV ／ amana images

見出すことは、極めて妥当な解釈であると言えるでしょう。さらに、アルタが初めて男性に抱きしめられた時の無反応は、ヒューマンな感情に欠けるエアリエルにも共通するものです。〔5〕

3　地球のありか

アルタの持つエアリエル的要素に気づくと、『禁断の惑星』における惑星アルテア4と地球は、実に多様な関係性を見せ始めます。アルテア4がプロスペローの島であるとすると、モービアス博士がこの島に来る前に住んでいた地球はプロスペローの公国ミラノ、あるいはもう少し広く言えば、ミラノとナポリを含むヨーロッパということになるでしょう。けれども、プロスペローが島に幼いミランダと二人だけでたどり着いたのに対し、モービアス博士は他の地球人、とりわけ自分の妻と共にアルテア4にやってきたことになっています。アルタは地球上ではなく、アルテア4で生まれているのです。この映画にファーディナンドはいるかもしれませんが、〔6〕アロンゾー、アントーニオ、セバスチャン、ゴンザーロのミラノ・ナポリグループの一行がすっぽり抜け落ちています。かつて博士と共にアルテア4で暮らしながらも、すでに死んでしまった人たちの中に、彼らが含まれていたとも考えられます。さらにプロスペローが魔術の習得に夢中になっていたのはミラノでのことであるのに対し、モービアス博士はアルテア4でクレルの文明を学ぶことに夢中になり、地球に帰りたがらないのです。

このように見てくると、アルテア4は、プロスペローが支配し続けることに少なくとも一度は失敗したミラノ公国と重なる部分が多くなっていきます。地球からやってきた人たちと包み隠さず話をすることさえ拒んできた博士は、映画の終わりには、自分が支配してきた惑星＝領土＝ミラノを失うのです。このような状況の中で、アルタ／エアリエル／ミランダが最後に向かう地球は、原作でミランダが戻っていくミラノ・ナポリであると共に、エアリエルがついにプロスペローの支配から解き放たれて自由に暮らすエアリエル本来の場＝島とも解釈できるのです。ロビーの持つキャリバン的側面を考えると、この映画のラストシーンでロビーがアルタと共に地球に向かっていることは、地球＝島という図式を示唆し、プロスペローが去った後に結局キャリバンとエアリエルが島に残るという原作の設定と奇妙なまでに符合します。未来の宇宙空間に存在する惑星アルテア4という、実際の時間とも切り離された実在しない「場」において、キャリバンとミランダの表象が多様であることによって、人類の最終帰着場所として想定されていたはずの地球までが多義化されていくのです。

ハワードが主張するように、この映画は二つの科学――すなわち「アインシュタインの科学とフロイトの科学」――を対立軸に据えているように見えます。〔7〕確かにこの映画では、科学技術自体が非難されることはなく、むしろ科学技術をもってしても乗り越えられない人間の心の問題が問われています。とはいっても、エアリエル／ミランダであるアルタが無事に地球＝島に帰り着いてハッピーエンドになるという読みを考えると、イドの怪物を扱いきれなくなった博士が核燃料の爆破によって惑星を破壊するのは、ある意味では人間の心が招いた危機を科学によってコントロールし得たということになるでしょう。ところが、惑星アルテア4は高度なテクノロジーによる環境支配にもかかわらず消滅してしまうので、ここから、アインシュタイン的科学をもフロイト的科学をもひっくるめた科学への対立軸として、生命存続のための環境維持の問題が存在するという新たな読みが、二一世紀に生きる私たちの目には見えてくるのです。今日の私たちにとっての現実的レベルでいえば、核爆発により宇宙空間は汚染され、アルテア4のみが消滅するのではなく、その周辺の環境は今後長い時期にわたって、人類のような生命体が存続するのには適さなくなることでしょう。そもそも、アルテア4の消滅は、アルテア4＝ミラノ≒地球と考えれば、地球そのものの消滅を意味し得るのです。そしてそのような読みに従えば、宇宙船の乗組員たちは、実はすでに地球を離れていたことになりますが、今後は核汚染された地球とその近辺の宇宙空間を遠く離れ、別の「島」で生きていくしかないのです。

アルタ＝エアリエル＝ミランダは博士のコントロールのもとから去っていきます。この映画が「地球」と呼んでいる彼らの帰着先が、原作のミラノであるにせよ島であるにせよ、その帰着先の環境はどのようなものなのでしょうか。ロビー＝エアリエル＝キャリバンがアルタと共に「地球」へ行くことで、「地球」には博士が学びとったクレルの知識＝魔術が、あるいは少なくともその知識の産物がもたらされることになります。それによって「地球」は今後どう変化していくのでしょうか。アルタが恋に目覚めたとき、アルテア4で彼女になついていた虎は急に彼女を襲い、その代償としてあっさりと光線銃で撃ち殺されてしまいます。「地球」における人間と他の生物の関係は、決して平和的なものばかりとは言えそうもありません。そう考えると「地球」の環境は完全に人畜無害とは思えないのです。「地球」は実は原作の「島」に相当し、人類はどこか別の場所に「ミラノ」をこれから持つのか、あるいはすでに持っているかしなければ、無事に生き延びていけないのかもしれません。このアメリカ映画が作られた一九五六年の時点で、このような心配はおそらくほとんど観客の心に浮かばなかったことでしょう。映画史として見れば、この映画はその後のSF映画における撮影技術やロボットの表現に影響を与えた娯楽作品として位置づけておけばよいのだと思います。ところが、『テンペスト』のアダプテーション映画として見るとき、この映画のオープンエンドな特質は、二一世紀の観客をひきつけてやまないのです。

4　ベンダー監督の『テンペスト』におけるキャリバンとエアリエル

ベンダー監督の『テンペスト』においては、とりあえずキャリバンとエアリエルは『禁断の惑星』の場合よりははるかに明瞭に映画の登場人物と対応しています。映画に登場する女奴隷ミゼリの息子のエアリエルが原作のエアリエルに対応し、「ワニ男」がキャリバンに相当する〔8〕と考えられます。それでも、もう少し細かく見ていくと、キャリバンではなくエアリエルに母親がいるといった変更点や、エアリエルを黒人、キャリバンに相当する「ワニ男」を白人（そしてプロスパー父娘も白人）であるとする設定から、いくつかの問題が見えてきます。

この映画は、アメリカ南北戦争時代という設定の中でエアリエルを黒人奴隷としているため、この線に沿って見ている限り、エアリエルとプロスパーの関係は極めてわかりやすいものです。南部人であるプロスパーとその弟アンソニーは、どちらも黒人奴隷が存在するからこそ農場を運営できているのですが、奴隷に対して感謝の念を抱いている「善人」プロスパーと、奴隷の食糧代を着服し、搾取できるだけ搾取して私腹を肥やそうとする「悪人」アンソニーの図式は、いかにもテレビらしく明快です。自分が経営権を得てからの十二年間で、時代の趨勢から農場経営がいかに困難になっていったかを説きつつも、南軍からの報奨金目当てに北軍に対するスパイとして立ち回り、しかもあわよくば北軍からも金を得ようとするアンソニーは、結局悪党の役回りから脱することはありません。自分を撃ち殺さないプロスパーに「おまえはバカだ」と吐き捨てるアンソニーは、結局すべてを――おそらくは北軍の軍法会議にかけられることで命をも――失います。原作のアントーニオが、反省の態度もわびの言葉もないにもかかわらず、プロスペローと一緒にミラノに戻っていくのに対し、この映画のアンソニーはプロスパーの農場から完全に排除され、悪は罰せられ、善が勝ち残るのです。エアリエルは奴隷解放宣言が発せられたと知った後もプロスパーのもとにとどまりますが、このままエアリエルを手元に置いておきたいと願うプロスパーに対して、人間としての真の自由を要求します。そして、魔法の力を使って北軍を勝利へ導いたプロスパーは、最後にはもちろん、忠実な奴隷エアリエルを彼の幸せのために解放するのです。いかにも正統的な、アメリカによるアメリカ史解釈により、映画はハッピーエンドを迎えます。

一方で、具体的でわかりやすい舞台設定と物語によって、失われるものもあります。アメリカを舞台としてアメリカの歴史を扱いながらも、この映画にネイティブ・アメリカンは登場しません。アメリカ大陸に入植したヨーロッパ人の子孫であるはずの白人たちは、あたかも昔からこの土地に暮らしているかのように描かれているのです。登場人物を白人と黒人奴隷に限定したために、奴隷解放という事実だけが、プロスパーの良心の象徴のように描かれていて、そこに至るまでの過去を振り返ることは行われていません。黒人奴隷たちは本来アフリカから連れてこられたはずですが、この映画ではエアリエルに母親がおり、しかもその母親が魔術の習得においてプロスパーの師であるという設定になっているので、エアリエルの出生は曖昧になっています。〔9〕エアリエルはアフリカから連れてこられた者、あるいはその子孫、という側面を強調されることなく、アメリカで暮らす奴隷の息子として位置づけられるのです。〔10〕

キャリバンに相当する「ワニ男」は、白人なのに肉体労働に従事して貧しい暮らしをしている、いわゆるプアホワイト的存在ですが、自分のほうが先にこの沼地に住んでいたと時に主張することはあるものの、どうして沼地で暮らすようになったのかも、またどうしてプロスペローに使われることになったのかも、説明されていません。ミランダに対して性的な興味を示し、実行に移そうとしますが、これはミランダの反応から察して、映画の中で描かれる試みが初めてのように思われます。その行いに対して、プロスパーは魔術を使って「ワニ男」を罰しますが、彼がプロスパーの下僕のような地位にいるのはそれ以前からです。原作ではキャリバンがミランダに性的関心を示したのを機に、奴隷のような境遇に落とされたのに対し、この映画ではワニ男のミランダに対する行動は、過去の事情やワニ男とプロスパーの関係を説明することにはなりません。ワニ男とミランダの関係も、プロスパーと「ワニ男」の関係も、結局それほど激しく対立するものではなく、異種同士の衝突、土地所有の優先権、支配・被支配といった問題は先鋭化されないまま、白人同士の上下関係と位置づけられます。トリンキュローとステファノーに相当する人物がいないこの映画において、「ワニ男」はコミック・リリーフをひとりで担い、プロスパーが言う通り、南軍の目の前で道化役を演じる羽目に陥ります。プロスパーの魔術のおかげで北軍が勝ち進むという、歴史からも原作からもいささか逸脱した荒唐無稽なストーリーを成り立たせる要として、キャリバン＝「ワニ男」は映画全体を軽い娯楽作品に仕上げるのに貢献しているのです。

5　魔術と自然

嵐をおこすだけでなく、エアリエルや「ワニ男」にも直接作用するプロスパーの魔術は、[11] この映画ではブードゥーの儀式を彷彿とさせる描かれ方をしています。実際、プロスパーの師であるエアリエルの母ミゼリもプロスパーも、あるいはエアリエルも、魔術に関与する際にサメディ、レグバ、ダンバラなどというブードゥーの神格たちに呼びかけています。ミゼリ自身が魔術を用いる際や、プロスパーがミゼリから魔術を習う場面に登場する太鼓や多数のキャンドル、鏡や仮面や人形といった道具立ても、いかにもブードゥーの呪術的な雰囲気を醸し出しています。しかし、映画が進行してプロスパーが沼地で魔力をふるう段になると、魔術は自然から力を得ているのだという印象が強く伝わるような画面になっていきます。ミゼリが室内で多くの魔術にかかわる道具に囲まれて魔術を行っていたのに対し、プロスパーは時に自分の室内で魔術の研究をすることはあるものの、実際に魔術を用いる時には、道具など何もない戸外で、地面に

ベンダー監督『テンペスト』のVHSジャケット。プロスパーの超自然的力を感じさせる。
発売元：Vidmark ／ Trimark

文様を描いたり、魔法の砂を使うのです。その際、映像的には、植物が生い茂った沼地周辺の風景や空などといった自然が画面内に大きく写りこんでくること、またそのような画面に太鼓の音を基調としたような、呪文めいてややミステリアスな雰囲気の音楽が重なり続けることで、森羅万象の中に潜む何か人間を超えた自然の力が、プロスパーの魔術にはあると感じさせるのです。

前に述べたとおり、この映画にあらわれてくる生物は馬、カラス、ワシ、蛇であり、しばしばワニの存在が言及されています。そのうち魔術と関係ない、実際に生きている生物は、農場で使われている乗馬用ならびに馬車用の馬と、軍隊が進軍してくる際に使われている馬だけです。ミゼリは自らカラスに変身しているし、プロスパーは魔術を使ってエアリエルをカラスに変え、自分自身はワシに姿を変えます。魔術によって、人は生物と一体化し、沼地に生物が存在するようになるのです。エアリエルがカラスから人間の姿に戻る際の映像で、ほぼ全身人間に戻った彼の背中に、カラスの羽が逆立つようにしばらく残っていて、それがざわっと消えていく映像表現は、人間の姿のエアリエルとカラスの姿のエアリエルとが一体であることをわかりやすく見せているのです。「ワニ男」は、たちまちミランダに見破られてしまうものの、ワニの皮をかぶってワニのふりをしながら川を進みます。また、別のシーンでは、「ワニ男」はやはりワニの皮をかぶってミランダにおどけて見せます。彼にとってワニは恐れるべきものではなく、時に自分と一体化した、愛すべきおもちゃのように見受けられます。

一方で、アンソニーはエアリエルを銃で撃ち、傷を負った彼を沼地近くまで追いつめると、後はワニの餌食だと言って、自らとどめをささずに放置します。彼にとってワニは、人間を襲って殺す存在でしかないのです。また、ミランダとエアリエルを縛るロープと二人を狙う銃が、プロスパーの魔術によって蛇に変わる時、アンソニーは驚愕して蛇を振り払っている間に、二人に逃げられてしまいます。この場面で、アンソニーは魔術(あるものが別のものに変わるという現象)に驚いているだけではなく、明らかに蛇そのものにおびえています。[12] アンソニーにとって、蛇やワニは人間に害をなすものなのであり、彼はついにそのような生き物と一体化することはできないのです。

他方、カラスに姿を変えてもらって自由に世界を見、エコシステムの中で民族や人種、あるいはさらに人間と動物の枠を超えた存在として機能し得たかもしれないエアリエルは、やはり人間としての自由を求めます。それは当然のことかもしれないのですが、奴隷の身分からの解放という形で彼がプロスパーのもとを去る時、エアリエルは結局、ＳＦＸレベルの魔術を使うことによってアメリカ北軍を救うプロスパーの、手先にすぎない存在で終わってしまうという印象がぬぐえないのです。

魔術を通じて自然から力を得、自然の中に溶け込んでいたかに見えるプロスパーが、映画の終わり近くで「ワニ男」に沼地を返すと申し出る部分は、映画全体の中ではむしろ唐突です。沼地を〝所有物〟として「ワニ男」に返すのか、あるいは沼地という場の中からプロスパー自らが去ることによって、支配的立場から降りるということなのか、その意図するところは判然としません。そもそも沼地を譲渡可能なものとみなす〝所有権〟や〝所有物〟といった概念自体が、この映画全体の流れにうまく馴染まないのです。魔術を捨てることが自然とのつながりを断つことである、という明確なメッセージは、特には伝わってきません。〔13〕結局、この映画はアメリカ南部という確固たるロケーションと、南北戦争という歴史的な時の中にシェイクスピアの物語を埋め込むことで、物語の融通性を失わせ、矮小化してしまう結果に陥っているのです。ポスト・コロニアリズム的な作品の読みを一部利用しながらも、視線を先鋭化するかわりにすべてを口当たり良くすることで、「場」が広がりを持たなくなってしまった例と言えるでしょう。

おわりに

『禁断の惑星』とベンダー監督の『テンペスト』では、場所の設定が大きく異なっています。時代や場所を変更するのはアダプテーションの定石ともいえる上、『テンペスト』の場合は原作の場の設定が緩やかであるため、他のケースと比べて一層さまざまな場の設定が行われたとしても、むしろ当然のことと言ってよいでしょう。そして異なった場所に原作のストーリーが投げ込まれることによって、劇中のモチーフは新たな方向性や意味を獲得していきます。原作のテクストと映画というテクストの関係を、土地、自然というもう一つのテクストに向かって開いてみることで、アダプテーションそのものが新たな意味を帯びるようになるのです。あえて対照的な言い方をするなら、曖昧化されることで多様性を呼び込む『禁断の惑星』の場と、明確化されることで限定的になったベンダー監督の『テンペスト』の場ということになるでしょう。

とはいえ、どのような場所を設定するかという問題より、その場所の設定を利用して、アダプテーション作品の中で何が行われ、何が伝わってくるかがより重要な問題なのです。映画とは制作時の映像をそのままに保存できるメディアであると同時に、映画フィルムそのもののみならず、ヴィデオやＤＶＤなど、その時代ごとのメディアを通して再生可能なものです。そのような映画の特性を考えると、アダプテーション映画を製作年とは異なった時代の中で考えることは、映画テクストをさらに新たなテクストへと転換する、ある意味でのアダプテーション創生行為になるといってよいでしょう。地球環境の問題を人類共通の大きな課題として背負っていかなければならないこれからの時代を見据えながら、原作とアダプテーション作品が、そしてさらに原作のみならずアダプテーション作品に対する新たな読みが、二重三重に呼応しながらさらに新たな読みの地平線を拓いていく一つの例として、『テンペスト』の映画作品を見比べてみることは大変興味深いものなのです。

コラム

『テンペスト』の映画アダプテーションあれこれ

『テンペスト』は多様なアダプテーションを持つ作品ですが、映画によるアダプテーションも数多く、バリエーションに富んでいます。原作のストレートな映画化は、テレビ作品を除けばサイレント時代のおそらくパーシー・ストウ監督によるもの（一九〇八年）と、デレク・ジャーマン監督作品（一九七九年）の二本しかないと言っていいでしょう。

アダプテーションの方は、本文で取り上げた二作品以外にも、ウィリアム・A・ウェルマン監督の西部劇『廃墟の群盗』（一九四八年）、ポール・マザースキー監督の現代ニューヨークとギリシアを舞台にした『テンペスト』（一九八二年）、一見『テンペスト』のストレートな映画化と見えながら実は手の込んだアダプテーションになっているグリーナウェイ監督の『プロスペローの本』（一九九一年）などがまず挙げられます。二〇〇六年には囚人による『テンペスト』上演を追ったテレビドキュメンタリー『塀の中のシェイクスピア』（日本未公開、原題は*Shakespeare Behind Bars*）が、二〇一〇年には、別コラムで扱うプロスペローを女性にしたジュリー・テイモア監督の『テンペスト』があります。一方、行き詰った画家と島の娘の淡い恋を描くイギリス映画『としごろ』（一九六九年）も『テンペスト』からヒントを得たのかもしれません。ちなみにここで島の娘コーラを演じているのは、偶然にもテイモア監督の『テンペスト』で主役を務めるヘレン・ミレンです。ディズニーアニメ『リトル・マーメイド』（一九八九年）も、主人公の名前が「アリエル」（シェイクスピアのエアリエルと同じ綴り）とくれば、続編二本も含めて、『テンペスト』の影響があるように思えます。海と嵐のモチーフを持つ日本の宮崎駿監督のアニメ映画『崖の上のポニョ』などにも、『テンペスト』が読み取れるかもしれません。

自然とのかかわりで言えば、マザースキー監督の『テンペスト』はギリシャ・ロケの海が何とも美しく、強く印象に残ります。高名な建築家フィリップ＝プロスペローは、人生に疲れて機械文明から無縁の生活を試みますが、自然の前では無力だし、陽気な島の男カリバノス＝キャリバンになぜか謝罪することになったりします。決して単純に自然を賛美したりせず、ベンダー監督のようなシンプルな善悪の対比とは無縁の、多元的な価値観を持つ質の高いアダプテーションです。一方、『プロスペローの本』は実は全く自然描写がない映画です。劇を書くプロスペロー＝シェイクスピアの物語というメタドラマ的な設定を、制作時の技術の限りを尽くして手の込んだメタシネマ的映像で見せるこの作品では、すべてが魔法によって作り出されており、嵐も幼子の姿をしたエアリエルが模型の船におしっこをかけると起きる、といった具合です。自然《ネイチャー》もマジックという、あるいは劇作という、技《アート》の掌の上に乗せられているのです。

『廃墟の群盗』は、金鉱堀の老人が孫娘と二人きりで暮らす砂漠のはての町に、六人組の銀行強盗が逃げ込む話です。どの人物がシェイクスピアのどのキャラクターに当たるのかは一筋縄ではいきません。例えば、孫娘マイクと結ばれるストレッチはファーディナンドに相当すると思われますが、他の人物たちといつも一緒に行動するうえ、ボスの座をめぐって仲間割れし、敵役のデュードに命を狙われるあたりはアロンゾー的でもあります。ただし、海が砂漠に、船が馬に置き換えられているのは確かで、魔術にあたるのは老人が隠している金塊ともとれますが、それ以上に彼がアパッチ族と友人関係にあるという点でしょう。ストレッチやデュードが自分の過去を語るのに対し、老人と孫娘の過去はほとんど明らかにされないのも特徴で、彼らは時として、まるで砂漠や岩山の一部のように時を超えて存在してきたかのような感覚を与えます。最後はいかにも西部劇的ハッピーエンドに回収されるものの、男が荒々しい自然の一部で、女が町に象徴される人工的な文明という西部劇的構図が、途中段階では見事に逆転されていて、これはなかなかの異色作なのです。

コラム

ジュリー・テイモアの『テンペスト』

二〇一〇年製作のジュリー・テイモア監督、ヘレン・ミレン主演の『テンペスト』が、日本でもついに二〇一一年六月にＴＯＨＯシネマズ・シャンテ他で公開されました。プロスペローを女性のプロスペラに置き換えた以外は、一見、原作のストレートな映画化です。台詞にもプロットにも、それほど大きな変更は加えられていません。

ところが、プロスペローを女性にしたことで、思いがけないほど多くの新たな光が作品に当たる、見事なアダプテーションになっているのです。六十台半ばのヘレン・ミレンが演じるプロスペラは、決して力強い魔術師ではなく、顔に深いしわを刻んだ、老境に差し掛かった一人の女です。最初の嵐を起こすシーンで、早くもそのことがはっきりと伝わります。今までの『テンペスト』映画で、魔術を行うのにこれほど肉体的な力が必要だということを見せた作品があったでしょうか。自分の身体的な力を惜しみなく与えることと引き換えでなければ、魔術は使えないと感じさせる冒頭です。映画というクローズアップなどのカメラワークが可能なメディアだからこそ、魔術が身体的消耗を伴うことが、いやでも伝わります。

そしてこの感覚は、プロスペラとキャリバンの身体表現に反映されます。力強く大きな体躯を持つキャリバンは、華奢で年老いてきている女性のプロスペラに対して、圧倒的な脅威に感じられるのです。幼子ミランダを抱えてプロスペラが島にたどり着いた後、最初にレイプの危険にさらされたのはミランダではなくプロスペラだったのでは、という思いがふとよぎります。キャリバンが暴力に訴え、プロスペラが何らかの理由で魔法をうまく使えなければ、力関係はたちまちに逆転するでしょう。原作でキャリバンが企てるプロスペロー暗殺計画が、この映画では一層の危険と現実味を帯びるのです。

一方で、エアリエルとのシーンからは異性愛への連想が働くようになります。エアリエルがプロスペラに「私を愛していますか」と聞く原作通りの台詞がありますが、ミランダとファーディナンドが寄り添う姿を見るエアリエルのまなざしには、妖精であるために性愛を体験し得ない哀しみがそこはかとなく漂います。一拍置いて「心から愛しいよ」と答えるプロスペラは、人間としての、さらには人間を超えた異種間の「愛」をも確認したかのようです。彼女が原作のプロスペローと違って配偶者について言及しているのも、彼女が与え与えられてきたと同時に、長年奪われ禁じられてきた愛の多様性を思わせます。研究に没頭する彼女を理解し支えると同時に社会的地位をも与えるという、いわば現代女性から見て理想の夫ともいえる配偶者を亡くした後、弟に権力や地位だけでなく「愛」を奪われたのだと、この映画のプロスペラは語っているようです。そのうえでなお、プロスペラが母として、さらには人として愛を抱き続けているからこそ、彼女には魔術を使い、最後に人を許すことができるのです。

その愛は、自然世界に向かっているように感じられます。この映画では、人間とキャリバンと妖精以外に生物は登場しません。植生さえも限られていて、キャリバンの暮らす洞窟は、文字通り草一本ない岩屋です。婚約を祝う劇中劇にも人物は現れず、宇宙的なイメージが広がります。随所に用いられているCG画像はむしろあっさりとしていて、砂粒のように崩れやすいはかなさを持っています。そのために一層、折々画面に映しこまれるロケ地（ハワイの二つの島が使われています）の風景が、今は生命体が存在しない岩までもが活き活きと迫ってきます。特に海は、時に少しもの寂しい色調ですが、この先に今は見えなくても何かがあるという希望を与えます。折々に広々と画面の横幅すべてを占める海は、危ういバランスの上に成り立っているアンナチュラルな魔法の島にいわば閉じ込められているプロスペラが、痛いほど自然への回帰を希求していることを端的に物語っているのです。魔術を捨てても大丈夫なナチュラル《自然》な日が来ることを渇望しているプロスペラを、ヘレン・ミレンという一人の女優の肉体によって描きだした、これが『テンペスト』映画における最新のアダプテーションなのです。

注

〔1〕例えばVaughan, Alden T. and Virginia Mason Vaughan, *Shakespeare's Caliban: A Cultural History*. Cambridge: Cambridge University Press, 1991, 204やLuke Mckernan and Olwen Terris eds., *Walking Shadows: Shakespeare in the National Film and Television Archive*. London: British Film Institute, 1994, p. 165など。

〔2〕Howard, Tony. “Shakespeare's cinematic offshoots,” *The Cambridge Companion to Shakespeare On Film*. Russell Jackson ed. Cambridge: Cambridge University Press, 2000, p. 307.

〔3〕ロスウェルはRothwell, Kenneth and Annabelle Henkin Melzer. *Shakespeare On Screen*. New York & London: Neal-Schuman Publishers, 1990, p. 283ですでにこの説を述べており、また、自著 *A History of Shakespeare on Screen: A Century of Film and Television*. Cambridge: Cambridge University Press, 1999, p. 221でも同様の見方を示している。

〔4〕Rothwell and Melzer, 283でアルタは“a beautiful young girl who doubles as a kind of Miranda and Ariel”と評されており、これ以上その根拠は明示されていない。だが、‘a beautiful young girl’という表現は、エアリエルが一八世紀から二〇世紀に入っても女優によって演じられてきた（これに関しては例えばDymkowski, Christine, ed. *The Tempest: Shakespeare in Production*, Cambridge: Cambridge University Press, 2000, p. 34参照）ことと呼応し、ここでアルタとエアリエルを重ね合わせる見方を助長しているように思われる。

〔5〕この点はMori, Yukiko. “A Green Planet? : The Ecology of *The Tempest* and *Forbidden Planet*.”『環境思想・教育研究』、3 (2009), p. 156でもすでに言及している。

〔6〕先に述べたように、通常は宇宙船のアダムズ船長をファーディナンドと対応させて考えるが、Howardのように“[Miranda] is won by an ‘experienced’ older man”という意味において、“there's no Ferdinand”だとする見方もある（307）。

〔7〕Howardは“the real forbidden planet is the mind” (307)と結論づけている。

〔8〕「ワニ男」（Gator Man）の名前は結局言及されず、これはシェイクスピアの『テンペスト』でキャリバンがめったにその名で呼ばれないことを思い起こさせる。

〔9〕エアリエルの母ミゼリが魔法を使う点を考えれば、彼女の中にシコラックス的要素があることも否定はできない。だがその場合も、集団社会からの「魔女」の排除を含め、権力や支配権をめぐる対立の構図は、奴隷制に集約され、プロスパーとの間には、出発点から和解が図られている。

〔10〕映画の後半、プロスパーの魔術によって急に北軍の中に姿を現したエアリエルは、兵士にどこから来たのかと聞かれて、「アフリカから」と答える。だがすぐに「ミシシッピーに長い」と付け加える。この場面全体は、魔術とは知らない兵士たちの狼狽がやや滑稽であり、エアリエルの答えも問いをはぐらかすユーモラスな応答である。全体としてこのやり取りは喜劇的なものとなっていて、それ以上発展しない。

〔11〕原作ではプロスペローがエアリエルに魔術を行使することはない点は指摘しておきたい。また、キャリバンに対しても直接魔術を行使することはなく、彼に対する懲らしめは常に妖精たちを通じて行われる。また、その中身は幻覚を見せたり、つねったりというもので、この映画に見られるように直接的に持ち上げて地面にたたきつけるといった類のものではない。この映画では、プロスパー自身がミランダの姿に変身してワニ男を幻惑する。

〔12〕ロープが自分たちの体の周りで蛇に変わっていくのを、嫌悪感も恐怖もなく、むしろ安心して見ているミランダとエアリエルとは対照的である。むろんミランダたちはそれがプロスパーの魔術によるものであり、自分たちを救うためだとわかっているからという理由もあるだろうが、二人の態度からは蛇そのものが自分たちを救いに来てくれた「仲間」といった感じが見て取れる。

〔13〕ポール・マザースキー監督の『テンペスト』においては、ギリシアとニューヨークという二つの場所の相補関係がより明確で、ギリシアを去っていくフィリップ（＝プロスペロー）と自然の関連はより明瞭に見て取れる。この点はすでに別のセミナーで口頭発表済みであり（2001, World Shakespeare Congress）、これをさらに論じるには稿を改める必要がある。

課題

①シェイクスピア作品とそのアダプテーションの中で、動物のイメージはどう用いられているでしょうか。例えば牛や馬といった、人間が飼いならし利用している動物と、虎やイノシシなど野生の動物の間に、差はあるでしょうか。あるとすればその差はなぜ生じるのでしょう。

②英国人は園芸好きとよく言われますが、シェイクスピア時代の庭園とはどんなものだったと思いますか。絵画や映像を使って、シェイクスピア作品の「庭」を表現するとしたら、どのように作りますか。

③劇を成り立たせる要素のうち、場所の変更と、時代・性別の変更はどのように関連していると考えますか。

推薦図書

①Bate, Jonathan. *The Song of the Earth*. Cambridge, Massachusetts: Harvard University Press, 2000. イギリス文学を環境文学的に読み解こうとした興味深い一冊。第三章のA Voice of Arielが『テンペスト』を扱っている。

②Vaughan, Alden T. and Virginia Mason Vaughan. *Shakespeare's Caliban: A Cultural History*. Cambridge: Cambridge University Press, 1991.（邦訳『キャリバンの文化史』、本橋哲也訳、青土社、一九九九年）キャリバンが『テンペスト』のキーになり得ることを、文化史的視点を導入しながら丸々一冊の本にまとめて示して見せた書。収録されている多数の図版も興味深い。

③高銀、ゲーリー・スナイダー他『「場所」の詩学——環境文学とは何か』、藤原書店、二〇〇八年。タイトル通り環境文学とは何かを、さまざまなジャンルの文学を直接具体例として取り上げながら論じた書。

第二部
アダプテーションで考えるシェイクスピア

“

. . . for any thing so o'erdone is from the purpose of playing, whose end, both at the first and now, was and is, to hold as 'twere the mirror up to nature: to show virtue her feature, scorn her own image, and the very age and body of the time his form and pressure.

-- Hamlet in *The Tragedy of Hamlet, Prince of Denmark*, III.ii

”

第V章　グローバル時代の『マクベス』と『リア王』
――シェイクスピアの「国境」と「アイデンティティ」

米谷郁子

はじめに

本章では、英国ロイアル・シェイクスピア劇団が二〇一〇年の冬公演で上演した『マクベス』の翻案劇『ダンシネーン（*Dunsinane*）』（デイヴィッド・グレイグ脚本）と、『リア王』の三つの翻案作品について考えていきます。『マクベス』も『リア王』も、シェイクスピアの四大悲劇中の名作であるため、これまで数々のアダプテーション作品に生まれ変わってきました。『ダンシネーン』では、暴君マクベス亡き後のスコットランドの状況が『マクベス』の後日譚として描かれます。それと同時に、「終わらない戦争・見えなくされた戦争・どこにでも存在する戦争」の場として、『ダンシネーン』におけるスコットランドは、現代のアフガニスタンやイラクの情勢と重ね合わされていきます。二一世紀のアメリカに似た「イングランド」と、その疑似帝国的支配に抵抗する「スコットランド」という「ローカル」のアイデンティティ、この支配・被支配の構図全体を問い直す作業が行われています。乾いた笑いと諷刺を基調とはしているものの、終幕部分は無益な占領統治に加担する男たちの諦念をにじませ、詩的なまでに陰影に富んだ作品となっており、好評を得た作品です。『リア王』の三つのアダプテーション作品も同様に「領土（的なるもの）を分割する・境目を作る」こと、老いてもうろくした君主のあり方といったテーマを描くことで、グローバル時代にあって国家や個人のアイデンティティを問い直す作品と言うことができるでしょう。本章では、主に次の二点について考えていきます。シェイクスピアの原作の「悲劇」を支えていたはずのテーマが、これらの翻案劇の中でどのように再検討に付されているか。それから、原作では隠されていて表に浮上してこなかったけれども確かに潜在していたさまざまなテーマが、アダプテーション作品の中でどのように焦点を当てられているか。これらについて、ロイアル・シェイクスピア劇団(1)という、イングランドを代表するカンパニーの特質との関わりも念頭に置きながら考えていきます。

1 『ダンシネーン』に見る「ポスト・マクベス」

ナイジェリアに生まれ、現代スコットランド演劇の旗手となっているデイヴィッド・グレイグ(2)作の『ダンシネーン』(3)は、原作『マクベス』の終幕、反乱軍がダンシネーンの森に集結している場面から始まり、マクベスの死後に新王マルカムが国王になったスコットランドを舞台として、『マクベス』の後日譚が展開されていきます。(4)暴君マクベス打倒後の体制へのフォーカスシフトを描くこの芝居は、『マクベス』と同じく一一世紀のスコットランド史を素材に使ってはいますが、同時に二一世紀の現代国際情勢へのコメンタリーの役割も果たしています。

シェイクスピアの原作『マクベス』では、一一世紀半ば、当時「イングランド」と同様に一つの「国」であったスコットランドの地で、武将マクベスが魔女の予言を受けて王位を狙う野心を抱き、マクベス夫人の叱咤激励によって、自分が仕えるスコットランド王ダンカンを暗殺します。が、マクベスは手に入れた王位を守るために暴君となり、自分の地位を脅かす存在を次々と殺していきます。果ては抵抗勢力の一人として逃亡したマクダフの夫人や子供まで皆殺しにします。王位を手に入れて一層思い煩うマクベスの最後のよりどころは、「バーナムの森が動くまでは滅びない」「女から生まれた者には殺されない」といった魔女の予言でしたが、やがて先王の息子マルカムとイングランドの兵士たちが反乱軍として決起します。あくまでも魔女の予言にすがるマクベスでした。やがて、反乱軍が森の木の枝をかかげて攻め寄ったために「バーナムの森」は動き、「月足らずで母の胎内からひきずりだされた男」マクダフと闘って殺されます。マクベス夫人も、罪の重荷に耐えかねて発狂して死にます。マルカムは最後に即位を宣言し、スコットランドに平和がよみがえります。

原作『マクベス』の結末はいくつかの事柄を確認して終わっています。すなわち、マクベスとマクベス夫人は死に、マルカムは新王となり、マルカムは前王よりも賢く公平な善王となるであろうことです。しかし、グレイグの『ダンシネーン』は「どうやらこれは誤報・誤解だったらしい」と、原作の結末のプロットを真っ向から否定していきます。死んだはずのマクベス夫人が実は生き延びていて、グルアク（Gruach）の名で姿を現してから、物語は『マクベス』最終場面から予測されることとは全く異なる道筋をたどっていきます。スコットランドの武将たちは、『ダンシネーン』では分裂し相対立する諸部族の首長となっており、そのうちの多くは新王マルカムではなくグルアクに忠誠を誓っているようです。マルカムは敵にも味方にも同じように不信感を持ち、賄賂を受け取るのにやぶさかでないような、私利私欲に目のくらんだ俗悪な君主として描かれます。イングランド軍側の武将シワードはさまざまな軋轢《あつれき》を収束させようと努力しますが、「スコットランド国家の治安回復・安定の達成」というイングランド軍側の当初の目的は永遠に果たされぬまま、芝居は終幕を迎えます。

以上が『ダンシネーン』の概要なのですが、ここからはもう少し詳しく話を追いつつ、この芝居のアダプテーション作品としての魅力について考えていきます。

第一幕（春）は、イングランド軍とスコットランド軍の戦いの終局部分から始まります。戦争場面では、スコットランド側はすべてゲール語の台詞となっており、芝居の冒頭では「兵士がバーナムの森になる」プロセスが演じられます。

軍曹　キミたち——
［兵士たち］　——はい
軍曹　木になれ
……
目を閉じてみろ
森を思い浮かべるのだ。歩いて行ってみろ。周りを見回してみろ。何が見える？（中略）シワード、マクダフ、オズボーン、バーナムの森をお目にかけます。

森。鳥はさえずり、木々や木漏れ日はそよ風に揺れる。シワードと息子は森に分け入る。
（一〇–一一頁。［　］内は筆者による補足。小さい文字の部分はト書き。）〔5〕

この印象深いオープニング場面には、戦場が劇場となり、劇場が戦場となる過程が見えます。この直後スコットランドに対してマルカムが逃亡した先のイングランド軍が勝利し、イングランドから戻ったマルカムが新スコットランド王となりますが、事態は収束に向かうどころか、スコットランドが複数の部族社会に分かれているために、マクベスを倒しただけでは解決がつかないことが噂を通じて判明していきます。マクベス城の明け渡し後、死んだと思われていたマ

バーナムの森の兵士たち（『ダンシネーン』）
Simon Annand © Royal Shakespeare Company

クベス夫人（Gruach）が物陰から現れます。スコットランドで実権を握っているのは実はマクベスとは異なる部族の血を受け継ぐグルアクにあり、グルアクと前夫との間に出来ていた息子である王子が正式な王位継承者であること、この王子がいる限り、マルカムの王位の正統性は保障されないことが明らかになるとともに、情勢は占領軍が考えているほど一筋縄ではいかなくなります。一口にスコットランドとは言っても元の君主マクベスに抵抗する部族も複数あり、マクベスを倒したからと言って事態が収拾されるわけではないという現実がつきつけられるとともに、イングランド軍側に現地内部の部族政治が見えていないことからくるコミュニケーション不全の問題が顕著になります。同時に、本来ならばその「国家の成員」であるはずの部族の者たちすらも、スコットランドを一つの国家と見なしていないように見受けられます。混迷の度を深める情勢は、次第にイングランド軍側や為政者側の認識のレベルにまで影響を及ぼしていきます。グルアクがマクベスと共に死んだという情報は虚偽だったことを責めるシワードに対して、マルカムは言います。「スコットランド流のやり方はだね、ただ単にウソを言わないようにするだけでは足りないのだよ。言葉のとり方、理解の仕方にも注意を向けなければ。例えば、もしスコットランド人がある者について『死んだようです』と報告してきたとしよう。『ようです』って言葉をきちんと聴きとらないと大変なことになるんだよ」（二八頁）。この後、芝居全体に'seems'が頻出していくことになると同時に、イングランド側にとってスコットランドが、何か得体のしれないもの、理解不能な（非）実体、不可知の対象としてのしかかっていくのです。「この地（スコットランド）で何か確かなことを矛盾なく言えるとするならば、それは『寒い』ということくらいだ」（二九頁）。このような想定と現実の違い、現実の捉えどころのなさは、「確かなことがなにもない」という少年兵の手紙にもある通り、虚無・虚空を前にしておぼえずにいられない不可知論に至ります。

第二幕（夏）。「占領支配しに来たわけではない、解放をもたらしに来たのだ」と主張するシワードに対して一歩も譲らないグルアク。状況は混迷を深め、イングランド軍側に犠牲者が続出する中、グルアクに手相占いを通じて巧みに誘惑されたシワードは、彼女と肉体関係を持つに至ります。シワードは占領統治中のスコットランドに平和をもたらす務めを担わされており、対立する部族同士を和解させ、マルカムの王権を安定化させることに腐心します。彼はスコットランドの政治的安定のためにマルカムと結婚するように彼女を説き伏せようとします。しかしグルアクは巧妙にシワードとイングランド軍を翻弄していき、マルカムとの結婚に一旦は同意しますが、いざ婚礼が始まろうとした瞬間にスコットランド軍がなだれ込み、流血の殺戮現場となります。これもすべてはグルアクの影の支配力のゆえであることが暗示されます。

第三幕（秋）。占領統治がうまく運ばず、焦るイングランド軍側の残虐行為が増えていきます。イングランド軍兵士たちはグルアクの息子の王子探索を続けるうちに、グルアクから教えられた王子の目印とされる刺青をした少年を見つけて喜び勇みますが、実はその場にいたすべての少年たちに同じ刺青があることに程なくして気づき、グルアクにはめ

シワードとグルアク（『ダンシネーン』）
Simon Annand © Royal Shakespeare Company

られたことを悟ります。焦るシワードに批判の矛先を向けられたマルカムは、無能君主であるという「見せかけ」こそが無用の争いを避けるためのスコットランド流の手練なのだ、たまに気まぐれに暴力でも振るっておけば、誰も反乱など起こす気はなくなるだろう、とうそぶきます（八〇頁）。この芝居におけるマルカムは、ある意味では「暴君マクベス」の反転した像とでも言うべき「無為な君主」であると共に、イングランド側にもスコットランド側にもつかない、二重の意味での敵、あるいは浮遊する君主として存在します。

シワード　彼はどうして自分の王権にまでジョークを飛ばせるんだい。
マクダフ　いや、本気で言ってるんだろう。
シワード　ジョークなのか、本気なのか、一体どっちなんだ。
マクダフ　両方だ――心配するな。

（八一頁）

のらりくらりとした君主の姿に、イングランド軍側もスコットランド軍側も次第に焦燥と疲労の色を濃くしていき、ついに「戦争」とは「侵略と征服」を意味するだけでなく、「名前と意味の関係性の崩壊」をも意味するという、ある種のニヒリズムに至ることになります。

マクダフ　戦争が起きる時は、収穫物だとか修道院だとかを破壊するだけではない――戦争は、モノの名前も共に破壊するのだ。戦争ってのは、空を飛ぶタカのように風景に影を投げかけたかと思うと、どんな名前も見つけたらすぐに急降下して、爪でそれをかっさらっていくのさ。

（一二〇頁）

王子らしき少年が見つかって殺されたという知らせを受けたマルカムは、スコットランド人はそれでも決して王子の死を認めない、第二・第三の王子が出てくるだろう、と言います。「その少年を殺したことで、王子には永遠の命が与えられたのだよ。彼はきっと戻って来る。オークニーでも、ノルウェイの宮殿広間でも見られるだろう。アイルランドの奴隷制からも戻って来るだろうし、数知れぬ群島にも見出されるだろう。私が王位についている限りは、女王の息子は私につきまとい続け、いつか私が死んだときは、たとえ自分のベッドで安らかに死ねたとしても、人々は言うだろう、女王の息子がやったのだと」（一二五頁）。

第四幕（冬）で、シワードとイングランド軍側の少年兵は、姿を消したグルアクを探索するうちに、凍った湖の中の島で赤ん坊を抱く彼女と侍女たちを見つけます。シワードは、赤ん坊を殺そうとしますが……。

グルアク　その子を殺すがよい、シワード。スコットランドは新たな息子を見つけるだろうから。
シワード　そうなったら私はあなたを殺す。
グルアク　スコットランドはまた別の女王を見つけるだろう。
シワード　あなたは何者だ、グルアク。魔人か。女か。氷か。

（一三五頁）

この台詞は『ダンシネーン』の中ではひときわ興味深い台詞です。そうやって「見つけ」られた子供は、スコットランド側からすれば、「正統な王子」、イングランド側からすれば「僭称者」という存在になることでしょう。「スコットランド人たち」が、その子供のことを知り「王子」として認識し承認するからこそ、その子供は「王子」と称することができるわけです。このことは当たり前といえば当たり前ですが、同時にこの「子供」はコピーでもよいらしく、別にグルアク自身が産んだホンモノの子供、「血統的に正しい王位継承者」でなくてもよいようです。この箇所がつきつけてくる問題に関しては後で詳述することにして、ここで確認しておきたいことは、「スコットランド」と「息子」「グルアク」が、それぞれ唯一の真正なる実体として必ずしもぴったりと重なるものではないかもしれないという可能性です。シワードは、自分の目指したものが解放と自由と豊穣なる国土の回復だったと主張しますが、グルアクは、シワードの「善意」を嗤《わら》い、永遠の抵抗を宣言します。結局シワードも少年兵も、赤ん坊を殺すことができずに、共に真っ白な雪の風景の中を歩み去っていきます。

2　少年兵の問いかけるもの

この国は一体何なんだろう、と、僕たちは悩み始めました
イングランドではあらゆるものが普通だったのに――
夏、国土、ビール、家、ベッド、例えばこんなもの
それがスコットランドでは――あらゆるものが水で出来たものに変わる
ここでは――
何ものも形が定まっていない。これがここへ来て学んだことなのです
（少年兵の手紙　三九頁）

この国で物事を考えるってことには沢山の罠がつきものだ。堂々巡りをして歩き回らなくちゃいけない。
（マルカム　五二頁）

シワードやマルカム、少年兵の姿を通してみると、『ダンシネーン』とは、「自分の所有物になったはずの」土地の「異

質性」を主題とし、もはや「自分のもの」ではなくなった、あるいは最初から自分のものにはなり得ない土地・風景の上で、異邦人として立ちつくす人たちの物語と見えてきます。「確かなものは何にもない」という少年兵の台詞がイングランド軍やマルカムによって何度も繰り返されますが、これは「解離」の感覚、あるいは「疎外」の感覚と言ってもいいかもしれません。

アダプテーション作品は、原作なしには存在し得ませんし、私たちの側に原作に関する知識がなければそれと認知し得ません。けれども、アダプテーション作品を考える上で取るべき手続きは、単に原作と比較対照して異同をリストアップしながら思考することだけではないでしょう。こうした思考には、やはり〈原作（の権威）〉にアダプテーション作品を従属させる読みが否応なしに潜在するようにも思われます。むしろ、アダプテーション作品の内部で起こっている出来事と、作品外部で起こっている出来事（観客・読者の世界の出来事）との関係性を追っていきながら、アダプテーションが原作（だけ）ではなく「現代を生きる、他ならぬ私たち」とどのような関係を結んでいるのかに注目することの方が重要でしょうし、また面白い部分でもあるのではないでしょうか。

『ダンシネーン』の面白さを探るための手がかりとして、芝居の主要な「語り手・かたりべ」として登場する少年兵に注目してみたいと思います。四幕からなる作品の各幕は、イングランド軍側の「少年兵」が戦争・占領の地に分け入る途上で祖国の母親に宛てた手紙を朗読するシーンから始まります。少年兵が『ダンシネーン』の視点人物になっていますので、この挿話効果の大きさは無視できません。少年兵の手紙の内容は、大ざっぱに言えば、戦争・占領統治に入るまえに聞いていた噂と実情の違いや、みじめなまでに不透明な状況に対する主観的な心情の吐露となっており、観客の視線は、とりあえずはこの手紙を朗読する少年兵の視線に共感し重ね合わさるように誘導されています。占領統治をつぶさに目の当たりにする少年兵の視点と、『マクベス』のアダプテーション『ダンシネーン』を観る観客の視点は、ここで交錯することになります。少年兵が体現しているのは、スコットランドに抱いていたイメージ・伝説・情報・噂が事実ではなかったことで翻弄されるイングランド軍です。少年兵の手紙は、これらの「信頼できない情報」を元にスコットランドを知ろう・読もう・侵略しようとする「イングランド軍」の作戦の失敗を物語ります。こうして噂に翻弄され敗北していくイングランド軍（＝少年兵）の視点が頼りないものであるのと同様、『マクベス』という原作の知識に頼ってこの芝居を観ようとする観客の視線自体も、実は非常に限定的なものであるどころか、もしかしたら間違った観方であるかもしれないことが実感されていくのです。

過去に『マクベス』のアダプテーションによってイラク戦争を批判したのは批評家ハロルド・ブルームでした。〔6〕これは二〇〇一年に起きたいわゆる「九・一一」後に、国連決議を通さずにイラク侵略を行った当時のアメリカ大統領ジョージ・W・ブッシュをマクベスになぞらえて批判する作品となっています。『ジュリアス・シーザー』のアダプテーションと同様に、特に一九九〇年代以降の『マクベス』のアダプテーション作品においてもまた、侵略者・占領者・専制君主として批判する対象をマクベスになぞらえて語り換える趣向が目立ってきました。ただ、『ダンシネーン』は『マクベス』のアダプテーション作品でありながらも、肝心のマクベスが登場しません。マクベス後の世界を、イングランド対スコットランドという『マクベス』終幕部の構造を残したままで描いているわけですが、「ポスト・マクベス」的なこの芝居で明らかになるのはしかしながら、マクベスという暴君一人が滅んでも、あるいは登場しなくても、「戦争」「支配・被支配」の反復という、『マクベス』の世界の隠れた前提となっていた構図は終わらないという、より苛烈な現実です。「戦争」が終わったとしても、勝利したとしても、あるいは敗北したとしても、「戦争は終わっていない」のです。これは、イングランド軍の無名の兵士同士の以下の会話からも明らかです。

―― What's he [= Siward] doing?

―― Fighting.

――But we've won.
――Still have to fight.
（一九頁）

「戦後」あるいは「ポスト・マクベス」の後には「占領」「真の戦犯探し」という新たな「戦いの反復」が待っている。「戦争」は、解放どころか新たな占領支配をもたらす、「同じことの無益な反復」の装置なのです。多分に二一世紀的なこの状況が、この作品でイングランドに支配され続けたスコットランドの状況と重ね合わせられた時、「戦場＝劇場」のアナロジーにとどまらず、占領地（「ポスト・マクベス」のスコットランド、現代のアフガニスタン、イラク、パレスチナ）が同時に二一世紀における植民地であることからくる「植民地＝占領地＝戦場＝劇場」という同心円的アナロジー構造が描かれていくことにも思い当たるでしょう。〔7〕「戦後＝平和・解放・平等」と思われていた「戦後の支配」の場こそが実は戦場なのである、ということを『ダンシネーン』は暴露します。その過程で、占領地の世論を侵略者側が見誤る問題や、「現地人を信用させ、略奪に来たのではないと主張し続ける」ことの不毛さといった、二一世紀を生きる私たちが見慣れたシーンが展開されていくのです。占領軍が不毛に居座ることからくる無秩序の問題は、シワードの最初の意図と外れていく現状の中で、leave（退却）とdefeat（敗北）の違いがわからないイングランド軍の規律の乱れとして表されます。

シワード　スコットランド人は、われわれが彼らを従属させに来たと思っている。それが誤解であることをまず証明しなければいけない。女も奪わない金も奪わない、必要以上の家畜も奪わない。彼らにわれわれを信頼させなければ。
（四四頁）

イーガム　彼ら（スコットランド人）は、われわれがここにいるからわれわれに戦いを挑んでくるんです。スコッ

トランド人は、目の前に立ちはだかる人なら誰とでも闘うでしょう。　（九五頁）

キンタイア　昔は平和があったものだが
ロス　今はもうない
キンタイア　もうない
ロス　まだない――もし平和をもたらさないなら、まだない
キンタイア　われわれが出て行くことで、残していくことが出来るかもしれない
ロス　彼の言っているのは平和を残すという意味です
キンタイア　言葉のあやですよ
シワード　わかっている　（一〇五頁）

ただし、ここで注意しなければならないことがあります。『ダンシネーン』を見どころのある作品にしているのは、観客の視点がイングランド兵に重ね合わせられること「だけ」にあるのではなくて、むしろ「ゲール語」的視点の介在にあるということです。先に紹介した第一幕冒頭の戦いのシーンでは、スコットランド兵の喋る言葉はすべてゲール語になっており、ゲール語を理解できないメインストリーム（「主要」英語圏）の観客にとって、スコットランド（兵）は当初、理解不能で粗野な他者として映ることでしょう。しかし、芝居が進むにつれ、観客は徐々にイングランド的世界とゲール語的世界の間に宙づりにされていきます。最終的に「ゲール語世界」は「イングランド世界」と真っ向から対立し敵対したままで、両者が和解して終わることはありません。「ゲール語世界」は、「イングランド」側の一方的で安易な「他者表象」に回収されることはないのです。結果としてこの芝居は観客の視点をイングランド軍側の植民者的

視点に同化させて終わることはありません。ただし、『ダンシネーン』はスコティッシュ・ナショナリズム演劇でもありません。脱力系の乾いた笑いを基調とすることで、イングランド軍側の野蛮さや愚かしさを嗤《わら》うと同時に、スコットランド側をも、融通の利かずセンスのない田舎者、あるいは何もない荒野だらけの地として四世紀にわたって貼られてきたレッテルを自嘲的に肯う形で、笑いものにしています。〔8〕ただ、この自嘲は自嘲である限りにおいて、「植民者側」から見た「他者」の不条理として神秘化され放置されることはなく（つまり、お定まりの「他者表象」として片づけられることなく）、背後にある部族政治によって複雑なコードが出来上がっているという政治的状況と織り合わされています。これにより、「ポスト・マクベス」のスコットランドは、見かけと現実、神秘化と実像の間でロマン化されてきた自国の歴史だけでなく、二一世紀的現状、すなわち「他の地域」を完全に理解することの不可能性も同時に暴露します。こうした「他者」の側からの、神秘化の徹底的な否定と自嘲精神こそ、アダプテーションが自らの存在価値をグローバル世界の文化産業に滑り込ませ潜在させ、「原作」の権威に対抗すると同時に「原作」と響き合おうとする、その試みと似ていなくもないのです。

3　グルアクとは誰か、「王子」とは誰か

この芝居におけるマクベス夫人は、野心の果てに狂気に陥った「女でなくなった女」ではありません。マクベス「夫人」とは違って固有名「グルアク」で呼ばれ、男を翻弄し、息子を庇護し、父が誰ともわからない赤ん坊を抱いて艶然とほほ笑み、「魔女」のような侍女たちに囲まれ、彼女自身も「魔女」化されています。「蜘蛛」と呼ばれ、全知万能の実質上の女帝として語られ、「蜘蛛の巣」のように情報網を張り巡らしているさまがマルカムによって語られています。彼女自身も、占領者から押しつけられた「魔女」というレッテルを否定したりはしません。むしろ少年兵から「赤ん坊

の肉を食べている」という噂について聞き及ぶ時も、「イングランドでは赤ん坊の肉を食べないのか？　やわらかくておいしいのに」と、悠然と返答してみせるのです。マクダフ配下の兵士たちに捕えられた「息子」も、「母親の侍女たちは魔女で、呪文を投げる。薬草から神秘の力を得ている」と証言し（一二二頁）、マクベス夫人と魔女がこの作品では同定されています。グルアクは、一旦はこの作品における「スコットランド」と同じ位相に置かれ、一旦は噂によって神秘化されますが、次にその神秘化を彼女自身の言葉によって粉砕していくのです。

少年兵　いい歌だね。歌がうまいね。あなたの侍女たちは素晴らしい歌い手だ。なんていう歌なの？
グルアク　これは歌ではないんだよ。
少年兵　じゃあなんなんだい？
グルアク　呪いの言葉だよ。
少年兵　誰に対する？
グルアク　お前たちだよ。
少年兵　ああ
グルアク　これを飲んだら鳥に変身するんだよ。
少年兵　そう
グルアク　故郷へ飛んでお帰り。
（六一頁）

このグルアク像が、彼女が打ち出す彼女自身の真のイメージなのか、それとも征服者側によってねつ造されたイメージを、彼女自身がわざと演じてみせてパロディとしているのかは、判断がつきません。おそらくは各演出によって異なってくることでしょう。グルアクは、決してアマゾネス的にあからさまに勇猛なわけでもなく、また自分の存在を相手に押しつけ声高に主張するような人物として描かれてもいません。けれども、また同時に決して屈しない人物として、時に従属し時に神秘化され、時にあからさまに自らに課せられたレッテルをパロディに付し、また時に圧倒的な言葉の力でもって抵抗していきます。シワードを一貫して憎みつつも対話を止めようともしないところに、彼女のしなやかさが見てとれます。『ダンシネーン』はこの新しいマクベス夫人に、女性の側から、しかも自分を「女王／王妃」として特権視しない言葉遣いを用いて語らせます。グルアクが「ゲール語世界」の側に立ちながらも偏狭なナショナリズムを主張したりはせず、なおかつアダプテーション作品の位置づけをも体現しているように思えるのは、彼女が絶えず、「王子」「少年（兵）」「子供」と一緒に出てくるか、もしくは言及されることからも来ているかもしれません。「少年兵」「王子」の表象のつきつける問題とも併せて考えてみます。

原作『マクベス』を貫く重要なモチーフとして、「圧政の記憶のトラウマ的な反復」あるいは「反復の悪夢」、言い換えれば、「絶えず回帰してくる暴君」のモチーフがあります。特に『マクベス』の映画化作品では、同じ悲劇がいつまでも繰り返されそうな気配が横溢しています。例えば黒澤明監督作品の『蜘蛛巣城』（一九五七年）では、城主もまた先代の城主を殺したことになっていますし、ロマン・ポランスキー監督作品の『マクベス』（一九七一年）のラストでは、ダンカンの次男のドナルベインが、マクベス殺害の後に魔女の予言を聴きに現われます。これら有名な映画化作品を一瞥しただけでもわかる通り、『マクベス』は、これからまた新たに悲劇が始まる予感に満ちていて、それをいかに語り直すか、という部分が見どころとなっています。それでは『ダンシネーン』ではどうでしょうか。「反復回帰する時間」に関連して、二つの事が指摘できます。

ひとつに、この芝居における「反復」のモチーフは、侵略者がどんなに占領地の王位継承者を殺してその血統を根絶やしにしようとしても、必ずまた次の（得体のしれない・血統のさだかではない）王位継承者のコピーが現れて、抵抗は永遠に繰り返されるだろうとの、被植民者側からの抵抗のメッセージへと移し替えられ、流用されている点です。と同時に、侵略者・征服者への抵抗の過程で、侵略者側が意義のありかとしているらしき「直系・血縁・血統の重要性」が根拠の怪しいものとして否定されます。ここに読みとれるのは、「歴史劇」や「悲劇」のイデオロギーを支えていたはずの、あるいは侵略者イングランド側が前提としているらしき、「常に前に進む時間の直線的な進行（linear time）」という近代主義的時間概念への反逆、すなわち進歩の時間線への抵抗です。植民地主義のロジックとは、片方に「幼児性」や「原始性」を置き、もう一方に「成熟」や「文明化」を措定して、前者を植民地に、後者を植民者側である西欧世界に位置づけるものです。さらに言えば、こうした植民地主義のロジックの延長線上にあるのは、ある特定の文化や個人を、この時間線の中のどこかに位置づけた上で、それが他の文化や個人と比べて「遅れている」とか「進んでいる」などと格付けする「モダン」、つまり二〇世紀型文化産業です（戦後すぐの頃の、アメリカの文化は「先端」で、日本の文化は「コドモ」という価値観、イングランドは「主人」、スコットランドは「野蛮な田舎者」など）。増殖するコピー王子を擁立しようとしているグルアク、および『ダンシネーン』が試みているのはある意味で、こうした近代主義的時間概念とそれが胚胎する「成熟」という暴力的なロジックの、周到な転倒という意味での「ポストモダン」であると考えられるのです。これは、「原作」という「父」の「直系の息子」としての翻案作品という位置づけへの、翻案作品側からの抵抗としても読み替えられる部分であると思われてなりません。

もうひとつの注目すべき要素として、終幕においてグルアクが侍女たちと一緒に誰の子かわからない赤ん坊を「新たな王位継承者」としてあやしている情景があげられます。観客は『ダンシネーン』の春夏秋冬をあたかも「占領地の歳時記」として経験するわけですが、グルアクの妊娠を知らされずにこの最終シーンを見るときに、まずは時間感覚が狂わされる感じがするに違いありません。さらに、戦場・支配被支配・武勲という男性原理から離れたところにある、あるいは男性原理が徹底的に堕落・崩壊した果てにいつのまにか生き延びている、女性だけのコミュニティにおける絆とそれが孕む一種の希望は、赤ん坊が少年兵の腕の中でおもらしをするという最後の小さなコミック・リリーフにも表れます。ここでは原文のまま引用してみます。

Boy Soldier　The baby, Sir [=Siward]
　It's shitted, Sir.
The Boy Soldier tries to calm the child. The baby cries.
　Sir, I think it's hungry. [. . .]
Shhh . . . shhh . . .
Shhh, little one.
It's all right. Everything's all right, little man.
Shall I try rocking it, Sir,
Rocking it in my arms?

（一三六‐三七頁。イタリック部分はト書き。）

結局、赤ん坊を殺すことができないままに、敗残者としてのシワードと少年兵は諦念を抱いて去っていきます。最後のト書きと台詞の書かれた方を原文のまま引用してみます。

Siward turns and walks away.
He walks into the snow.
He disappears.

The Boy Soldier . . . hesitates.
Gruach Go.
The Boy Soldier walks.
Everything has disappeared.
There is only the Boy and white.
And then there is only white.

（一三八頁　最終場面）

このように改行を駆使した詩のようなスタイルのト書きには、劇作家の特別な意図が読み取れるように思われます。おそらく観客は夢見心地の気分になり、何もない真っ白な光景に取り残されて、あたかも自分が物語の直線的な時間の流れの外側に連れ出されるような感覚を覚えるでしょう。いつまでも死なない息子。いつまでも生まれ続ける赤ん坊。そして、いつまでも立ちつくす少年兵。ここには、男性原理的な対立軸や「モダン」な時間概念からは放逐されているからこそ、成長・進歩・成熟という目的論に屈することもない、独特の新しい世界が読み取れるようにも見えます。そしてこれこそが、「いつまでもコドモ」のアダプテーションが私たちに差し出す、一つの新たな境地とも言えるかもしれません。

さきに「スコットランド」と「息子」「グルアク」が必ずしもぴったりと重なるものではないかもしれないという可能性について言及しておきましたが、この作品を通じて興味深いのは、スコットランドの「子供＝王子＝赤ん坊？」と「少年兵」は、登場する際の立場性こそ異なっても、本来的には「ただの子供」として重ね合わせられている可能性です。イングランド軍側の少年兵とスコットランドの王子がイメージの上で重ね合わせられること。そして、王位継承者や女帝的存在のコピー可能性の提示によって、彼らの存在が『マクベス』を支えていた男性中心主義やスコティッシュ・ナショナリズムに重ね合わせられないこと。この「重ね合わせる／重ね合わせない」ことによって、この作品で言及される「スコットランド」という国家の輪郭は、巧妙にぼかされてもいるように思われます。むしろ、この劇中世界にあっては、占領と抵抗という個々の行為が「国家」を立ち上げるのであって、所与の「国家」があるから「占領／抵抗」が起きるとは必ずしもいえないのです。原作『マクベス』においても、アダプテーション作品『ダンシネーン』においても、「ある王朝が別の王朝に移行する」瞬間が描かれているのですが、『マクベス』では「国家」というものをめぐる認識における揺らぎは顕在化しないのに対して、『ダンシネーン』は、以上のように占領・抵抗の現場を描きつつ、「国家」を再定義している作品と捉えることができます。そしてそのことこそが、アダプテーション作品としてのこの芝居の特質にもなっているのです。

4　ロイアル・シェイクスピア劇団（RSC）の戦略

『ダンシネーン』は二〇一〇年のRSCの「新作」として上演されました。RSCは、シェイクスピアの原作と新作との関連性と、そこから再浮上するとされる原作の「普遍性」について、以下のように述べています。「新作はシェイクスピア作品をうまく織り込んでおり、シェイクスピアの原作の意味を逆照射しつつ改変することに長けている。私たちの同時代の経験についての演劇がシェイクスピアの普遍性と共存しているそのありようは、ちょうどシェイクスピアの同時代人による演劇作品のアダプテーションが、私たちが知っている現代の経験をも照らし出しているのと同様である」。〔9〕RSCのマニフェストを読むと、あたかも『ダンシネーン』というアダプテーションの価値は、『マクベス』という原作の権威がなければ成立しないもの、原作に従属した形でのみ存在しうるものであると読めます。つまり、「新作」の価値は原作をどれだけ織り込めるか、原作にどれだけ新鮮な光を投げ返せるかによって決まってくるかのようなのです。けれども「新作」『ダンシネーン』は、観客が知っている（かもしれない）『マクベス』の筋立てを大幅に改変して見せることで、劇団側が想定したアダプテーション作品とシェイクスピア原作との関係を再考に付していると言えます。原作の結末が語ったことを「間違った認識」として見せること。原作では周辺的で不可視の存在とされていた「一般大衆」や脇役に、その心象風景を語らせること。原作では焦点化されなかった「飼い慣らされない自然」としてのスコットランドや「生き延びる」女性、武装占領統治の実態を前景化すること。『ダンシネーン』が原作至上主義的観念に挑戦しているとは、例えばこのようなことに表れています。グレイグの作品は、このように上演側の思惑や期待を裏切って、原作至上主義的観念に異議を差し挟むことで、この作品のアダプテーション作品としての自律性を保持し得ていると思われます。言い換えれば、シェイクスピアの〈原作者〉としての社会的・文化的・歴史遺産的「価値」や「権威」を再考に付す独特のやり方として、原作『マクベス』で描かれた出来事を「あくまでも一つのヴァージョン」としてしまった上で、それを別の視点から語り直す「全く別のヴァージョン」を用意することで、元の物語を屈折させ改変させるヴィジョンを提示していると言えるでしょう。

　別の視点から観ると、ＲＳＣの宣言に従って原作が自らの「古典」としての地位を確立し、無限にくみ尽くせぬ豊かな意味の源泉であり続け、複数の可能性を生み出すことで「現代に生きる」ものであるとするならば、そうした原作は、そこから逸脱したり、あるいは自らの権威に異議や矛盾を付きつけるアダプテーション作品の出現を逆説的にも積極的に認めなければなりません。また、新作は革新的でラディカルなオリジナルである一方で原作をきちんと反映してもいるべきという、相反する二つの方向性を同時に実現していなければいけないことにもなります。劇場が「相対立する態度や思考や美学が安易に調和することなく並立し得る場所」であるべきだとするならば、[10]『ダンシネーン』にも、伝統とラディカリズム、歴史劇の要素と現代社会との関連という、一見して相反するように見える二つの方向性が同時に内包されている作品としての価値を持っていると言えるでしょう。そしてこのことこそ、二一世紀のＲＳＣが目指すべき方向とも重なっていくのです。

5　『リア王』のアダプテーションから見えてくるもの——結びにかえて

『ダンシネーン』と同時期にRSCが上演したものに、『リア王』のアダプテーション作品『神々は泣く（*The Gods Weep*）』（デニス・ケリー脚本）があります。『ダンシネーン』とは異なり、『神々は泣く』はおおむね原作の主筋を辿っており、原作を知る人にはすぐに『リア王』のアダプテーションだとわかる作りになっています。この作品を含む『リア王』のアダプテーションの三作品を簡単に紹介することで、「グローバル／ローカル」のテーマを展望しつつ本章の終わりとしたいと思います。

シェイクスピアの『リア王』は、リアと娘たちをめぐる主筋と、グロスターと息子たちをめぐる脇筋が並行して展開し、主筋も脇筋も、愚かな親と誠実な子の間の誤解と再会・親の死を描きますが、ここでは主筋を振り返ります。

ブリテン王として君臨してきたリアは、三人の娘を呼び、「王国を三人の娘に分け与え、最も親思いな娘に最も豊かな土地を与え、自分は政務から引退する」と宣言する。しかし王は、上の二人の娘の甘言に騙され、無口だが最も父を愛する末娘コーディリアを勘当してしまう。その後の二人の娘の手の平を返したような冷たい仕打ちへの怒りと自らの愚かな決断への悔いに苛まれたリアは徐々に正気を失っていき、嵐の中、荒野をさまよう。それでも老王を見捨てようとしないのは、愚かな王を批判したせいで国外追放を言い渡されつつも姿を変えて王に付き添う忠臣ケントと道化。ケントからの伝言を聞いたコーディリアは、嫁ぎ先のフランスから反乱軍を率いてブリテンに攻め込み、父と再会し、父

の誤解はとける。狂人となった父の老王は「わしは愚かな老人に過ぎぬ」と訴え、コーディリアはそんな父を憐れみ涙を流す。二人に静謐な安寧が訪れたかに見えたのもつかの間、フランス軍はブリテンに大敗し、コーディリアは暗殺者に命を絶たれ、そして末娘を失った絶望と悲しみの果てにリア自身もこときれる。

『リア王』は遺産の生前贈与をめぐる家族と世代交代の物語である限りにおいて、人間につきまとう普遍的な問題を描く、非常にスケールの大きい作品と言えますが、主人公リアが老人であるのに対して、彼を見つめる大半の観客や読者は彼よりも若いでしょうし、この悲劇の原因が「老王の愚かさ」にあるとするならば、それが招く結末の破局の大きさがあまりにも不釣り合いと言えるほどに重く苦痛を伴うものであるために、ともすれば親しみにくい作品にもなります。アダプテーションでは、原作の物語を別の時代の家族や疑似家族の物語に重ね合わせたり、原作では悪人扱いされている二人の娘たちを主人公にしてフェミニズム的な物語に書き換えたりした作品が生まれてきました。〔11〕これらのアダプテーション作品では、家族や国家という強力なタガの中でかろうじて社会的認可を与えられていた「父の暴力」が、その留保を取り払われ、不定形に偏在し始めた途端に、これまで秘匿されていた暴力が顕在化していきます。以下にそのうちの三つを取り上げて概説したいと思います。

① デニス・ケリー脚本『神々は泣く』の場合

王国を分割するリア王は、この『神々は泣く』の中では多国籍企業のCEOコルム（Colm）となります。彼は自らの人生を懸けて巨大な複合多国籍企業に育て上げた末の「帝国」を、理不尽で身勝手なやり方で選んだ二人の部下に分け与えつつ複数の「領土」とします。そして自らはカリブの小国ベリーズから得る利権のみを支配することにし、二人の部下は新しいCEOとなって残りの利権を得ることになります。しかしこの取り決めは、会議室の外に持ち出された途端にライバル同士となった二人の間の軋轢《あつれき》を生み、事態は利権を争い合う血なまぐさい闘争へと発展していきます。争いは裏切りを伴って激しさを増し、銃撃戦、ゲリラ戦、拷問などの残虐行為が溢れて内乱や戦争のような様相を帯びます。これを見たコルムは、利潤のみを冷酷なまでに追求してきた今までの人生を悔い、傷ついた体と耄碌《もうろく》した頭とともに田舎に隠遁し、かつて破滅に追い込んだ、ライバルだった人間の娘（コーディリアに相当）に世話を受けながら、

『神々は泣く』より。中央が二人の部下をCEOに任命するコルム（ジェレミー・アイアンズ）。
© Geraint Lewis

狩猟採集のような生活をしつつ、自らの人生を振り返ります。

この作品では、『リア王』の封建領主的な世界が、弱肉強食を絵に描いたような多国籍企業になぞらえられており、利潤追求に貪欲であり続けた「グローバル企業という名の帝国」の暴走と、現代に見られる国家の安全保障と危機管理問題とが重ねあわされているようにも見えます。「三十年かけて、製造・運輸・警備・石油化学の各分野に子会社を持つ」[12]に至ったコルムの「企業国家」と、それが象徴する「欲望と資本を相乗生産していく資本主義システム」の崩壊。これは、「父」の自律的権威と等値の関係となっていた「企業国家」を疑似人格とみなすような「大きな物語」の機能の失効、および欲望と資本を媒介する参照点を見失った果ての無秩序を白日のもとに晒します。そしてそれは「父」の自律的な身体という幻想、「王」という地位、すなわち社会によって承認されていた近代主体的なアイデンティティを、完膚なきまでに空洞化していくのです。

ただし『ダンシネーン』の好評と成功とは裏腹に、『神々は泣く』の方は「精彩や緊張感を欠いた新作」と酷評され、興行的にも成功には至りませんでした。[13]『リア王』を「暴力うずまく悲劇」(デニス・ケリーのインタビュー)と捉えて翻案した作家の意図もあって、暴力描写が前景化された作品となっており、アダプテーション作品としての価値評価の困難さもうかがわせる作品となっています。

② エドワード・ボンド(一九三四-)脚本『リア(*Lear*)』[14]の場合

この作品には、一九六二年に上演されたピーター・ブルック演出の伝説的な舞台『リア王』と共通する、暴力に支配された渇いた不条理とニヒリズムが見られます。長い作者序文は比類なき暴力論となっていて、『リア』を読み解く際に参考になるので、少しだけ引用してみます。「暴力は現代社会を形成し、それにとりついている。(中略)あらゆる組織は、みずからの作りだす攻撃性によって強化されたわけである。攻撃性は道徳と化し、道徳は暴力の一形式となった。……われわれは何をなすべきか。正しく生きるべきである。だが、正義とは何か。正義とは、人々が進化していく方向に沿って生きるのを可能にすることである。人間には、それを求める感情的、肉体的要求があり、それが生物的期待となるのだ。人間はこういう形でのみ生き得るのであり、常にそれを求めて、意識的・無意識的に戦っているのだ」。[15] この父リアは、民衆労働者を奴隷扱いしながら敵の侵入を防ぐための城壁を築いている暴君的な王として登場します。この父に対して、ボディスとフォンタネルの二人の姉妹は、リアと敵対する隣国の公爵と結婚し、父に対する反乱を起こします。姉妹同士の間にも不和が生まれ、内紛状態となります。リアは森に逃れ、そこで圧政下の民衆の生活を目にしますが、彼程なくして捕らわれの身となります。裁判にかけられ牢獄に入れられてはじめて、「わしは大勢の人間を殺したが、彼らの顔を誰一人としてきちんと見つめたことがなかった」と言い、無残に殺された娘の人体解剖を目撃して、自分こそが娘や民衆の生活を破壊した張本人であると悟ります。「見ろ！　わしが殺した！　娘の血だ！　破壊者！　殺人者！　今わしは、もう一度始めなければならん。一歩、一歩、人生を歩きとおし、疲労と苦痛に満ちて歩かなければならん。幼児にもどり、空腹をかかえ、裸になって血の海に戦慄し、目を見開いて凝視しなければならんのだ！」（一七八頁）。こうしてあるべき政治に目覚めた王は、しかしながら、野蛮を制するあまりにそれ自体が野蛮状態になり果てた法律の前に屈し、眼球をえぐり出され、ぼろ布のようになって死んでいきます。

③ 高村薫の小説『新リア王』の場合

最後に日本で二〇〇五年に発表された小説『新リア王』[16] を概観しておきます。青森に基盤をもつ一族の長で、通産大臣などの経験をもつ田中派古老の政治家・福澤榮が、自らの後継者である政治家の長男・優に裏切られ、国会会期中に失踪します。榮が向かった先は故郷・青森の雪深い草庵。そこで、血を分けているものの一緒に暮らしたことのない息子である彰之と政治・家族・宗教に関する長い対話を交わします。時は一九八七年。もはや経済成長を終えて「日本内部でしか通用しない論理」では動けなくなった時代に、国際化の課題とともに、それまでのように高度経済成長一辺倒では解決しない問題や首都圏への政治経済の一極集中化が招いた弊害が可視化されてきた時代でした。陸奥湾周辺を舞台とする『新リア王』は、「むつ小川原開発構想」を背景として、六ヶ所村核サイクル施設誘致と原子力利用をめぐる中央政治・自治体・産業界の思惑の交錯を描いていきます。原子力船「むつ」の母港となる港での漁業交渉の難航。国の予算の下りない港湾建設。企業誘致の見込みのない場所に広域水道事業とダム負担金を押しつけられる地元市町村の悲鳴。石油備蓄タンク建設に伴う累積債務と地盤沈下。東北縦貫道八戸線、新幹線着工のための用地買収の難航に予算問題。小川原湖の淡水化と漁業補償問題。原子力政策をめぐって「採算性と利潤を追求すべき」民間電力会社と、「技術開発一直線の御用研究者集団」（下巻六八頁）を飼い続ける国・原子力委員会の間の方向性の違いと責任逃れ。原子力船誘致と環境保護の綱引きに疲弊する自治体。こうした状況下で、息子の優は父の榮に対して次のように言い放ち、反旗を翻します。「いつの世も、旧世代が次世代について知ることが出来るのは、それが自分の世代と同じではないという一点だけではないでしょうか。かのリア王が娘たちに領土を分け与えて引退したのは、時代が自分を追い越してしまったという認識があったからだし、領土を手放した時点で次の世を手放したということでしょう。娘たちの裏切り以前に、王は次の世のことは分からないという意味で、自分の運命を知っていたのだとは言えませんか」（下巻一四七頁）。結局、榮が築き上げた「王国」は解決不能な問題を抱えて苦悩する「地方」であって、「王」であった榮が直面するのは、地方の声や利益を代表する「政治家」たろうとすることのもはや不可能な状況だったのです。

この三作品は、「王座を追われる父」の姿が前景化されているものの、原作では焦点化されない二つの問いを突き付けてきます。一つ目は、「父が分割した領土とは、そもそもいかなる土地なのか」ということです。①の作品では、それは「現地人の反抗分子等の軋轢を抱えるグローバル化した企業の拠点」でした。②は具体的な場所も特定されない寓話劇ですが、それでも「地図にとらわれて、どうしようもない」（一七〇頁）とのボディスの台詞が象徴するように、作品を通じて「不毛な土地」と「(役にたたない)地図」は、それでも登場人物たちの拠って立たざるを得ない場所として印象を残します。③では「中央政府による搾取と過疎に喘ぐローカル・東北地方」です。これらの三作品では、原作『リア王』では扱われていない問題、すなわち「分割される当の領地」に元々内在するさまざまな問題が、「分割」によって可視化されていくプロセスが描かれます。二つ目は、前述した問題、すなわち権力を持っていたはずの「父」が狂人化した結果、「王・王国・領土・領地」の間にあったはずの等価関係が瓦解すること自体の孕む無秩序の仮借なき可視化です。原作では嵐の中の彷徨、①ではグローバルな資本主義体制における社会的生(ビオス)から、田園でのプリミティヴな狩猟採集生活(ゾーエ〔剥き出しの生、社会的生以前の生、無加工の生物的生〕)への「後退」として表されます。〔17〕②でもリアは森の中を彷徨《さまよ》い、何も持たないゾーエ的生の中で正しい政治に目覚めますが、その間も、自身の進めてきた「城壁の建設」が悪しき暴力的為政者によって引き継がれていき、リア自身、最後にはその城壁建設の工夫として城壁の前で無残に殺されます。③では雪深い青森での「王の失踪」がこの無秩序を直接的に表します。ここで原作では明確にされておらず、そのためにアダプテーション作品の方で顕著となる側面があります。すなわち、設定がグローバルであれローカルであれ、この無秩序が「父による領土分割」に端を発したというよりもむしろ、領土分割以前の社会システム内部に潜在していた問題であるという側面です。「権威ある父」というアイデンティティは、自らが分割した領土の社会システムによって、「もはや規範として措定されなくなったもの・範疇に入らないもの」として脱主体化され、断片化され、排除されます。この「父の排除とそれによって生まれる無秩序」のメカニズム自体、領土分割によって突然発生したものではなく、「父の権威」があった頃からすでに、その制度の中に組み入れられていたことをアダプテーション作品は明確にします。ここで「父」だった存在は、現存秩序(とそこから生まれた無秩序)と交渉しつつ、まさにその行為のただなかで夢想・幻想・妄想の領域へと身を委ねていきます。「文明と自然」、「規範と逸脱」、「秩序と無秩序」、「国境・境界線」の境目を自ら壊した「父」の不安定で無定形な有り様によって、ビオスとゾーエの境界は液状化します。そして、この当の断片化した「父」の身体と直面することによって、他の登場人物たちは自己の内なる他者を発見するのです。最後に観客・読者に手渡されるのは、「人間の中に」「社会の中に」、あるいは「私の中に」他者を発見することによる不安定で無定形な生の自覚です。これこそ、アダプテーションの生産・流通・消費・位置づけ・意味づけを通じて「同じイデオロギーの共有が見込めない時に、それでも対話は可能か」というグローバル時代の課題と向き合っていく私たちにとってのテーマでもあるでしょう。

コラム

ロイアル・シェイクスピア劇団

シェイクスピア生誕の地ストラットフォードに本拠地を置くこの劇団は、シェイクスピアとその同時代の作品をはじめとする古典作品や国内外の新作の上演を専門にする、イギリスを代表する劇団です。一九六一年、芸術監督ピーター・ホールの指揮下、エリザベス女王の勅許を得て、ロイアル・シェイクスピア劇団の名前を得ると同時に、それまで「シェイクスピア記念劇場」として知られていたストラットフォードの大劇場が「ロイアル・シェイクスピア劇場」と改名しました。以来、ストラットフォードにある大劇場、エリザベス朝時代の劇場を模したスワン劇場に加えて、小劇場での公演も行いつつ、数々の歴代名優を輩出し、ロンドンやニューカスル・アポン・タインをはじめとする国内各地や世界ツアーも積極的に行う国際的な劇団として名をはせています。芸術の振興を目指す半官半民の組織である「英国芸術協会（Arts Council of Great Britain）」の補助金を得て、劇団スタッフ約七〇〇名、年に約二〇の演目の上演を行う、他に類を見ない充実した劇団に成長しましたが、ここではグローバル世界の中で、観光客を含む国内外の観客の多様なニーズを満たすべく幅広い興業を行う現在のＲＳＣが抱える課題を挙げておきます。

まず一つ目は、シェイクスピアをはじめとするエリザベス朝時代の「古典的」な芝居作品を、現代に生きる観客の目にいかに説得力を持たせるかという点です。ピーター・ホールは、エリザベス朝があらゆる意味での時代の転換期であったという点で、現代と共通点や繋がりを持っている時代と捉えていました。一九六二年にピーター・ブルックがアントナン・アルトーの影響下で『リア王』上演を行った際には、このホールの考え方、すなわちエリザベス朝のシェイクスピア作品をまさに「われらの同時代作品」として観客に差し出す方向性を一気に推し進めました。この後、チャールズ・マロウィッツ、マイケル・ボグダノフ、エドワード・ボンドなどの新進気鋭の演出家・劇作家・批評家たちが活躍します。彼らは古典作品を神聖不可侵の固定的な実体としてとらえず、古典を自由に書き換え演じかえることで現代に一石を投じつつ、同時に古典作品を再発見していくようなラディカルな演目の上演を実現してゆきました。まさに演出こそアダプテーションの一形態なのです。しかしながら、劇団は限られた数のシェイクスピア作品の中から『ハムレット』などの人気作品をマンネリ化することなく反復上演しつつ、同時に「新しさ」も打ち出していかなくてはなりません。現代との「違い」を俎上に載せる上演と、現代との「相似性」や歴史の連続性に焦点を当てる上演を適度にミックスしつつ、普遍性と多様性の両面から社会からの要請にこたえなければいけないのです。

二つ目の課題は、まさに「カンパニー」の特質に関わることです。上演理念や目的意識を全体で共有できる「生きた有機体」形成のために、長期契約の元でベテランと若手の俳優がチームワークを育てつつ一つの芝居を練り上げていく、俳優同士の「真のアンサンブル」を実現させるには、これだけの規模と質の舞台の維持のためのさまざまな経営努力が必要です。「創造的であるための臨機応変さと刹那性」を本質にもつ演劇と、これを支えるための「安定した恒常的な組織の維持」のための経営努力が同時に必要とされる矛盾が、劇団につきまとってきました。

これと関連する問題として三点目に、RSCが担う「演劇」と「教育」のかかわりが挙げられます。「教育」と一口にいっても、役者を対象とする「古典韻文朗唱」訓練やリハーサル等、古典作品を演じるための教育と、高等教育機関等で上演研究を進めていく上での寄与の両方が含まれます。古典のアーカイブ化と伝承のための「教育」に必要なコストと時間を、劇団がどのように確保するかということも課題となっています。

最後に四点目として挙げておかねばならないのは、文化や国境をまたぐコラボレーションの実現の困難さです。二〇〇〇年に蜷川幸雄演出、ナイジェル・ホーソーン主演、真田広之の道化役で上演された『リア王』の英語上演は、数少ないそうした試みの一例となってしまっています。これからＲＳＣがどのようにして上演の在り方自体を国際化していくかは、大きな課題となっています。

ピーター・ホールに従えば、「シェイクスピアに最終形はない（There is no final Shakespeare）」。けれども、劇団が社会的組織でもある以上、多様なレパートリーを取り揃えて革新性と人気を兼ね備えた上演を目指すだけでなく、カンパニーをコーポレーションとして維持するための経営努力が求められます。魅力ある劇団には、その魅力の大きさの陰に多くの課題を抱えていることも認識しておくべきでしょう。

注

〔1〕Royal Shakespeare Company, これ以降ＲＳＣの略称を使う。

〔2〕David Greig の主要作品リストは以下の通り。*A Savage Reminiscence* (1991), *Stalinland* (1992), *Europe* (1994), *The Architect* (1996), *Caledonia Dreaming* (1997), *The cosmonaut's last message to the woman he once loved in the Former Soviet Union* (1999), *Victoria* (2000), *Casanova* (2001), *San Diego* (2002), *Outlying Islands* (2002), *Being Norwegian* (2003), *The American Pilot* (2006), *Kyoto* (2009). これまでの作品のタイトルを一瞥してみてもわかる通り、Greig は国境や辺境での出来事や、国境を横断する（あるいは横断しない）人々の姿を諧謔的に描くことで、「国家とは何か」「アイデンティティとは何か」という問題を問いかけ続けてきた劇作家である。

〔3〕二〇一〇年二月一〇日～三月六日に、Hampstead Theatre においてＲＳＣによって上演された。演出は Roxana Silbert. 二〇一一年に

米国ニューヨークと英国ストラットフォードで再演。劇評については、主に以下を参照。http://www.guardian.co.uk/stage/2010/feb/17/dunsinane-review　筆者は『ダンシネーン』の実際の上演を「観た」わけではない。ゆえにこれを演劇作品として論じることはできないし、またそうする資格もない。したがって本論ではこの作品を戯曲テクストとして「読み」、論じることにしたい。

〔4〕『ダンシネーン』に関するＲＳＣのサイトを参照：http://www.rsc.org.uk/whats-on/dunsinane/reviews.aspx

〔5〕Greig, David. *Dunsinane*. London: Faber and Faber, 2010. 以下、引用はこのテクストに依拠し、頁数を末尾に記す。

〔6〕Bloom, Harold. *Macbush* (2004). Burt, Richard. *Shakespeares after Shakespeare* の No. 3703 の記述も参照。

〔7〕スコットランドとイラクの相似性については、David Greig と同じくスコットランド演劇を担う劇作家である Gregory Burke の *Black Watch*（二〇〇六年初演）でも同様の表象がなされる。これはエジンバラ大学の室内練兵場を舞台に初演されたインタビュー仕立ての芝居で、冒頭、舞台に設置されたビリヤード・ボードから兵士が突然抜け出てくることで、エジンバラのパブとイラクの戦場が同一平面上の出来事として出来していく。二〇一一年にニューヨークで再演。日本カレドニア学会編『スコットランドの歴史と文化』（明石書店、二〇〇八年）、特に二五章「スコットランド演劇の新世紀――グレゴリー・バークの三部作」（谷岡健彦）を参照。

〔8〕笑いの対象としての他者、危険で粗野な野蛮人としてのスコットランド人。原作『マクベス』の材源となっているホリンシェッドの『年代記』などにおけるスコットランド人のイメージは、二一世紀の *Dunsinane* において自嘲的に笑わせ笑われるスコットランド人のイメージと地続きのものであることがわかる。

〔9〕Royal Shakespeare Company, "New Writing at the Royal Shakespeare Company." http://www.rsc.org.uk/whatson/9554.aspx, para 6 of 6.（現在は閲覧不可能。）

〔10〕Purcell, Stephen. *Popular Shakespeare: Simulation and Subversion on the Modern Stage*. Basingstoke: Palgrave Macmillan, 2009, p.36を参照。

〔11〕例えばジェイン・スマイリーの小説『大農場』（中公文庫、一九九八年）とその映画化作品『シークレット・嵐の夜に』（ジョセリン・ムアハウス監督作品、ミシェル・ファイファー主演）は、『リア王』における王国をアメリカの広大な農場に置き換え、土地の生前

贈与に端を発した、傲慢で業の深い父親と娘たちの葛藤を描いている。この作品では末娘が悪人の父の味方として悪役を割り振られるなど、原作の設定や視点をすべて逆にして描いている。

〔12〕Kelly, Dennis. *The Gods Weep*. London: Oberon Books Ltd., 2010, p.28.

〔13〕例えば http://www.thestage.co.uk/reviews/review.php/27597/the-gods-weep などを参照。

〔14〕一九七一年、ロンドンのロイヤル・コート・シアターでイングリッシュ・ステージ・ソサイエティによって初演。演出はウィリアム・ギャスキル、装置はジョン・ネイピア。訳者解説によれば、一九八三年のロンドンのピットでＲＳＣによって上演された際には、劇場入り口に残酷場面がある旨の注意書きが掲示されていたそうだが、眼球をえぐり出す等の残虐シーンはもともと原作の『リア王』にも含まれている。日本では二〇〇九年にまつもと市民芸術館の制作で上演されている。

〔15〕ボンド、エドワード（Bond, Edward）『リア』来住正三訳、現代演劇研究会編『現代演劇』第九号、一九八六年、英潮社新社、序文一二六－一三五頁より引用。以下、芝居からの引用もこの邦訳に拠る。

〔16〕『新リア王』上下巻、新潮社、二〇〇五年。

〔17〕「ゾーエ」と「ビオス」の概念については、ジョルジュ・アガンベン『ホモ・サケル――主権権力と剥き出しの生』（高桑和巳訳、以文社、二〇〇七年）〔Agamben, Giorgio. *Homo Sacer: Sovereign Power and Bare Life*. trans. Daniel Heller-Roazen. Stanford: Stanford University Press, 1998〕を参照。

課題

①　あなたの好きなアダプテーション作品において、「グローバル化した世界における人間の生」がどのように表象されているか、考えてみましょう。

② アイルランド、イスラエル‐パレスチナ、インド‐パキスタン、朝鮮半島等の領土分割が行われた国々や、旧東欧地域やアフリカなど紛争のあった地域で、有名な古典作品のアダプテーションがどのように上演されたり物語られたりしているか、調べてみましょう。

③ あなたの好きな劇団の上演作品において、「アダプターとしての演出家」が果たしている役割について、考えてみましょう。

推薦図書

① 大澤真幸『ナショナリズムの由来』講談社、二〇〇七年。社会学の研究成果でありつつも、文学にも知見をもたらし、シェイクスピアの歴史劇に現れるネーションやナショナリズムについての考察も含む。二一世紀の世界中に見られる深刻な社会問題とナショナリズムの関わりを学ぶことが出来る大著。

② 『ミシェル・フーコー講義集成――コレージュ・ド・フランス講義』全一三巻、二〇〇二年‐二〇一〇年。生政治、領土、治安、主体のあり方等、現代思想に多大なる影響を与えたフーコー哲学のエッセンスを比較的わかりやすい形で学べる最良のシリーズ。

③ バトラー、ジュディス（Butler, Judith）『アンティゴネーの主張――問い直される親族関係』竹村和子訳、青土社、二〇〇二年。（*Antigone's Claim: Kinship Between Life and Death*. New York: Columbia University Press, 2000.）規範的な家族・親族関係の言説が私たちの生から奪うものは何かという問いを、国家や君主、法のありようの問題と結びつけつつ、ソフォクレスの西洋古典劇『アンティゴネー』の読解を通じて論じ抜いた名著。

第Ⅵ章　『アントニーとクレオパトラ』の越境
——沖縄文学とシェイクスピア

横田　保恵

はじめに

本章では、戯曲『アントニーとクレオパトラ』の映画化である、『アントニーとクレオパトラ』（チャールトン・ヘストン主演・監督、一九七二年）を取り上げます。原作『アントニーとクレオパトラ』のあらすじは、以下の通りです。

アントニー、シーザー、レピダスの三頭政治下にある共和制ローマは、地中海南岸や東岸の支配を強化しつつ、東方国家パルチアとの戦争も抱えていました。女王クレオパトラと夫婦同然でエジプトに長居するアントニーも、「自分の身内による内乱」「パルチアの攻勢」「ポンペー反乱の危険性」を受け、不仲のシーザーが待つローマに戻ります。両者にレピダスが提案した「シーザーの姉と妻を失ったアントニーの政略結婚」は早々に破れ、シーザーとアントニーの関係もさらに悪化します。

情勢不安の中、アントニーとクレオパトラがエジプトで共同即位したため、アクティウムの海戦が惹起されますが、戦場から逃走したクレオパトラの後を追ったアントニーはシーザーに敗れます。捲土重来《けんどちょうらい》を期したアレキサンドリア会戦で、エジプト人兵士らの裏切りにより再度敗北し狂乱するアントニーに怯えたクレオパトラは、廟に隠れ「死んだ」と偽ります。それを信じたアントニーは後追い自殺に失敗し、クレオパトラの元に運ばれ、死にます。その後、進駐してきたシーザーとの対決を通して敗北を悟ったクレオパトラは、捕虜としてローマに連行されることを拒み、自殺します。

この物語は、ヘストン版映画では、場面設定や配列等の改変を加えられ、その結果、「個々のエピソードのうち、どれに重点がおかれるか」によって「筋全体から生じるニュアンス」が変わる形で再編されています（再文脈化）。具体的には、以下のように、人間ドラマ色の強い物語に変えられています。

シーザーとの確執を抱えたまま、クレオパトラとの恋愛に溺れていたアントニーは、ポンペーが挙兵する危険に際し、帰国します。ポンペーの慰撫、およびシーザーの姉オクテーヴィアとアントニーの政略結婚により強化されるかに見えた三頭政治は、その結婚の破綻により崩れ、アントニー・クレオパトラと、シーザーの対立が前面化します。アクティウムの海戦・アレキサンドリア会戦での連敗を経て狂乱するアントニーに対し、クレオパトラは廟に隠れて「死んだ」と偽るが、それを聞いたアントニーが自殺を図った直後、彼女の無事の報がもたらされます。廟についた後、事切れた彼を見取ったクレオパトラは、進駐してきたシーザーと対面し、

その後、自殺します。

本章では、映画版『アントニーとクレオパトラ』で確認可能な「ジオポリティカルな視点の抹消」「アントニーを直接取り巻く登場人物の造形変化」を、相関的に論じると共に、導きの糸として、現代沖縄を舞台とした吉田スエ子の短編小説『嘉間良《かまら》心中』（一九八四年）を取り上げます。

この小説は、沖縄市嘉間良地区を舞台に、五八歳の街娼キヨが、口論が原因で上官を刺して脱走してきた年若くハンサムなアメリカ人海兵隊員のサミーを道連れに自殺する当日の流れを、彼女の回想を交えつつ、彼女の視点に依拠した三人称の文体で描いた作品です。

「ある地域に駐屯する軍に属す男性・その土地に住む女性の間の恋愛と、男性の帰属・帰国をめぐって生じる諍い、そして悲劇的な結末」を描く上記の梗概以外にも、この映画と小説には共通点があります。

第一に、「原作では女王・政治家・アントニーの恋人であるクレオパトラが、映画版では『家庭内に囲い込まれている（domesticate）』」という指摘があります。『嘉間良心中』でも、主人公の街娼キヨは、自分が生活を送る私的空間にのみ関心を集中する人物として登場します。つまり、両作品には「駐屯軍に属す男性と恋愛し、かつ、ドメスティックな領域に主に属す地元の女性」が登場するという共通点があります。

さらに、原作と異なって映画版では、同時代の地中海世界全体におけるローマやエジプトのありようは描かれませんが、『嘉間良心中』でも同様のことが指摘可能です。本作品中では、沖縄各地の方言や、具体的地名・食品名以外の「沖縄らしさ」を現す言葉はほぼ登場しませんし、キヨの住居に近接する嘉手納飛行場も、まるで描かれません。

このように相互にアフィリエーションと位置づけられうる二作品の分析・比較を通じ、本章では、映画版『アントニーとクレオパトラ』が、原作のあらすじを忠実になぞりつつも、スペクタクル的戦闘場面を伴った「人間ドラマ」として作り変えられた際のさまざまな改変を検討します。そして、「アダプテーションを行う際に、原作から取り出したエピソードや要素を、どのような基準に沿って再文脈化するか」という問題に光を当てるのが、本章の目的です。

1　問題設定

チャールトン・ヘストン主演・監督作品である映画『アントニーとクレオパトラ』は、原作を知る観客にとって不思議な違和感のある作品です。原作の筋立てに忠実な展開をしているにもかかわらず、どこか、違う物語が語られているような気持ちがする。それは、何故でしょうか?

この映画は、原作を元にヘストンが執筆した台本を使用して撮影された映画であり、アダプテーション作品として位置づけられます。では、ヘストンは、どのような方針でアダプテーションを行ったのでしょうか? 彼の自伝 *In the Arena* の当該箇所を参照しても、この点に関する彼自身の言葉による明確な説明はありません。しかし、例えば原作第三幕の「ローマでの、シーザー・レピダス・アントニーの三頭会談」を「シーザー・アントニーが、アリーナで戦う二人の剣闘士を前に舌戦を繰り広げる」場面に演出した件では、「撮影において、場面設定や演出を一部変更する」「編集によって、現代の観客が理解する助けとなるような、原作にはみられない映像・場面を挿入する」という作業により、この場面が彼ら好敵手同士の一騎打ちを表していると、現代の観客にも理解しやすい形で示していることが分かります。〔1〕同時に、自分がこの劇を演じてきた経験をもとに占い師やプロキュリーアスの設定変更などを行っていることも、ヘス

トンは明らかにしています。〔2〕

この映画と原作の異同を検討すると、「場面や台詞の順の入れ替え」「場面設定や演出の変更」「個別のエピソードの、部分的／全体的な削除」「個別のエピソードで要される時間の圧縮と、登場人物の造形の変化」「原作にはないシーンの追加」「登場人物の増減や、各人への台詞の割り振りの変更」「登場人物の造形変化にも繋がりうる、台詞・場面・場面進行順の変化」という七つの改変パターンが指摘可能です。

同時に、内容面に注目して検討するならば、「原作で見られるジオポリティカルな枠組み・視点の抹消」「アントニーを直接取り囲む人物たちにおける『公的・政治的・経済的・軍事的側面の剥奪と、家庭的・私的側面の増大』という傾向」「戦闘場面のスペクタクル化」の三種類の改変が確認可能です。本章では、これら内容的な異同のパターンのうち、最初の二点を、それぞれ個別、そして相関的に検討することを通じて、ヘストン版『アントニーとクレオパトラ』というアダプテーション作品が我々に提示する問題を素描していくこととします。

2　ジオポリティカルな枠組みが抹消される効果とは？

本節では、先にあげた「内容面で見られる異同のパターン」の一点目、「原作で見られる、ジオポリティカルな枠組み・視点の抹消」を検討します。

ヘストンは、この作品を映画化した理由を、「『アントニーとクレオパトラ』は、ローマ・シチリア・アテネ・エジプトそしてこれらの地域を分かつ海で展開するのみではない。これらの国々の間の距離と相違もまた、この劇で取り上げられているのだ」と説明します。〔3〕では、ここで彼が述べる「これらの国々の間の距離と相違」とは、具体的に何を意味しているのでしょうか？

例えば原作第四幕、アレキサンドリア会戦の場面では、原作には登場しないエジプト人部隊もが丹念に映し出されます。アグリッパ麾下《きか》のローマ騎馬部隊が猛然と突撃する中、軽装のエジプト人部隊は怯えて逃げ惑い、アントニー麾下のローマ人歩兵部隊にまで混乱を招いて、戦闘不能に陥らせます。雪崩を打つ敵を止めようと奮戦し、矢を射かけ続けるアントニー部隊をも蹄《ひづめ》にかけ彼の本陣にローマ軍が押し寄せる場面やその後の白兵戦の場面などは、「ローマ兵とエジプト兵の相違」が映像で明瞭に示されているからこそ、迫力も説得力もあるものとして、観客に提示されます。

また、映画冒頭部、プロキュリーアスがエジプトのアントニーの元に派遣されてくるシーンでも、この「距離と相違」が明確に描かれています。地中海を渡るローマ船の映像で幕を開けるこの映画は、オープニングクレジットが終わるか終わらぬかの内に、エジプトに上陸し馬に乗り換える彼の姿を映し出します。くねくね曲がる狭い路地を通行人や屋台をも気にせず疾駆し、一路クレオパトラの宮殿に向かう彼の姿は、ローマ人とエジプト人の差異を端的に示し、原作がその差異を含みこんだものであると観客に示す効果をもつものでもあります。〔4〕

同時に、この点を検討する際に、ジオポリティカルな枠組みの有無・使用のされ方に着目するのは有効です（ジオポリティカル［geopolitical］という言葉は、ここでは、『オックスフォード英語辞典』の「政治、特に国際関係を、地理的要因によって影響されたものとしてみる」という定義に従って使用します）。属州拡大を含め、一般に、領土拡大を狙うある国がその対象領域を選択する際、さまざまな地理的要因をも踏まえて判断・決定を下すのは、原作が典拠とするプルタルコス『対比列伝』中の古代ローマであれ、シェイクスピアの同時代社会であれ、指摘可能なことです。従って、「距離と相違」の表現において、「単に差異を並列的に提示するのみで終わるのか」「ジオポリティカルな側面も含んだ、『関係性の中にある一要素としての差異』が描かれているのか」は、区別せねばなりません。

このとき、ヘストン版『アントニーとクレオパトラ』において原作が含むジオポリティカルな特徴が抹消されているのは、注目に値します。では、具体的にどのような場面において、その「抹消」は確認可能でしょうか？　以下では、原作中のパルチアに関する言及・場面の削除・変更について、検討を加えます。

原作中のパルチアに関する言及・場面の削除・変更

原作である戯曲『アントニーとクレオパトラ』の劇中では、何度か戦場の場面が見られます。アクティウムの海戦やアレキサンドリア会戦等、シーザーとアントニーの正面衝突は勿論ですが、同時に、東方の国家パルチアとの戦争もこの作品中には存在します。エジプトと同時期にローマによる属州化の過程が進行したユダヤよりさらに東方のパルチアは、一幕二場・二幕二場・二幕三場・三幕一場で具体的な言及や場面展開がみられ、四幕一四場ではイアロスの「どうして私が！／敵であるパルチア人さえ得意の投げ矢の狙いがはずれ、／ついに射止められなかったおかたを！」という台詞において、かつての戦役が言及されます。[5]　しかし映画版では、一幕二場の台詞以外は改変・削除されています。

原作二幕二場〜三幕六場では「パルチアを巡る筋」「ポンペーによる内乱をめぐる筋」「三頭政治の軋みをめぐる筋」が編み合わされ、ローマ世界の動向が展開します。まず、ローマでの三頭会談に臨むにあたり、アントニーは、「ここで話がまとまれば、すぐパルチアへ出陣だぞ」と述べますが（二幕二場）[6]、占い師から「エジプトに戻れ」と告げられて、パルチアへは部下を送り自分はエジプトに戻ることを決意します（二幕三場）。そしてその部下が、シリアの平原でパルチアを破ります（三幕一場）。また、アントニーら三頭は不満を抱えたポンペーとの交渉に乗り出し、成立後、ガレー船上で酒宴を開きます（二幕六場）。その後、レピダス、シーザー連合軍は、ポンペーを破ります（三幕五場）。

これと平行して、ローマでの三頭会談の席上で、アントニーとシーザーの姉オクテーヴィアの政略結婚が決定されます（二幕二場）。両者の結婚成立後（二幕三場）、彼らはローマからアテネへ出立しますが（三幕二場）、アントニーとシーザーの関係は再度悪化します（三幕四場）。また、ポンペー殲滅後シーザーによりレピダスは失脚に追い込まれ、三頭政治は完全瓦解し、アントニーとシーザーの対立が前面化します（三幕五場）。シーザーはエジプトでのアントニーの行状を述べ、弾劾する姿勢を明確にします。そこへ、オクテーヴィアがアテネから戻ってきます（三幕六場）。

このように、原作においては、「ポンペーとの戦い」「パルチアとの戦い」という、共和政末期のローマにとっての内憂外患が一挙に解決され、それを契機に三頭政治が完全に崩壊する過程が、「アントニーとオクテーヴィアの関係崩壊」をメタファーとして、描かれています。

映画版ではパルチアとの戦争は削除され、ポンペーとの戦いやレピダス失脚は簡単に触れられ、代わりに「アントニーとクレオパトラの関係」の陰画たる「アントニーとオクテーヴィアの冷えきった関係」が前面化しています。この関係の終わりを告げるのは、一つは占い師からの「エジプトへ戻れ」という助言、もう一つは、「イノバーバスが語る『クレオパトラとアントニーの馴れ初め』をアントニー自らが立ち聞きする」というヘストンによる演出です。この二つは、原作では別々の文脈で描かれますが、映画では連続したものとして描かれています。このように、アントニーとオクテーヴィアの関係の破綻が三頭政治の完全な瓦解の象徴である点は映画版と原作に共通しますが、それに至る過程の描き方は、映画版のほうが明らかに人間ドラマ的な表現に傾斜しているといえましょう。

そもそも、劇の舞台となる時代のローマは、シチリアやカルタゴ・マケドニアの制圧を経て、エジプト・ユダヤ方面に軍を駐屯させて属州化への足がかりを作り始め、さらに東方のパルチア方面にまで触手を伸ばしている段階でした。それは、属州化や軍隊駐留により地中海の海上交通網や穀倉地帯を影響下にいれつつ、さらなる領域拡大を目指していたということです。「パルチア対ローマ」という対立軸を中心に考えるなら、パルチアに近い場所が最前線となり、エジプトは後背地としての役割をローマ側から期待されることになります。しかしこの時点でのエジプトは、ローマ軍が駐屯しているとはいえ、いまだ完全に制圧されていません。さらに、アントニー・クレオパトラの恋愛およびアントニー・シーザーの反目により、エジプトは、その期待された役割を果たすどころか、むしろ自らもまたローマと衝突し、ローマとの戦争が展開する最前線となってしまうのです。「後背地であることを期待されつつも、はからずも最前線となってしまった」というエジプトのジオポリティカルな二面性は、原作では、「ローマ対エジプト」という対立軸の外枠に「ローマ対パルチア」という対立軸が置かれることにより、見事に描き出されています。

逆に、パルチアに関する箇所を最低限に切り詰めた映画版では、そのような二面性は説得的には提示されず、アントニーとクレオパトラの恋愛がローマそしてシーザーにとってどの位重く、破壊力のあるものだったか、伝わりにくくなっ

映画『アントニーとクレオパトラ』より

映画『アントニーとクレオパトラ』より
写真協力：公益財団法人川喜多記念映画文化財団

ています。ジオポリティカルな側面を犠牲にして人間ドラマに絞り込んだにもかかわらず、その人間ドラマが生じてくるまさに根幹が――ローマの抱える「拡大と分裂の同時進行」という問題が抹消されているので、その人間ドラマの射程の広さそしてダイナミズムを伝えきれなくなっているのです。

3　登場人物の造形変化と、その効果

「アレキサンドリアでの敗戦後、狂乱したアントニーが宮殿に騎馬で突入すると、クレオパトラはインテリアの模様替えをしていた」等の演出を踏まえ、サミュエル・クロールは、この映画でクレオパトラが「家庭内に囲い込まれている(domesticate)」と指摘しています。〔7〕この指摘は的確ですが、原作におけるクレオパトラの造形と映画版におけるそれを詳細に比較してみるならば(後述)、一歩進んで「公的・政治的・経済的・軍事的側面が剥奪され、家庭的・私的(ドメスティックな)世界の存在として造形しなおされている」と捉えることができます。

同時に、この映画では「台詞の変更等はあれど、その人物が属す領域の変更は見られない形での、登場人物の造形変化」「台詞の変更等および、その人物が属す領域の変更までもが行われる形での、登場人物の造形変化」の二通りがみられることに気づかされます。前者に属すプロキュリーアスやマーディアンの改変は、単純に演出・制作上の要請によるものとみなしうるでしょう。ですが、クレオパトラやイアロスというアントニーの身近な心を許した二人の登場人物に関して後者の造形変化が行われている点は、注目に値します。以下では、イアロスそしてクレオパトラの造形の変化を検討します。その後、現代沖縄が舞台の、駐屯する部隊の構成員たるアメリカ兵に恋着し、自分の元を去ろうとする彼と無理心中を図る沖縄人女性を描いた短編小説『嘉間良心中』における「ドメスティックなもの」の描かれ方と本映画におけるそれの比較を通じて、議論を深めたいと思います。

(a) イアロスの造形変化

原作中でイアロスは、三幕五場・三幕一一場・四幕四場において、案内役やアントニーの傍付きとして登場します。また、四幕六場・四幕七場で兵士として登場し、四幕一四場では、敗戦後のアントニーになおも付き従い、「お前の剣で私を殺せ」と命じられて逆に自殺を選びます。

このように、原作におけるイアロスは、「アントニーの傍付き」「兵士」という二つの役割をもちます。アクティウムの海戦・アレキサンドリア会戦のみならず、四幕一四場では「敵であるパルチア人さえ得意の投げ矢の狙いが外れ、／ついに射止められなかったおかたを！」と述べている点から、この劇の開始時点よりも以前の戦争にも従軍していた可能性があります。(8)

また、アントニーの「おまえを自由の身にしてやったとき、命じられれば／なんでもやりますと誓ったではないか」という台詞から、彼が元々ローマ市民権を持たず、恐らくは奴隷身分であったと推測可能です。(9) 従って、役職のみならずその出自自体においても、彼は多層性を帯びた存在です。しかし、映画版においては、これらの多層性はいずれも消去されています。彼は、外見的特徴・アクセント等のいずれでも他の登場人物と差異化されておらず、従って、出自の異ならない単なるローマ人の一人にみえます。また、映画冒頭部において既に彼は、家令の役割をもかねた内向きの傍付きとして――ドメスティックな領域でのみアントニーに使える存在として、丸腰で登場します。当然この映画で描かれる二度の戦闘にも、彼は参加しません。

彼が「兵士」としての性格を剥奪されていることを示す改変は、四幕一四場においても明瞭に確認可能です。原作においては、アントニーはイアロスに対し、イアロス自身の剣で自分を殺すよう依頼します。しかし映画版においては、ただ怯《ひる》む丸腰のイアロスの手に自分の剣を無理やり押しつけ、アントニーは「自分を殺してくれ」と迫ります。

映画版のこの部分のみに着目するならば、この改変は、「アントニー＝武人」「イアロス＝一般人」という二項対立によって「〔兵士でない〕イアロスすら勇敢に死を選んだのだから、自分も従容《しょうよう》と死を選ばねば」というアントニーの決意を観客に印象づけるものです。加えて、この直前の場面の「イアロスが漕ぐ小舟の中で、アントニーが問わず語りをする」という演出が示す二人の絆の強さにより、さらにドラマが盛り上げられてもいます。

しかし、この部分の前後にも視野を広げるなら、このイアロスの造形変更には別の効果もあると分かります。原作とは異なり、映画版でのアントニーはアレキサンドリア会戦でアグリッパ麾下《きか》のシーザー軍に完敗し、自らの兵士を全て失い、単騎で逃走します。自らのローマ人歩兵部隊・弓兵部隊は壊滅し、本陣にまで攻め込まれて白兵戦を経た彼が、ついに自前のローマ人兵士を全て失ったという演出は、「イアロスが兵士ではない」という改変と呼応関係にあり、また、「自殺失敗後、アントニーが単身、歩いて廟のクレオパトラのもとに向かう」という改変の伏線でもあります（原作では部下が彼の剣を奪いシーザーの元に出奔した後、ローマ人衛兵達が彼を彼女のもとに運びます）。

このように、「イアロスがもつ公的・軍事的側面が剥奪され、ドメスティックな世界に属する存在として造形しなおされている」という変更は、彼と対である存在、すなわちアントニーの造形変更とも関わるものです。「ローマ人の部下を従えている」とは、ローマ以外の土地にあって彼を「ローマの将軍」として外的に示す指標です。自己のアイデンティティを外的に示す指標を敗戦により失ったアントニーは、しかし（原作とは異なり）ファリックなシンボルたる剣を部下に奪い取られることはないまま、単身、夜を徹してクレオパトラのもとに向かうのです。このように悲劇のヒーローとしてのアントニーの造形が映画版において可能となった一端は、上記のイアロスの造形変化にもあります。しかし、この改変により、原作のアントニーが死ぬまで見せていた「ローマ的なるもの」と「エジプト的なるもの」の双方にひかれ、双方を自分の場とすることが出来る揺れ動き躍動する重層的性格が、映画におけるアントニーから消えうせている点を、我々は見逃しえないでしょう。

前述のとおりクロールは、この映画でクレオパトラが「家庭内に囲い込まれている（domesticate）」と指摘しました。ですが、これはイアロスでも確認されうる変更であり、両者合わせて「公的・政治的・経済的・軍事的側面が剥奪され、家庭的・私的世界に属する存在として造形しなおされている」と捉えることが可能です。

このようなクレオパトラの造形変更は、映画版の後半において顕著です。例えば「アレキサンドリア会戦でのクレオパトラの登場場面の削除」「シーザーとの舌戦における台詞の削除」という変更は、無視できない重みをもちます。以下、本項ではこれらの改変を踏まえ、この映画におけるクレオパトラの造形変更がもつ意味を探ってみましょう。

まず、原作でクレオパトラは、アクティウムの海戦に出陣したのみならず、アレキサンドリア会戦でも自分の役割を果たしています。アントニーに鎧を着けさせ彼の出陣を見守った彼女は、一日目の戦闘終了後、アントニーと共に兵らの前に登場し、彼の求めに応じて殊勲者に褒賞を授けます。反面、映画版では彼女はアレキサンドリア会戦の戦場には一切姿を見せず、宮殿に留まっているらしき設定になっています。

アクティウムの海戦に従軍はしたものの、戦闘のあまりの激しさに怯えて戦場から離脱し、結果的にアントニー側敗戦の契機を作ってしまったクレオパトラですが、その後も原作では、間接的ではあれシーザー・アントニーの間の戦闘に関与し続けています。それは、彼女自身の言葉を借りれば「宣戦の布告は私にたいしてもなされている」からです。(10) *Antony and Cleopatra* というアントニーとクレオパトラを同格で扱う作品タイトルと同様、クレオパトラ・アントニーはエジプトの共同統治者であり、従って、シーザーの宣戦布告はこの両者に対して行われねばなりません。当然、直接・間接のいずれであれ、クレオパトラはこの戦闘に関わり、これが彼女の名による戦争でもあると示さねばなりません。即ち、クロールが指摘する「アレキサンドリアでの敗戦後、狂乱したアントニーが宮殿に乱入したら、クレオパトラはインテリアを改装していた」という演出は、単に彼女を「家庭内に囲い込んでいる（domesticate）」だけでなく、彼女の公的・政治的・

軍事的側面を剥奪するものです。

さらに、「クレオパトラとシーザーの舌戦」場面を検討しましょう（第五幕）。この場面は約八十行ありますが、映画ではそのうち約六十行、つまり四分の三が削除され、全体では二分未満の短い場面となっています。ここで削除された箇所にクレオパトラの以下の台詞が含まれている点は、注目に値します。

世界がいただくただ一人のご主君、
私には大義名分をあきらかにして、この身の証を
立てるすべはありません。ただ、こう告白します、
これまでしばしば女性の名誉を汚してきた心の弱さを
この身も背負ってきましたと。〔11〕

ここでクレオパトラは、自らがシーザーに敵対してきた理由を「（女性ならではの）心の弱さ」に帰しています。この文言はシェイクスピアの同時代社会の家父長的な女性観を反映したものですが、しかし、これがあくまで統治者兼政治家である彼女が使う方便だという点は文脈から明白です。シーザーもまた、この文言が方便であることを承知しています。

彼女が「自分の女性性」をも統治者であり政治家である自分にとっての一種の資本としていることは、原作中の他の箇所からも明白です。イノバーバスが語る「シドナス河でのアントニーとの馴れ初め」（二幕二場）は格好の例ですし、また、アレキサンドリア会戦直前に派遣されてきたシーザーの使者サイアリアスとの以下のやりとりも同様です。

サイアリアス　シーザーはご存知です、アントニーを抱かれたのは
あなたが愛したからではなく恐れたからであると。
クレオパトラ　おお！
サイアリアス　したがってあなたの名誉に傷がつけられたからとはいえ、
それは不当にも強いられたものであると、心から
同情されています。
クレオパトラ　シーザーは神様か、真実をよく
見抜いておいでだ。私の女の名誉は捧げたのではなく、
奪い取られたものだと。〔12〕

ここでも、使者を媒介にシーザーとクレオパトラは、「クレオパトラの女性性」を梃子にして、内実としては「クレオパトラがアントニーを切り捨てシーザー側に下るか否か」をめぐって対話しています。本来、この文脈において、彼女の「女性性」はドメスティックな領域に属しえませんが、この使者がクレオパトラの手に口づける姿を偶然見たアントニーは烈火のごとく怒り、クレオパトラの不実をなじると同時に使者を鞭打たせます。

つまり原作では、クレオパトラという生身の女性である統治者兼政治家の女性性の扱い方をめぐり、アントニーとシーザーの間には鋭い対立が見られるのです。彼女が公的な存在だと理解しつつも彼女の女性性をドメスティックな領域で捉えがちなアントニーと、あくまで政治的資本とのみなすシーザーの対比は、しかし、映画版においては強調されていません。それは、上記のサイアリアスの登場場面は残しつつ、クレオパトラがアントニーと共に功労者に褒賞を授け、手を与える場面を完全に削除し、また、シーザーとクレオパトラの直接対決中の女性性をめぐる対話をも削除する編集

の結果です。さらに末尾部分においても「この顔はまるで眠っているとしか見えぬ、まるで／その美貌の罠でもう一人のアントニーを捕らえよう／としているかのように」[13]という台詞が密やかな笑みを浮かべたシーザーの口から語られる演出は、クレオパトラという女性の本来的な魅力を知りつつも同時に、彼女が自らの女性性を政治的資本としていたと理解し、その認識を前提に行動するシーザー像を仄めかすのみです。

このように、ヘストンによるクレオパトラ像改変は、単に彼女の公的・政治的・経済的・軍事的側面を削除し、家庭的・私的世界に属する存在として造形しなおしているのみではありません。イアロスのケースと同様、彼女と対とされるべき二人の人物、アントニーとシーザーのそれぞれの造形や両者の対比などもが、変更されてもいるのです。この映画では、イアロスとクレオパトラが本来的にもつ重層性を抹消しドメスティックな領域に固定する形で、筋が整理されていますが、この変更はそれだけで済むものではなかったのです。

ところで、「駐屯軍の男性と現地の女性が恋愛関係になり、それが国際恋愛だからこそ生じるトラブルを経て、死を選ぶ」という筋立てにおいて「ドメスティックな領域に着目する」ことは、そもそも、どういう意味をもつのでしょうか？　ここでいったん、『アントニーとクレオパトラ』から目を離し、同様の筋立てをもつ作品、即ち、この作品のアフィリエーションと呼び得る作品を検討し、それによってこの映画版における「ドメスティックなるもの」の扱われ方の特徴を逆照射してみましょう。

4　『嘉間良心中』における「ドメスティックなるもの」の扱われ方

吉田スエ子の小説『嘉間良心中』では、キヨという五十絡みの娼婦と、上官を刺して米軍基地を脱走した若いアメリカ兵サミーの関係が描かれます。美少年のサミーを、客が取れなくなったキヨはふとした弾みで部屋に匿い、そのまま

愛人としますが、半年の間に「サミーが基地に出頭するか否か」ですれ違いだします。ついにサミーが「出頭する」と宣言した夜、キヨは無理心中を図ります。

上記のように『アントニーとクレオパトラ』と筋立て自体は似通った作品である反面、小説と戯曲（映画）という違いは存在します。従って、ここでは「両作品において『ドメスティックな領域』はどのように構成されるか」という点で比較を行います。

この小説では、ある時はアメリカ兵相手の街娼として、またある時はサミーを探して、嘉間良のアパートを拠点に嘉手納飛行場第二ゲート周辺を歩き回るキヨの姿が繰り返し描かれます。反面、この設定にもかかわらず、嘉手納基地に関する直接的・具体的言及が、ガス心中を決めたキヨが窓を閉め「内鍵を入れると遠くで雷のようなエンジン調整の噴射の音がした」という一箇所のみである点は、[14]注目に値します。さらに、沖縄を舞台とする小説に頻繁に登場する「沖縄らしさ」の指標たる文物や歴史への言及も、作中ではほぼ見られません。従って、沖縄という地域がもつジオポリティカルな問題への目配りが薄い作品としてこの作品が読まれうる可能性を、否定は出来ません。現にこの作品が新沖縄文学賞に入賞した際の評には、「通俗すれすれ」といった筋立て方面に関する言葉が多く見られます。[15]

しかしそれは、「キヨ、サミーの両人の背景説明なしで開始され、三度に分けて挟まれる『キヨの回想』によって、彼女の視点からの情報が少しずつ示される」「情景を描写する文・三人称でキヨの行動を描写する文と、彼女の気持ちを述べる文が、地の文で混在」といった文体に幻惑された評価といえましょう。「登場人物が抱く認識」と「作品世界がはらむ認識」は別物である以上、「キヨの目に映り、認識・経験されたものとしての嘉手納飛行場周辺地域」こそが、この小説の舞台なのです。

キヨは津堅島出身で、夫と娘を捨てて沖縄本島に渡ってきています。沖縄本島から程近い距離にあるがゆえに、津堅島は沖縄戦の激戦地の一つとなり、また、戦後の一時期には、島民が沖縄本島に強制移住させられました。脱走兵サミーの「ホンシューか北朝鮮かソ連にでもいこうかと思っている」という台詞がべ平連の活動を踏まえたものである点や、作中で描かれる宮里の歓楽街の寂れ方、ドル・円のレートなどを論拠に、この作品の時代設定を一九八〇年頃とする指摘がありますが、(16) そこから逆算するなら、物語の時点で五八歳であるキヨは少女期にこの激戦や強制移住を経験した世代として設定されています。つまり、彼女は、「敵」としてのアメリカ兵を実際に知っている世代であり、かつ、あくまでアメリカ兵相手の水商売に長らく従事してきた人物なのです。

同時に、道をそぞろ歩きキヨの客引きの対象となるアメリカ兵は、白人・黒人という単純な二分法で描かれるのみです。さらにキヨが宮里の店で黒人兵相手の水商売に従事していた頃を回想する場面でも、二人の仲間のことを思い出しこそすれ、彼女自身の経験に関しては全く言及がなされません。このように自分の過去・記憶を閉じ込めたままアメリカ兵相手の街娼で生計を立て続けているキヨは、米軍基地とそこにいるアメリカ兵の存在を確認し金銭的には依存しつつも、それ以上の分析的な認識や判断は留保していると理解可能です。

しかし、別の角度から検討するなら、『嘉間良心中』という作品には二つの仕掛けがあります。一つは、作品世界から「日本/日本人」が排除されていること、もう一つは、キヨの心に去来する「サミーは部屋から出て行ってしまったのだろうか」という疑念が繰り返し書き込まれていることです。

まず、「作品世界からの、日本/日本人の排除」について確認してみましょう。本作品には、日本人は登場しませんが、早く見積もってもベトナム戦争後、おそらくは一九八〇年頃に――ベトナム戦争による好況でアメリカ兵相手の商売が大繁盛した時代が終焉して円高ドル安が進行しだし、大勢の日本人観光客が観光売春をも目的の一部として沖縄を訪れ始め、また、水商売をする側も、ドルではなく円を入手すべく日本人相手の商売を積極的に行いだした転換期に設定されているこの作品世界で(17) 日本人観光客の姿が描かれないのは、まさに上記の文体のなせる業です。たとえ日本人観光客がこの作品中の沖縄にいても、円ではなくドルで商売し、さらに、ドル安の進行にもかかわらず、年齢的な問題もあってアメリカ兵のみを相手する買い叩かれる街娼の境遇から抜け出せず追い詰められていくキヨの世界には、無関係です。「レート変動による円収入の減少」という形以外では、「日本」はキヨに認識されえないのです。従って、この作品中でキヨが追い詰められ無理心中に至ること自体が、沖縄・日本・アメリカの三極がおりなすジオポリティカルな構造の縮図に他なりません。

また上記の二点目ですが、キヨは、生涯最後のこの日、「サミーは部屋から出て行ってしまったのだろうか」という疑念を何度も抱きます。彼女の疑念は「サミーが出ていってしまったかもしれない」「サミーが帰隊してしまったかもしれない」という二つの形で認識され、金策等であちこち歩き回る彼女の描写中にも、時系列に沿って徐々に頻度と強度を増す形で何度も書き込まれます。

半年前に上官を刺して脱走してきた直後のサミーにそれと知らずに声をかけ商売をしたときのことを、キヨは回想します。

あの時ほどからだを売るという商売に入ったことに感謝したことはなかった。それもこれもからだを売る商売をしていたればこそのことである。こんな商売でもしていない限り生涯を三度重ねたってサミーのような男に抱いて貰える機会などあるものか。〔18〕

しかし現在、キヨの部屋にずるずると居つき、キヨからこづかいを貰うだけで無為に日を過ごすサミーとの関係を、キヨは、以下のように表現します。

五十八歳の、誰も相手にしてくれなくなった商売女が孫のように年下の、映画の中から抜け出て来たような美少年を抱く代金だと今ではわりきっている。そう思えば安いものであった。どこの世界でたかだか月一万二万の金でこんな天使のような少年が抱けようか。〔19〕

「抱かれる」「抱く」という違いこそあれ、キヨが、アメリカ兵と沖縄の女性たる自分の関係を売買春絡みの表現で認識している点は変わりません。しかし、自分の欲するところを明確に自覚した半年後のキヨの内面では、自分の衰えに対する意識、さらには前述の通り「自分の元に留まるか、それとも帰隊するか」という二項対立でサミーの言動をはかり恋着する傾向も、強まっています。

そのような不安を抱え込んだキヨにとり、嘉手納飛行場を含め沖縄本島に多く存在する米軍基地は、偏《ひとえ》に「サミーがいつか帰ってしまう場所」としてのみ認識されています。そして、物語の進行につれて彼女の不安が頻度・強度を増して書き込まれるのを通じ、街娼として生きる毎日でキヨが意識にのぼせもしないできた米軍基地が、キヨとサミーの関係を暗黙のうちに経済的・社会的に規定し縛る、いわば不在の中心として姿を見せ始めるのです。ここに至り、「恋愛」「個人の金銭収入」「国籍・帰属」といった事柄のみで構成されていたキヨのドメスティックな世界は、ジオポリティカルな問題と接合し始めます。さらに、「ドル安・アメリカ兵の不景気」という現象を媒介に、キヨとサミーそれぞれが選ばざるをえないあり方の相克が、感情的・社会的・経済的そしてジオポリティカルな重層性をもって感知されるのです。

『嘉間良心中』では、広義の基地問題を始め、沖縄・日本・アメリカ相互の交錯が織り成すジオポリティカルな問題は前景化されていません。しかし、まさにドメスティックな領域を舞台に、キヨという人物の来し方や現状、彼女がサミーとともに袋小路に追い詰められていく姿を追う中で、米軍基地の存在や、それが沖縄に存在する理由としての冷戦・戦争についてのさまざまな思いが、読者の心中を去来します。そして、この短い小説の中でキヨは、「基地の存在について、判断停止でやり過ごしてきた人物」から、「サミーという絶対に手放したくない相手を巡り、米軍基地と綱引きし、抗う人物」に変貌します。

また、キヨのドメスティックな世界をジオポリティカルな問題系と接合するものとして、「ドル」が登場していることの重要性を看過するわけには行きません。アメリカの通貨、ドル。日本という国家の中では、貨幣として受容されはするが、通貨ではない存在。貨幣だからドルはキヨの生活するドメスティックな世界と外の社会を媒介しますが、同時に、日本とアメリカという二つの国家間の経済的な関係を示すからこそ、キヨを疎外し追い詰めます。ドメスティックな領域と外の世界とがこう捩れた形で繋がれているからこそ、ドルのよって来る源でありサミーが戻りうる場所でもある「米軍基地の存在」というジオポリティカルな問題が、逆光の中で大きく浮上するのです。

このように捉えるとき、ヘストンによる映画『アントニーとクレオパトラ』における「ドメスティックなるもの」の描かれ方の特徴が理解可能です。ヘストン版映画では、貨幣のように複数人物間を流通し関係性を生み出すものを排除して、「ドメスティックなるもの」が描かれています。例えば、原作においてクレオパトラとシーザー、そして時にはアントニーもが共通に「クレオパトラの政治的な資本」とみなす彼女の女性性は、映画版においてはアントニーの嫉妬の対象以上の役割を積極的には担っていません。

また、「貨幣の無視」に関しては、原作五幕のクレオパトラの財務官が登場する場面の削除が示唆的です。原作において、クレオパトラは以下のように述べてこの財務官を登場させます。

> これは私の所有している貨幣、銀器、宝石などの目録です、すべて正確な評価を付し、なに一つ

記載もれはありません。シリューカスはどこにいる？
（中略）
私の財務官です、嘘偽りには厳罰を課す条件で
このものに証言させてください、私がなに一つ
隠匿していないことを。正直にお言い、シリューカス。[20]

この場面では、クレオパトラが自らの血筋やアントニーの差配を通じて維持してきたエジプトという国に関する権力の放棄と、シーザーへの委譲が描かれています。このやりとりは、征服者・勝利者に対して被征服者・敗者が服従を示す儀礼であると同時に、クレオパトラが全土から得てきた富を譲ることにより、多種多様な財をローマがエジプトから収奪する過程の――ローマとエジプトの間にジオポリティカルな関係性の網の目が張り巡らされる過程の、正式な開始を告げもします。

同時に、ここにおいてもなお政治家としてのクレオパトラは全てを諦めてはおらず、富の一部の隠匿を図っていました。

シリューカス　女王、
この唇を縫いつけたいと思います、厳罰を覚悟で
嘘偽りを申し上げるよりも。
クレオパトラ　私がなにかかくしたとでも？
シリューカス　お言いつけの品を買うのに必要なだけは。[21]

この箇所は、「クレオパトラからの権力の委譲＝ローマによるエジプトの属州化」をめぐる両者の闘争が、実はなおも水面下では継続していたのをコミカルに表現します。そして財務官のこの暴露により、クレオパトラは全ての富と権限を委譲する羽目に追い込まれるのです。従って、財務官をめぐるこの場面を削除することは、この劇がはらむ政治性の指標を削除するものといえましょう。

このような属州化・植民関係における政治性を捨象しつつ、劇世界で見られる地理的・民族的・文化的多様性を描き出すことは、即ち、ジオポリティカルな視点の捨象に他なりません。そしてその捨象が、「屈服・統治権放棄の象徴として貨幣その他を差し出す」という君主としてのクレオパトラの行為の削除と同時に行われている点は、ヘストンのアダプテーションにおける特徴を顕著に示すものです。「ジオポリティカルな問題系の捨象」「クレオパトラ（とイアロス）の公的性格を剥奪し、ドメスティックな領域に囲い込む」「貨幣など、ドメスティックな領域と外の世界を媒介するものの削除」という三つの特徴が、この財務官登場場面の削除において重層的に確認可能なのです。

すなわちヘストン版『アントニーとクレオパトラ』では、アントニーをまさに取り巻く二人の人物をドメスティックな領域に囲い込むことにより、ドメスティックな領域とジオポリティカルな問題をつなぐ経路の遮断が行われているのです。そしてこれは、「パルチアとローマの関係にかかわる部分を削除する」等の「ジオポリティカルな問題の削除」「男性的ヒーローたるアントニーおよびクレオパトラを中心とする、『人間ドラマ』への傾斜」といった、本稿で指摘してきたこの映画の他の特徴とも呼応関係にあるのです。

おわりに

本稿では、チャールトン・ヘストン主演・監督による『アントニーとクレオパトラ』映画版の分析を、「ジオポリティカルな枠組みの消去」「登場人物の公的・政治的・経済的・軍事的側面を剥奪し、家庭的・私的側面を増大させる」という、本作品がアダプテーション作品であるからこそ生じた二つの特徴に即して行いました。前者に関しては、この映画ではジオポリティカルな枠組みを抹消し「人間ドラマ」という筋書きを前面化することによって、観客にとっての「分かりやすさ」を増す試みがなされていると確認しました。また後者に関しては、イアロスやクレオパトラの造形変更を通じ、アントニーやシーザーという物語の大枠に関わる人物の造形もがブレている点を確認しました。また、アフィリエーション作品と呼べる『嘉間良心中』を媒介に、この映画における「ドメスティックなもの」が、外部世界との橋渡しをする媒介物の存在なしで描かれている点を確認しました。

ここで我々は、「アダプテーションを行う際に、原作から取り出したエピソードや要素を、どのような前提・基準に沿って再文脈化するか」という問題を明確に意識せずにはいられません。換言するならば、本論文では「ジオポリティカルな枠組み」「ドメスティックなものの扱い」をめぐり、この映画がはらむ再文脈化の問題を一つの方向から問うてきたのです。ヘストンは、愚直なまでに原作のあらすじを追いつつも、そこで提示された枠組みを動かし「現代の観客に分かりやすく」組み替えました。しかしそれは逆に、多くの「大作」と呼ばれるハリウッド映画に出演してきた彼が想定する「分かりやすさ」の限界を、明確に示すものではないでしょうか？

コラム

記憶の歴史学

『アントニーとクレオパトラ』の原作では、アントニー・クレオパトラ両人の遺骸の廟への丁重な埋葬と、自らのローマへの凱旋を同時に告げる、シーザーの台詞で終結します。ヘストン版映画ではこの台詞の後半は削除され、上空から二人の眠るピラミッドを撮るカメラがじょじょに上昇し、ピラミッドがどんどん小さくなって幕を下ろします。このように、コメモレイション（commemoration、死者を記念する行為）が、両作品の棹尾《とうび》を飾ります。

前世紀末ドイツにおける「記念碑論争」を、皆さんはご存知でしょうか。この論争は「ドイツ国民は、ナチス時代の罪を誰に対する贖罪の言葉として表明し伝えるか」を焦点としました。ユダヤ人のみならず、ロマの人々・心を病んだ人々・しょうがい者・性的マイノリティ・宗教的マイノリティなど多様な人々がナチスに迫害されましたが、では、社会的立場が異なり、相互に利害が衝突もするこれらの人々の全てに対する贖罪の表明は、どうしたら可能でしょう？　また、この時、贖罪の言葉を述べるべき「ドイツ国民とは誰か」、さらに「贖罪は、どこにおいて表明されるべきか」も、問題となります。このようなさまざまな問いが、いずれもアクチュアルに提起され、広範な論議を生んだのです。

コメモレイションをめぐる政治は、シェイクスピアの作中世界でも指摘可能です。例えば、『アントニーとクレオパトラ』の原作において、恋人たちのコメモレイションの指示と、ローマへの凱旋宣言は、なぜ一つの台詞中で連続してなされるのでしょう。彼らは、なぜ、ローマではなくエジプトの王家の墓に葬られるのでしょう？

それは、属州化が開始したエジプトにおいて、現地の王家の墓を利用して彼らの死を丁重に記念する行為が、そのまま、ローマの一応の安定と、シーザーによる覇権の貫徹の礼賛となりうるからです。丁重なコメモレイションと凱旋は、本来、表裏一体なのです。――「人間ドラマ」に傾斜したヘストン版映画において、「誰による」「どこで」という問い抜きの、まさに宙にういた形でコメモレイションのみが提示されて終わるのは、示唆的です。

「記念碑論争」は、「記憶の歴史学」の中に位置づけられます。「記憶の歴史学」とは、「ある出来事が何故起こったか、いかに展開されたか、ということよりも、その記憶の行方、シンボル化された再利用、神話化された『読み替え（アプロプリアシオン）』のほうに注目する歴史学」です。〔22〕従って、「記憶の歴史学」においてさまざまな事象が問題化される際、常に、「表象化」「再表象化」という行為をめぐる一つの共同体内部の人間のさまざまな営みが、浮き彫りにされています。

このように見るなら、「どういう側面から、特定のアダプテーション作品が提起しうる問題を論じるか」という次元で――つまり、視角のとり方の次元で、「記憶の歴史学」は、アダプテーション研究と豊かに共鳴しあうものなのです。――さあ、皆さんも、「記憶の歴史学」の扉をたたいてみませんか？

注

〔1〕Heston, Charlton. *In the Arena: the Autobiography*. London, Harper Collins, 1996, pp.449-50.
〔2〕Heston, p.448.
〔3〕Heston, p. 430.
〔4〕Patricia Tatspaugh, 'The Tragedies of Love on Film', in Russell Jackson (ed.), *The Cambridge Companion to Shakespeare on Film*. Second

Edition. Cambridge: CUP, 2007, p. 160.

〔5〕小田島雄志訳、『アントニーとクレオパトラ』（白水社、一九八三年）二〇六頁。

〔6〕同書、五四頁。

〔7〕Crowl, Samuel. ‘A World Elsewhere: The Roman Plays on Film and Television’, in Anthony Davies and Stanley Wells (eds.), *Shakespeare and the Moving Image: the Plays on Film and Television*. Cambridge: CUP, 1994, p.158.

〔8〕小田島雄志訳、『アントニーとクレオパトラ』二〇六頁。

〔9〕同書、二〇七頁。

〔10〕同書、一三二頁。

〔11〕同書、二三六頁。

〔12〕同書、一五七—八頁。

〔13〕同書、二五三頁。

〔14〕吉田スエ子『嘉間良心中』、『沖縄文学全集　第九巻　小説Ⅳ』、国書刊行会、一九九〇年、一七七頁。

〔15〕岡本恵徳・高橋敏夫編『沖縄文学選　日本文学のエッジからの問い』（勉誠出版　二〇〇三年）所収の、『嘉間良心中』に関する「作品解説」中で谷口基が紹介する、大城立裕や島尾敏雄の選評は、まさに「テーマの上では新しい発見がなく、通俗読み物すれすれの作品（大城）」という理解に基づきつつも、その上で筆者の筆力の確かさを評価するものです。また、岡本恵徳が『現代文学における沖縄の自画像』（高文研　一九九六年）で、中程昌徳が『アメリカのある風景——沖縄文学の一領域——』（ニライ社　二〇〇八年）で本作品を取り上げる際には、「脱走兵を取り上げていることにより、通俗的な筋立てを脱し、沖縄のある時代を切り取り活写したもの」として評価しています。しかし、いずれにせよ、本作品の文体や語りの技法など、小説作品としての構成要素に着目した批評は、まだまだ未開拓であるといわざるを得ません。

〔16〕谷口基「作品解説」、二〇九頁。

〔17〕中程昌徳『アメリカのある風景　沖縄文学の一領域』二六三―二八〇頁では、一九八〇年代に「ベトナム景気」が去った後の「アメリカの凋落ぶり」が、「『ここは大和人オンリーよ。アメリカ人はもう駄目よ』と語るバーの女性」など、主に歓楽街を舞台とした小説などで提示されていることが詳細に分析されています。ここでは、上記の引用からも分かるように、「金持ち日本人を歓待し、アメリカ人に手のひらを返す」というパターンが多く描かれていることが分かります。また、中程は同書一一二―四頁で、一九七〇年代末には、下川博の『ロスからの愛の手紙』（一九七八年一一月『琉球新報』掲載）で見られるように、「アメリカ兵の愛人・現地妻＝（相手の帰国または戦死により）捨てられる犠牲者」という、従来戦後沖縄の小説において繰り返し語られてきた存在とは別に、「沖縄に単身赴任などしてきた、沖縄県外出身の日本人の愛人・現地妻＝（相手が任期を終えて沖縄から去ることにより）捨てられる犠牲者」という存在もが登場していることを指摘しています。

〔18〕吉田スエ子『嘉間良心中』、一六八頁。

〔19〕同書、一六九頁。

〔20〕小田島雄志訳『アントニーとクレオパトラ』二三七―八頁。

〔21〕同書、二三八頁。

〔22〕谷川稔「『記憶の場』の彼方に　日本語版序文にかえて」、ピエール・ノラ編『記憶の場　フランス国民意識の文化＝社会史』第一巻《対立》（谷川稔監訳、岩波書店、二〇〇二年）所収、四頁。

課題

①『アントニーとクレオパトラ』以外にも、『ロミオとジュリエット』等、コメモレイションが行われるシェイクスピ

ア作品は存在します。では、作中世界の共同体において、コメモレイションはどのような役割を担っていますか？

②「①」で挙がった作品のアダプテーションにおいて、コメモレイションの政治は、どう機能していますか？

③現在ヴェローナの観光名所となっている「ジュリエットの像」等、シェイクスピア作品を利用したさまざまな事象において、「作中世界でのコメモレイションの再利用」とみなせるものは、どれくらい存在しますか？

推薦図書

①ピエール・ノラ編『記憶の場　フランス国民意識の文化＝社会史』第一巻〜第三巻、谷川稔監訳、岩波書店、二〇〇二年。フランス版『記憶の場』の原著の多岐にわたる内容を、「対立」「統合」「模索」の三巻に取捨選択して再編し、「記憶の歴史学」の概観を一望できる構成をとっています。

②米沢薫『記念碑論争　ナチスの過去をめぐる共同想起の戦い〔一九八八年〜二〇〇六年〕』、社会評論社、二〇〇九年。「記念碑論争」について、広範な一次史料を渉猟してまとめた労作です。

第Ⅶ章　『お気に召すまま』の恋愛塾
――明治日本はシェイクスピアで西洋を学んだ

近藤　弘幸

はじめに

日本の「近代化」を目指した明治時代の知的エリート層の「近代化」運動は多岐に及びましたが、そのひとつが「恋愛」イデオロギーの導入でした。「一対多」あるいは「多対多」の婚姻外の肉体関係を肯定する江戸時代的な「色」から、婚姻制度に基づく「一対一」の結びつきを称揚し、肉体的関係よりも精神的関係を重視する近代的な「恋愛」へ、という転換は、明治文化全般に（さらには現代の日本に暮らす私たちにまで）影響を与えたものであり、演劇もその例外ではありません。むしろ、江戸時代的な「色」の思想の影響を濃密に受けていた歌舞伎＝「旧劇」を廃し、西洋演劇を範とする新しい演劇＝「新劇」を作り出そうとした演劇界は、その典型と言うことができるかもしれません。本章で取り上げる宇田川文海《うだがわぶんかい》の『汝所好《すきずき》』は、明治時代に大阪の

『朝日新聞』に連載された、『お気に召すまま』の翻案小説であり、舞台作品ではありませんが、しかし明治日本にシェイクスピア作品を根付かせようとした仕事の最初期の試みのひとつとして、こうした「恋愛」イデオロギーの導入／演劇改良運動という表裏一体の文化的運動と無関係であったとは思えません。オリジナル尊重主義の立場に立つ坪内逍遙《つぼうちしょうよう》は、こうした初期シェイクスピア翻案作品が、正確な翻訳ではなく翻案であることに否定的な評価を下していますが、ほかならぬその坪内がその一翼を担っていたこの文化的運動と、『汝所好』のオリジナルからの逸脱は無関係ではありません。それどころか、『汝所好』は「恋愛」というプログラムを明治日本のメンタリティにインストールするためのテクストとしての側面を持っていたのです。そこでは、主人公の三郎（オーランドー）が体現する新劇的「恋愛」と道化の鈍弥（タッチストーン）が体現する旧劇的「色」が対比的に描かれ、男性登場人物の感情は比較的安定した形で位置づけることができます。一方で路姫（ロザリンド）の感情の表象には不安定さがつきまといます。なぜならこの「恋愛」というイデオロギーは、一方において「相思相愛」という相互性を男女に要求しながら、同時に男性には能動性、女性には受動性を期待する、という矛盾を抱えたものであったからです。『汝所好』というテクストは、この「恋愛」イデオロギーの矛盾を封じ込めることができません。そしてこの不安定さは、近代日本の「恋愛」につきまとうことになるでしょう。

明治日本のシェイクスピア作品受容において大きな役割を果したのが、新聞に連載された翻案小説でした。坪内逍遙（一八五九－一九三五）は、「日本に於ける沙翁研究、翻案及び上演の略誌」と題された随筆――「沙翁《さおう》」というのはかつてシェイクスピアを指して使われた言葉です――で、「沙翁に関する著訳類年順表」というシェイクスピアに関する出版物の年代順一覧表を掲載したあとに、こう書き添えています。

> 尚ほ右の表に漏れた物で、新聞紙の続き物として翻案された沙翁物がある。其最も古いのは大阪『朝日新聞』及び『毎日新聞』所載のそれで、翻案者は宇田川文海氏である。それは『四つの緒』と題した『アズ・ユー・ライキ・イット』、『何桜彼桜銭世中《さくらどきぜにのよのなか》』と題した『マーチャント・オブ・ヹニス』、『阪東武者』と題した『オセロー』、『船戦』と題した『マクベス』、『悪縁』と題した『ロミオ・エンド・ジュリエット』などで、文海氏の話に拠れば、第一は明治十四五年頃（?）、第二は同十七年の春、共に『大阪朝日』、次ぎに、第三の『阪東武者』以下は『大阪毎日』の所載で、各々二十五年九月、二十七年十二月、三十年十一月よりといふ順序であつたといふ。其中『四つの緒』は『汝所好《すき〲》』と改題して、後に東京の金港堂から一冊子として発行したやうに記憶する、といふ翻案者自身の話。〔1〕

本章で取り上げるのは、ここで言及されている宇田川文海（一八四八－一九三〇）の手になる『お気に召すまま』翻案小説、『四つの緒』／『汝所好』です。

宇田川文海は、生まれは江戸でしたが、明治維新後、主に大阪の新聞を舞台に活躍し、「新聞小説家として関西に怖るべき勢力を有し『朝日』の売出したのも此人与つて力ありと云ふ勢であつた」とまで評された人気文筆家です。〔2〕坪内の引用にある『何桜彼桜銭世中』は舞台化され（一八八五年、大阪戎《えびす》座）、記念すべき日本最初のシェイクスピア上演となりました。坪内の記述が正しければ、『四つの緒』／『汝所好』は、この『何桜彼桜銭世中』に先行する、日本におけるシェイクスピア本格受容のまさに嚆矢とも呼べるような作品だったということになるのですが、残念ながらここでの坪内の記述（あるいはその基になっている宇田川の証言）には混乱が見られます。『何桜彼桜銭世中』が『朝日新聞』（大阪）に連載されたのは一八八五年、『四つの緒』が同じく『朝日新聞』（大阪）に連載されたのは三年後の一八八八年の五月一三日から七月一二日（全四五回）、そして『汝所好』とタイトルを改めて出版されたのは同年の一二月のことで、出版社は大阪の駸々堂という書店でした。

『四つの緒』の連載初回は、次のように始まっています。

今日《けふ》より掻鳴《かきなら》すよつの緒《を》は調《しらべ》も古《ふる》く節《ふし》も面白《おもしろ》からねどみすぢの絃《いと》の新《あた》らしきに聞《き》き飽《あ》きたまふ耳《みゝ》には又事異《またことかは》りていさゝか感情《こゝろ》動《うご》かしたまふよすがにもなりなんかと技《わざ》の拙《つたな》きをも顧《かへ》りみず試《こゝろみ》に一曲《ひとふし》を奏《かな》づるになん〔3〕

『四つの緒』というタイトルは、最後に四組のカップルが誕生することから選ばれたものだと思われますが、そもそもは四弦楽器の琵琶を指す言葉です。一方、ここで対比されている「みすぢの絃」は、三絃楽器の三味線を指します。これから語られる『四つの緒』という物語は、古風な物語ですが、歴史的に琵琶よりも新しい、三絃の音を聞き飽きた耳には新鮮に響くことでしょう、というのです。ここには、新聞小説という大衆的な読み物の読者層に対して、西洋の「新しい」物語――シェイクスピアの作品はすでに三〇〇年近く前に書かれた「古い」物語でしたが、当時の人々にとっては先進国からもたらされた「新しい」ものでした――をあえて「古い」物語として提示することによって、それがもたらすかもしれない違和感を中和し、受容を容易にしようという、翻案者のしたたかな戦略を読み取ることができます。

『四つの緒』を日本の「古い」物語として提示するという翻案者の戦略は、その後も繰り返されます。連載第八回の最後には、次のような断りが添えられています。

編者曰此稿旧幕時代《へんしやいはくこのかうきうばくじだい》の語《ものがたり》なれど例《れい》の言文一致《げんぶんいつち》ならん事《こと》を欲《ほつ》して少《すこし》く言語《ものいひ》を換《か》へたれど往々《まゝ》耳立《みゝた》つふしのあれば当曲《たうきよく》より成《な》る可《べ》く古調《こてう》の言語《ものいひ》を用《もち》ふ読者諸君其心《どくしやしよくんそのこゝろ》して俄《には》かに文調《ぶんてう》の変《かは》りしを怪《あやし》み玉《たま》ふな〔4〕

ところが、「旧幕時代」の「古調」な物語として連載を読み進めてきた人々は、最後に大きな驚きを経験することとなります。連載最終回において、読者が二カ月にわたって享受してきた物語が、実はシェイクスピアの作品に基づくものであったことが明かされるのです。

> 読者諸君《どくしやしよくん》の読《よん》で此《こゝ》に至《いた》る時《とき》、編者特《へんしやとく》に一言《いちけん》の首実《はくじやう》すべきものあり、本編《ほんへん》ハ原名《げんめい》汝所好《アズイユーライキイツト》と題《だい》せる、英国沙翁《えいこくセキスピヤ》の演劇脚本《しばゐのだいちやう》を翻案《ほんあん》せるものにて、且編者《かつへんしや》が自己《じこ》の意《い》を以《もつ》て、損益加減《そんえきかげん》を恣《ほしひまゝ》にし、恰《あたか》も龍頭《りようとう》を截《きつ》て蛇足《じやそく》を添《そ》へたるが如《ごと》く、往々《わう〳〵》原書《げんしよ》の美《び》を害《がい》し善《ぜん》を損《そこな》へる箇所少《かしよすく》なきに非《あら》ず、殊《こと》に脚本《だいちやう》を小説《せうせつ》に変換《かきなほ》したるものなれバ、極《きは》めて不都合《ふつがう》なる所間々《ところまゝ》あり、増《まし》て原文《げんぶん》ハ玉《たま》の如《ごと》く訳文《やくぶん》ハ瓦《かはら》の如《ごと》くなれバ、為《ため》に読者諸君《どくしやしよくん》をして興味《きようみ》を薄《うす》からしめ諸君《しよくん》に罪《つみ》を負《お》へるのみならず、兼《かね》て沙翁《セキスピヤ》に対《たい》しても其罪実《そのつみじつ》に免《まぬが》るゝに由無《よしな》し、依《よつ》て此《こゝ》に自《みづか》ら懺悔《ざんげ》し且自《かつみづか》ら陳謝《ちんしや》すと而云《しかい》ふ〔5〕

一方で、シェイクスピアの作品に多少なりとも馴染みがあるであろう、より「インテリ」な読者層が想定されている単行本では、ここで使われている『汝所好』がタイトルとして選ばれています。さらにそれがシェイクスピアの作品であることは自明のこととして扱われているようです。もちろんタイトルが変わったため、冒頭の一節は省かれていますし、途中の断りも、最後の種明かしもありません。単行本のどこを探しても「沙翁《セキスピヤ》」の名前は出てこないのです。

この点を除いては、『四つの緒』と『汝所好』の本文そのものに、大きな異同はありません。〔6〕ただし章立てが異なります。新聞掲載時には、琵琶を指すタイトルにかけて、連載の各回が「第一曲」「第二曲」というように呼ばれ、さらに数回の連載に共通するサブタイトルが与えられています。一方『汝所好』は、「第一回」から「第十六回」までの章に分かれており、新聞連載時に同一サブタイトルであったものがひとかたまりとなって、ひとつの回を構成しています。例えば、『四つの緒』の「第一曲」から「第三曲」には「喧嘩《いさかひ》」というサブタイトルがつけられており、〔7〕これをつなげたものが『汝所好』の「第一回」に収められているわけです。そのあらすじを紹介すると、こんな感じです。人名のあとの括弧内は『お気に召すまま』における該当登場人物名です。毛利三郎《もうりさぶろう》（オーランドー）は、忠僕安宅幸兵衛《あたかこうべえ》（アダム）相手に、藩の家老を務めていた父の頼母《たのも》（サー・ローランド・ド・ボイズ）が先代藩主村田左京太夫《むらたさきょうだゆう》――以下、老公――とともに有田山中に追放され、その後病死したこと、あとを継いだ長兄太郎《たろう》（オリヴァー）が先代藩主と父を追放した現藩主村田右馬頭《うまのかみ》（フレデリック）の側に付いたこと、父の遺言にもかかわらず自分の教育を蔑ろにしていることを嘆いています。そこへ太郎が登場し、三郎と口論になります。三郎が太郎の首を締めあげて遺産の分配を要求し、太郎は同意します。三郎は幸兵衛とともに退場しますが、もちろん太郎の同意はその場しのぎのもので、彼にその約束を実行するつもりはありません。そこへ力士の鬼神《おにがみ》（チャールズ）が登場し、城下からの情報として、現藩主の娘芹姫《せりひめ》（シーリア）の希望で先代藩主の娘路姫《みちひめ》（ロザリンド）が殿中に残っていることを告げます。鬼神は三郎が御前相撲大会において自分との対戦を望んでいることを明らかにし、それを思いとどまるよう説得してほしいと太郎に願い出ますが、太郎はむしろ身の程を知らせるいい機会だから懲らしめてほしいと返答し、鬼神は納得します。以上が概略で、この部分は『お気に召すまま』で言うと第一幕第一場に相当します。坪内逍遙は「大抵翻案は、二重三重に手を経るのを例とするから、沙翁研究の歴史上には価値の乏しい者である」とし、「宇田川氏の翻案の如きも、原訳者は別にあるらしく、随つて原作と比べると、翻案は、ほんの荒筋を移したゞけのものになつてゐる」〔8〕と手厳しい評価を下していますが、比較していただければ、この作品が、当退場のタイミングを含め、思いのほか忠実に、ほぼ戯曲通りの展開となっているのがお分かりいただけるだろうと思います。以下、『汝所好』の各回にあわせて、この翻案作品のあらすじを紹介しておきます。

「第二回」（『四つの緒』「第四曲」「第五曲」、サブタイトルは「合奏《あはせもの》」。『お気に召すまま』第一幕第二場前半）。芹姫の私室。路姫は腰元として芹姫に仕える立場となっていますが、二人の友情の絆は変わりません。芹姫が琴、路姫が三味線を弾く合奏が二人の親密さを強調します。そこへ道化の安達鈍弥《あだちどんや》（タッチストーン）が登場し、笑いを撒き散らします。さらに小姓が登場し、ある三人兄弟をそろって半死半生にした鬼神に、飛び入りの挑戦者が現れたことを知らせます。

「第三回」（『四つの緒』「第六曲」から「第八曲」、サブタイトルは「相撲《すまふ》」。『お気に召すまま』第一幕第二場後半）。書院の庭にしつらえられた土俵を取り囲む観客が、鬼神に挑戦するという向う見ずな若者について噂していると、その若者が姿を現します。右馬頭は、この無謀な挑戦をやめさせようとし、折り良く登場した芹姫と路姫に説得の仕事を託します。若者は二人の姫の説得にも心を変えず、鬼神と対戦し見事勝利を収めます。若者が先代藩主の忠臣の息子、毛利三郎であることを知った右馬頭は早々に立ち去りますが、芹姫と路姫は残って三郎の勝利を祝福します。路姫が記念の品を贈り、二人も立ち去ります。三郎は路姫に心を奪われます。

「第四回」（『四つの緒』「第九曲」「第十曲」、サブタイトルは「胸《むね》の荊棘《いばら》」。『お気に召すまま』第一幕第三場）。路姫が三郎への恋心ゆえに物思いにふけり、芹姫がそれをからかっているところへ、右馬頭が登場し、老公の指令により毛利三郎と共謀して謀反を企てたとして路姫に追放を宣告します。路姫は濡れ衣を訴え、芹姫も懸命に弁護しますが、右馬頭は宣告を取り消すことなく退場します。路姫と芹姫は、有田山中の老公のもとへ行くことを決意し、さらに道中の危険を未然に防ぐため、芹姫は貧しい娘に身をやつし、路姫は男装することになります。路姫は「森四郎（ギャニミード）」を、芹姫は「捨《すて》（アイリーナ）」を名乗ることとし、さらに道中の役に立つだろうと鈍弥を連れていくことにします。

「第五回」（『四つの緒』「第十一曲」「第十二曲」、サブタイトルは「黄昏《たそがれ》」。『お気に召すまま』第二幕第三場）。夕闇せまる毛利太郎邸前に左右から登場する二つの人影。一人は相撲勝負から凱旋した三郎、もう一人は安宅幸兵衛です。幸兵衛は三郎の快挙を称えつつ、そのことが兄の嫉妬という災いを招いたことを知らせます。太郎が祝いの席と称して酒を飲ませ、酔いに乗じて三郎を亡き者にする計画を立てているというのです。二人は、幸兵衛が切り詰めて蓄えた老後の備えを路銀に充て、有田山中の老公のもとを目指すこととします。

「第六回」は、「詮議《せんぎ》」というサブタイトルがつけられた『四つの緒』「第十三曲」「第十四曲」から構成され、「第十三曲」が『お気に召すまま』第二幕第二場、「第十四曲」が第三幕第一場に相当します。路姫と芹姫が鈍弥を連れて出奔した翌朝、そのことを知った右馬頭は激怒しています。右馬頭は、毛利三郎と路姫が結託して自分を暗殺しようと試み、ことが露

『四つの緒』第八曲「相撲」（下）の挿絵。毛利三郎に記念品を贈る路姫。

見しそうになったので芹姫を人質に逃走したのだと考えているのです。そこで三郎の兄、太郎を召喚し、お前も一味ではないかと詰問します。太郎は身の潔白を訴えますが、右馬頭は、一年以内に三郎と路姫を逮捕し、芹姫を保護するよう厳命します。

「第七回」(『四つの緒』「第十五曲」から「第十七曲」、サブタイトルは「峯《みね》の嵐《あらし》」。『お気に召すまま』第二幕第一場)。晩秋を迎えた山里の庵で、老公が読書にふけっています。吹き込む寒風に耐えかねた老公は、かつての栄華を思い起こし今の境遇を嘆きますが、やがてこの苦労も自分を鍛錬するためのものであると思い直します。そこへ臣下の有馬主税《ありまちから》(アミアンズ)が登場します。二人は虚無道人《きょむどうじん》(ジェイクイズ)の説を引きつつ、鹿狩りの非道について語り合います。やがて日が落ち、山里には初雪が降り積もります。三人の武士が庵の前に現れ、老公の帰城と復位を訴えますが、庵からは何の返答もありません。

「第八回」(『四つの緒』「第十八曲」「第十九曲」、サブタイトルは「村紅葉《むらもみじ》」。『お気に召すまま』第二幕第四場)。それぞれ田舎娘、男装の琵琶法師、木こりに姿を変えた芹姫、路姫、鈍弥の一行が、冬の初めになってようやく有田山麓にたどりつきます。三人は疲れ切っていますが、そこへ近在の二人の木こり、幸右衛門《こうえもん》(コリン)と七助《しちすけ》(シルヴィアス)が登場します。三人は木陰に隠れ、木こりの会話を盗み聞きすることにします。若い七助は恋に夢中で、老人の幸右衛門にからかわれながら、恋人に会いに駆けてゆきます。路姫はその姿に我が身を重ねますが、疲労と飢えに苦しむ芹姫は、残った幸右衛門に声を掛けて食料を調達することを提案します。幸右衛門は、主人の家が売りに出ていると告げ、三人は、その家を買い取り幸右衛門を雇い入れるつもりで、その家を目指します。

「第九回」は、「山里《やまざと》」というサブタイトルのついた『四つの緒』「第二十曲」から「第二十三曲」で構成されており、「第二十曲」は『お気に召すまま』の第二幕第五場および第六場に相当します。有馬主税が、虚無道人の求めに応じて、浮世を離れた山里暮らしを称える歌を聞かせています。二人がいなくなったあとに、疲労困憊した毛利三郎と安宅幸兵衛が登場、三郎は瀕死の幸兵衛を励ましながら食料を探します。「第二十一曲」から「第二十三曲」は『お気に召すまま』の第二幕第七場に当たります。老公の臣下たちが宴を開いていますが、そこに虚無道人の姿はありません。帰城と復位を勧めた虚無道人を老公が遠ざけたためです。有馬のとりなしにより老公が怒りを解いた折しも、虚無道人が姿を現し宴に加わります。そこへ三郎が登場して食料を不躾に要求し、老公にたしなめられます。事情を知った老公は、快く三郎と幸兵衛に食事を与えます。さらにその容貌からこの乱入者がかつての忠臣の息子であることに気づき、二人を歓迎します。

「第十回」は「恋慕《れんぼ》」というサブタイトルをつけられた『四つの緒』「第二十四曲」から「第二十九曲」から成ります。[9] そのうち「第二十四曲」から「第二十八曲」は、『お気に召すまま』の第三幕第二場に相当します。三郎が登場し、自分の恋心を詠んだ詩を木に貼り付け、さらにその下に路姫の名を小刀で刻みつけてから立ち去ります。次に鈍弥と幸右衛門が、さらに森四郎（つまり路姫）が登場します。四郎は三郎の残していった書き付けを見つけ、そこに書かれた詩を読みあげます。実は四郎は既に似たような書き付けを森のあちらこちらで発見していました。さらに捨（つまり芹姫）も同様の書き付けを手に登場します。捨は、鈍弥と幸右衛門に席を外すよう命じます。二人きりになった路姫と芹姫は、書き付けが三郎の手になるものであることを確信しますが、人の近付く気配に茂みに身を潜めます。するとそこへ三郎と虚無道人がやってきます。虚無道人は恋するあまり分別を失っていると三郎を批判しますが三郎は聞き入れません。虚無道人はその場を立ち去ります。一人になった三郎に、四郎が（つまり路姫が、自分の素姓を明かさず男のふりをして）話しかけます。四郎は、三郎の「相思病《こいやみ》」（一〇八頁）を治療すると宣言し、そのために自分のことを路姫と呼ぶよう命じます。三郎は翌日四郎のもとを訪れることを約束します。続く「第二十九曲」は『お気に召すまま』の第三幕第三場に当たります。場所は有田山中のとある木こり小屋。鈍弥は、折田琢齋《おりたたくさい》（サー・オリヴァー・マーテクスト）という医師に媒酌人を頼み、猟師の娘お朝《あさ》（オードリー）と結婚するつもりです。琢齋が登場しますが、鈍弥が結納を用意していないことを知り、媒酌人となることを拒みます。すると陰で一部始終を観察して楽しんでいた虚無道人が、自分が結納を用立てると申し出て、鈍弥とお朝を連れていきます。一人残された琢齋は憤慨します。

「第十一回」は、『四つの緒』の「第三十曲」から「第三十二曲」で構成され、サブタイトルは「喧嘩《いさかひ》」と付けられています。「第三十曲」は『お気に召すまま』の第三幕第四場に相当します。姿を現さない三郎にやきもきする路姫とそれをからかう芹姫。二人の話題はいま三郎が仕えている老公に及びます。路姫はすでに父親である老公と対面していますが、芹姫まで連れてきていることが知られれば城に送り返されるであろうと、いまだに素性を明かしてはいません。幸右衛門が登場し、木こりの七助と彼の恋人お久《ひさ》（フィービー）の「恋慕喧嘩《こひいさかひ》」（一一六頁）を見に行くよう路姫と芹姫をそそのかします。「第三十一曲」「第三十二曲」（『お気に召すまま』第三幕第五場）では、懸命にお久の機嫌を取ろうとする七助の姿が描かれますが、お久はつれないままです。その様子をうかがっていた四郎は、仲直りをするよう二人を諭しますが、お久は四郎に一目惚れしてしまいます。お久は仲直りを装って七助に四郎宛の手紙を託すことにします。

「第十二回」（『四つの緒』「第三十三曲」から「第三十六曲」、サブタイトルは「蝸牛《でゞむし》」。『お気に召すまま』第四幕第一場、オーランドーの退場まで）。四郎と捨と虚無道人。四郎が虚無道人の憂鬱好きをからかっていると三郎がやってきて入れ違いに虚無道人が出ていきます。四郎は遅刻した三郎を蝸牛と非難しますが、やがて捨を媒酌人に見立て二人で仮の結婚式を挙げることになります。その後三郎は、戌刻には必ず再訪すると約束し、老公の晩餐に出席するため帰っていきます。

「第十三回」（『四つの緒』「第三十七曲」から「第三十九曲」、〔10〕サブタイトルは「遺物《かたみ》の袖《そで》」）は『お気に召すまま』第四幕第一場（オーランドーの退場後）から第三場に相当します。路姫が芹姫を相手に、自分の愛がいかに深いものであるかを語ります（以上第一場）。二人の会話から、日頃殺生を嫌う老公が珍しく鹿狩りを命じたこと、それゆえに三郎の来訪が遅れていることが明かされます（以上かなり変形されていますが第二場）。そこへ七助が、お久が書いた四郎宛のラヴ・レターを持ってきます。四郎は七助を追い返し、入れ違いに血染めの袖を持った一人の男が登場します。その男は、ほかならぬ三郎の兄、太郎でした。太郎は、右馬頭に命じられて三郎を追って有田山中に入り、生き倒れとなったのですが、そこに狩りの途中の三郎が通りがかったのです。倒れていた太郎はまず大蛇に、次に雌狼に狙われますが、いずれも三郎が退治します。三郎は負傷しつつも兄を老公のもとへ連れて行き、そこで気絶します。太郎は、三郎に頼まれ、証拠の品として血染めの袖を持って、約束を守れなかった理由を告げにやってきたのでした。

「第十四回」（『四つの緒』「第四十曲」、サブタイトルは「競争《あらそひ》」。『お気に召すまま』第五幕第一場）。鈍弥とお鹿《しか》（突然「お朝」から名前が変わっていますがオードリーに相当する人物のことです）がいるところへ、お鹿に横恋慕する卯之助《うのすけ》（ウィリアム）という男がやってきます。鈍弥は卯之助を脅してお鹿を諦めさせようとしますが卯之助も譲りません。そこへ幸右衛門が、四郎と捨に命じられ、鈍弥を探しに登場します。

「第十五回」（『四つの緒』「第四十一曲」「第四十二曲」、サブタイトルは「魔術《まじゆつ》」。『お気に召すまま』第五幕第二場）。三郎と太郎の会話から、一目惚れで太郎と捨が相思相愛になり翌日結婚する運びとなったことが明らかになります。そこへ四郎が登場、四郎と三郎は、太郎と捨の婚礼を喜びますが、三郎はそのことで自分のかなわぬ恋を思い起こし悲しみます。それに対し四郎は、魔術の力で翌日路姫を登場させると約束します。そこへ七助とお久が登場。四郎は、(1)三郎と路姫の結婚、(2)自分が女と結婚できる身であるならば自分とお久の結婚、(3)七助とお久の結婚、の三つを翌日実現させると宣言します。

「第十六回」（『四つの緒』の「第四十三曲」[11]から「第四十五曲」、サブタイトルは「赤縄《えにしのいと》」。『お気に召すまま』第五幕第四場）。老公の庵室。半信半疑の一同の前に四郎が姿を現し、(1)老公は路姫を三郎に与える、(2)三郎は路姫と結婚する、(3)お久は四郎と結婚する、もしそれを拒む場合お久は七助と結婚する、(4)もしお久が四郎との結婚を拒んだ場合、七助はお久と結婚する、の四つの履行をそれぞれの当事者に確認したうえで、捨を連れて退場します。入れ替わりに鈍弥とお鹿が登場。そして琵琶の音を背景に折田琢斎に先導されて路姫と芹姫が登場し、めでたく路姫＝三郎、芹姫＝太郎、お久＝七助、お鹿＝鈍弥の四組のカップルが誕生します。そこへ毛利頼母の次男、次郎《じろう》が登場し、右馬頭の突然の改心と退位を報告して大団円となります。

このように、『四つの緒』／『汝所好』は、思いのほか原典に忠実です。しかしながら、翻案作品を読み解き、分析

『四つの緒』第四十五曲「赤縄」（三）の挿絵。誕生した四組のカップル。

することの本当の魅力は、実はオリジナルへの忠実さを確認することにあるわけではありません。翻案作品を読むという行為の醍醐味は、某コーヒー会社のコピーではありませんが、むしろ「違いを楽しむ」ことにあります。これほどまでに忠実に『お気に召すまま』をたどっているにもかかわらず、『四つの緒』／『汝所好』は、『お気に召すまま』そのものではありません。そこには逸脱が内包されています。その逸脱には、単純な誤解・誤読に基づくと思われるものも含まれています。坪内的なオリジナル尊重論の立場に立てば、こうした逸脱は切り捨てられるべきものとみなされるのでしょう。しかし、翻案研究の豊かさは、誤解・誤読をも含めた読み替えの生産性に着目するところにこそあるのです。それでは、『四つの緒』／『汝所好』というテクストは、どのような読み替えを内包しているのでしょうか。

ここで、『四つの緒』／『汝所好』が包含している逸脱を読み解くための補助線を手に入れるために、この作品が書かれた明治という時代について考えてみましょう。日本の「近代化」を目指した明治時代の知的エリート層の「近代化」運動は多岐に及びましたが、そのひとつに「恋愛」イデオロギーの導入というものがありました。私たちは日常、「恋愛」というものを私たちが生まれつき持っている「自然な」感情だと考えているかもしれません。しかし、比較文学研究者の佐伯順子は、次のように述べています。

今私たちが当たり前のように使っている「愛」や「恋愛」という言葉は、明治になって、英語の「ラブ」という言葉の翻訳語として使われ始めたものであり、「文明開化」の日本にふさわしい新たな男女の関係を表現するという、輝かしい期待を担って誕生した言葉であった。それは、江戸時代以前に日本人が使っていた「色」や「情」という表現とは異質なものとして、「西洋」への憧れと一体となって、明治人の心を魅了したのである。〔12〕

さらに佐伯は、江戸時代の「色」と明治以降の「愛」を対比して、前者が遊郭における非日常・婚姻外の一対多、多対多の肉体関係を肯定するものであるのに対し、後者は日常の結婚生活における一対一の関係を称揚し、さらにはそこにおいてすら肉体関係を排除し精神的関係を賛美する傾向をもつものである、と指摘しています。明治日本において西洋から「輸入」された価値観であった「恋愛」とは、「遊女や芸者を批判する」ものであり、「夫婦愛至上主義とプラトニック・ラブの賛美」だったのです。〔13〕

坪内逍遥は、『当世書生気質』（一八八五-八六）において、「色事《いろごと》にも階級《かいきふ》あり。仮《かり》に其種類《そのしゆるゐ》を分《わけ》て見《み》れば、上《かみ》の恋《こひ》、中《ちう》の恋《こひ》、及《およ》び下《しも》の恋《こひ》の三種《しゆ》なるべし」と述べています。そこでは、「意気相投《いきあひとう》じて相愛《あひあい》する」「其人《そのひと》の韻気《きぐらゐ》の高《たか》きと、其稟性《そのこゝろばえ》の非凡《ひぼん》なるとを、景慕《けいぼ》するより起《おこ》れる恋《こひ》」、つまりは精神的紐帯を重視するものが「上の恋」とされています。これに対し、「およそ中《ちう》の恋《こひ》に溺《おぼ》るゝ輩《やから》は、意気相合《いきあひあ》ふを主《しゆ》とせずして、まづ其色《そのいろ》をめづる」、精神的な絆よりも外面的な美しさに心を奪われる人々です。こうした恋は、「開《ひら》けざる世《よ》の遺弊《おあまり》にて、わるくいへば獣類流義《けだものりうぎ》、たゞ其皮相《そのうはべ》の毛並《けなみ》を愛《あい》して相交《あひまじは》るものと何《なん》ぞ選《えら》ばん」、「互《たがひ》に相慕《あひした》ふは名《な》のみにして、其実其人《そのじつそのひと》をば慕《した》ふにあらで、其《その》峨眉《まゆ》、其星眸《そのめ》、其容姿《そのなりふり》、其腰附《そのこしつき》をば慕《した》へるなり」と切り捨てられます。さらにひどいのが「下の恋」で、これは「肉体《にくたい》の快楽《くわいらく》をば、唯専《たゞせん》一に主眼《しゆがん》として、男女相慕《なんによあひした》ふ情《こゝろ》をいふ、すなはち鳥獣《とりけもの》の欲《よく》」ということになります。〔14〕こうした「下の恋」は論外として、「開《ひら》けざる世《よ》の遺弊《おあまり》」つまり文明開化以前の江戸時代的な「中の恋」をも脱却し、近代的な「恋愛」を理想とすべし——簡単に言うと坪内はこう主張しているのです。

鶴見俊輔は、日本における新聞連載小説の隆盛について、次のように述べています。

> 明治以降の急速にうつりかわる社会条件にもまれて、日本国民は、新しい社会条件に適応することにくるしみ、不安を感じてきた。新しい社会条件の下で、自分たちの幸福をどこに求めたらよいのか。他の人々は、どのような幸福を求めているのだろうか。そういう幸福感の見本を、新聞小説は、明治以来、日本国民にあたえつづけて来た。〔15〕

『お気に召すまま』の翻案作業において、宇田川文海の関心の中心にあったことのひとつが、坪内的「上の恋」の規範的な物語——鶴見俊輔の表現を借りれば「幸福感の見本」——を読者に提供することであったことは、ほぼ間違いのないことであるように思われます。そして坪内もその一翼を担っていたこの「恋愛」イデオロギーの導入という運動と、坪内が切り捨てるであろう『四つの緒』／『汝所好』の逸脱は、実は無関係ではありません。むしろ、『四つの緒』／『汝所好』は、「恋愛」というプログラムを明治日本の人々の心にインストールするためのテクストとしての側面を持っていたのです。

「色」から「恋愛」へという転換は、明治文化全般に影響を与えました。江戸時代的な「色」の思想の影響を濃密に受けていた歌舞伎を廃し、西洋演劇を範とする新しい演劇を生み出すことを目指した演劇界もそのひとつです。こうした演劇の近代化運動は、演劇改良運動と呼ばれましたが、その主導者の一人に、東京帝国大学文科大学長を務めた外山《とやま》正一《まさかず》（一八四八－一九〇〇）という人物がいました。外山は、『演劇改良論私考』という書物を出版していますが、その中に次のような一節があります。

余の考へにては一たび女役者がまじりたらむには却ッて今の如き猥褻のことも大いに減省し総体演劇は大いに上品にならむ。何となれば今日の如き甚しきことも役者が皆男なればこそ之を許して置けども、女役を女が勤め男役を男が勤むる上は今日の如く甚しきことは決して天下の許さぬこととなりて、色事もこれまでの如く肉交上にあらずして情交上のものを演ずる様にならむこと疑ひなければなり。〔16〕

演劇改良運動の主張のひとつに、男性が女性の役を演じるという歌舞伎における女形を廃止し、女性の役は女性によって演じられるべきである、というものがありました。ここで外山は、そうした女優登用の波及効果として「猥褻」の減少を挙げています。歌舞伎では男が女を演じているから世間は猥褻を許容しているが、女が女を演じるようになればそうはいかないだろう、という主張自体にどれほどの説得力があるのかは大いに疑問ですが、外山の理想は明らかです。それは「肉交上にあらずして情交上のもの」を描くこと、つまりは坪内の言葉で言うと「下の恋」ではなく「上の恋」を描くことです。

　さらに外山は戯曲の内容の改良（「狂言の改良」）についても触れています。彼の議論は多岐に及んでおり、ここでそのすべてを網羅的に検討する余裕はありませんが、彼の様々な（一部は互いに相矛盾する）主張を支える論点のひとつが猥褻の排除にあったことは間違いありません。例えば彼は「又我が邦の芝居にては女子の方からあつかましく男に恋慕を仕掛くるのみならず、やゝともすると一夜のお情けなどといふことが常なれども、かゝることは実際でも上等社会には無きことなれば、況して芝居に於ては決して為すまじく言ふまじきことなり」と主張し、さらには舞台に表象される世界から遊女、遊女屋を排除することを要求します。[17] 演劇改良運動は、「近代以前の「悪場所」的な芝居小屋の世界を封殺する近代の視線」[18]に基づくものであり、先述の「恋愛」イデオロギーと、まさに表裏一体の関係にありました。『四つの緒』／『汝所好』は、小説であって舞台作品ではありませんが、演劇改良運動が理想とした西洋演劇の象徴たるシェイクスピアの作品を日本に移植した作品であるという点で、こうした動きとも結びついていたのです。

　それでは、『四つの緒』／『汝所好』という翻案作品は、具体的にどのような逸脱を内包しているのでしょうか。まずは毛利三郎が御前相撲大会で見事勝利を収め、路姫から祝いの品を贈られる場面を取り上げてみましょう。『お気に召すまま』においては、このときロザリンドがオーランドーに贈るネックレスに特別な意味づけは与えられていません。一方、路姫が三郎に贈るのは「頭《かしら》に挿《さ》したる黄金《こがね》の割笄《わりかうがい》の一半《かたし》と黄金の鎖《くさり》のふさ〳〵と附きたる箱《はこ》せこの紙挿《かみざし》の二品」です。「こうがい」というのは、簡単に言うと髪留めで、「割こうがい」というのはそれが分割可能になったもののことです。「はこせこ」というのは、懐紙（今で言うとティッシュ・ペーパーです）などを入れておく小物入れです。「こうがい」も「はこせこ」も、かつては武家の娘の婚礼道具のひとつとされ、今でも和服の花嫁衣装の重要なディテールとなっています。さらに路姫は、この「こうがい」と「はこせこ」が「妾が父と母との紀念《かたみ》なれば、人には価直《あたひ》なき物なれど、妾の為には貴重《たいせつ》なる物」であると語っています。この二つは、おそらくは母から娘に受け継がれた嫁入り道具なのです。それを――しかも「こうがい」は、それを二つに割ってその一方を――「其方も長《なが》く身に附《つ》けて失ひ玉ふな、妾も幾千代《いくちよ》かけて肌身《はだみ》は離《はな》さじ」と言いながら路姫は三郎に与えるのです（三二頁）。

さらに、城中を抜け出す決心をした路姫と芹姫が選択する変装名からも、宇田川文海の関心のありようを推察することができます。『四つの緒』／『汝所好』において、芹姫は、「親《おや》を捨《す》て、国を捨《すつ》る心にて」（四二頁）捨という名を選択しますが、これは『お気に召すまま』でシーリアが、「自分の境遇を言い当てる名前（Something that hath a reference to my state）」（第一幕第三場一二七行）として、孤立（alienation）を連想させる名前アイリーナ（Aliena）を選択していることを踏まえています。したがって宇田川文海は、ロザリンドが「ほかならぬユピテルの小姓の名を名乗りましょう（I'll have no worse a name than Jove's own page）」（一二四行）と宣言し、ギャニミードという名を選んだことを知っていたはずです。ギャニミードというのは、神々の王ユピテルに酒の酌をしたというトロイアの美少年ガニュメデスのことで、そこには同性愛的な関係が暗示されています。ロザリンドはこの変装名のもとで「男」として、「女」のロザリンドのふりをしてオーランドーと恋愛ゲームに興じることになります。しかもシェイクスピアの時代にはロザリンドもオーランドーもそれを演じる俳優は「男」でした。つまり『お気に召すまま』では、「女」と「男」、あるいは「同性愛」と「異性愛」が、複雑に絡み合って明確には区別できない、そういう世界が出現することになります。〔19〕他方、宇田川文海は、ギャニミードという名前が持っていたこうした含蓄を何らかの形で保持するような名前を考え出すことよりも、路姫の毛利三郎に対する恋愛感情をあらためて強調することを選びました。路姫は、「妾が意の中の人の姓名《せいめい》に、因《ちな》みて姓《せい》は毛利を森《もり》と呼換《よびか》へ、名は、三郎の弟《おとうと》の心にて、四郎と名《な》乗りハべらん」と語り（四一－四二頁）、恋人毛利三郎の名にちなんで森四郎という男装名を選択するのです。

宇田川文海の逸脱は、贈り物の意味づけや変装名の選択といった事柄だけにとどまりません。『お気に召すまま』において最も有名な台詞は、おそらく「世界すべてがひとつの舞台（All the world's a stage）」で始まる、人間の一生を演劇作品に見立てた台詞（第二幕第七場一三九‐六六行）でしょう。この台詞は、宇田川文海の翻案においてもかなり正確に移植されているのですが、その第三幕――『お気に召すまま』の「お次が恋する若者、かまどさながら大溜息、嘆きの歌で恋人の眉を称える（And then the lover, / Sighing like furnace, with a woeful ballad / Made to his mistress' eyebrow）」（一四七‐四九行）に対応する部分――は、以下のようになっています。

第三齣は情事《ぬれごと》にて、逢《あ》ふ夜の歓《よろこ》び、別るゝ朝《あさ》の悲《かな》み、難面《つれなき》を怨《うら》み、偽《いつは》り多きを嘆《かこ》ち、誠深《まことふか》きを愛《め》で、飽《あ》かぬ別れの暁《あかつき》には鶏《にはとり》を責《せ》め、更《ふ》け行く待宵《まつよい》には鐘《つりがね》を罵《のゝし》り、月に焦《あこが》れ、花に戯《たはぶ》れ、殆《ほとん》ど狂人《きちがひ》に類《るい》するが芸なり（八七頁）

他の幕がほぼ正確に訳されているのに対し、「恋愛」を主題とする第三幕だけが、このように『ロミオとジュリエット』からの転用と思われる描写まで用いてふくらまされているのです。

さらに、『四つの緒』／『汝所好』においては、実際の恋愛談議という形で、登場人物たちの価値観としても「恋愛」が強調されています。『お気に召すまま』においてロザリンドとシーリアが繰り広げる貞淑論および美醜論（第一幕第二場二四‐四二行）は、『四つの緒』／『汝所好』においては次のようなやり取りになっています。「オヽ好《よ》い事を思ひつきました、妾は、貴女《あなた》に、一条《ひとつ》、お尋問《たづね》を致しませう、異《い》な事を申す様《やう》でございますが、若《もし》……若《もし》貴女が恋愛《こひ》と云事をお知りに成つたら、其時は、何《なん》となされます」と問いかける路姫に対し、芹姫は「妾ハ、極《きは》めて、真実《まこと》のあるお方でなければ、滅多《めつた》に恋愛《こひ》の心ハ、起《おこ》さぬ目的《つもり》でございますゆゑ、若《も》しや恋愛《こひし》知らずと言はれて、一生《しやう》を送《おく》るかも知れません、然し、若《もし》、真実《まこと》のある人が有つたら、其時は如何《どう》すると、重《かさ》ねてお尋《たづ》ねなされたら、妾は、只面《たゞかほ》を赤《あか》めて、黙止《だま》ツてをるより他《ほか》はござりませぬ」と答えます。さらに芹姫はこう続けます――「アノ恋愛《こひ》と云ふ事に就《つ》いて、フト胸《むね》に浮《うか》びましたが、不憫《ふびん》なものは、下婢《はしたもの》でござりませう、十七八の恋愛盛《こひざか》りに、化粧許《けしやうばか》りに、身を入れゝば、働《はたら》くことが出来ず、一心に働《はた》らけば、垢染《あかじん》でをらねばなりませず」。これに対する路姫の答えは、「サア、其の化粧《けしやう》をするも、自分《じぶん》を愛《あい》する人が得《え》たいばかり、自分《じぶん》を愛《あい》する人を求《もと》めるのは、身の幸福《しあはせ》が得《え》たいから、然し真《まこと》の幸福《しあはせ》は容貌《すがた》より、智恵《ちゑ》が無うては得《え》られはすまい」というものです。さらに彼女によれば、「美麗《うつくし》い姿《すがた》に生《うま》れたゆゑ、幸福《しあはせ》を得」るのは「僥倖《こぼれさひはい》と云ふもので、真《まこと》の幸福《しあはせ》でハ」ありません（一七-一八頁）。こうした恋愛談議が、戯曲における会話を大きく逸脱し、坪内的「上の恋」「中の恋」議論へと踏み込んでいることは明らかです。彼女にとっても「まづ其色をめづる」のは「中の恋」に過ぎず、真の幸福を得るために必要なのは「容貌」ではなくて「智恵」なのです。

この場面における路姫と芹姫の恋愛談議でもうひとつ注目に値するのが、戯曲における貞淑論――「だけど本気で男を愛してはいけない、深入りせず、清純に顔を赤らめて無事戻ってこられるように（But love no man in good earnest, nor no further in sport neither, than with safety of a pure blush thou mayst in honour come off again）」（二七-二九行）――も、一歩踏み込んだ形に書き換えられているということです。芹姫は、もし坪内的「上の恋」に出会ったとしても、自分からは行動を起こさず、「只面を赤めて、黙止ツてをる」だけだと言っています。「深入りするな」というのは、女性の行動を認めつつその行き過ぎを戒める命令ですが、芹姫にはそもそも行動を起こすという発想すらありません。男性に能動的役割を振り、女性には受動的姿勢を期待するこうした発想は、現代のジェンダー観からは当然反動的なものとして批判されるべきものですが、一方で当時の「恋愛」イデオロギーの導入／演劇改良運動という国家的文化プロジェクトの文脈において考えるならば、むしろ革新的な側面を持っていました。先に引用したように、外山によれば「女子の方からあつかましく男に恋慕を仕掛くる」のは旧劇的「色」の世界であって「上等社会には無きこと」なのです。

こうした恋愛談議は、この場面においては道化の登場によって中断され、それ以上追及されることはありません。しかしながら、ここには「恋愛」イデオロギーの導入／演劇改良運動というプロジェクトが孕んでいた矛盾がすでにあらわになっています。それは、一方において「意気相投じて相愛する」という相互性を男女に要求しながら、同時に男性には能動性を、女性には受動性を期待する、という矛盾です。もし「女子の方からあつかましく男に恋慕を仕掛くる」ことが許されないのであれば、路姫はどうやって彼女の恋を成就することができるのか――『お気に召すまま』を規範的恋愛物語として翻案するために、宇田川文海はこの問題と向き合わなくてはならないのです。

実際、『四つの緒』／『汝所好』においては、三郎の路姫に対する感情が、新しい「恋愛」として純化され、寿がれるのに対し、路姫の三郎に対する感情には、どこか疑念がつきまといます。まずは三郎の路姫に対する愛情がどのように表現されているのかを確認しましょう。手がかりになるのは、彼が作る恋の歌がどのようなものとして描かれているかということです。『お気に召すまま』では、ロザリンドがオーランドーの歌を朗唱しながら登場し、それを聞いたタッチストーンが即興でパロディを歌い、ロザリンドに接ぎ木のたとえで叱られる、という展開になっています（第三幕第二場八八–一二〇行）。つまり、最終的にはロザリンドが叱りつけるとはいえ、オーランドーの歌は、一度は道化によって嘲りの対象となります。それに対し、鈍弥は、路姫が読んだ三郎の歌に「聞惚《きゝほ》れ」（九二頁）、路姫がさらに手に持っていた三郎の歌を強引に奪い取り、それを読み上げます。鈍弥の歌う歌は、即興の自作ではなく、三郎のものなのです。さらに接ぎ木のくだりは、「此の実《み》をイヤ此歌《このうた》を、其方と二人で何《ど》の木へか接木《つぎゝ》をしておきたいものぢや、オヽ幸《さいは》ひ夫《それ》なる杉の木が好《よか》らん、此の歌《うた》の徳《とく》に依て半腐敗《なかばくされ》たる木も癒《いえ》て、立派《りつぱ》に生長《せいてう》するで有う」（九三–九四頁）という路姫の言葉に置き換えられています。つまり『四つの緒』／『汝所好』においては、三郎の恋の歌が相対化されることはなく、それどころか枯れかかった杉の木を甦らせる神秘的な力を持ったものとされているのです。

道化は、別の形でも三郎の「恋愛」の引き立て役となっています。第三幕第三場における道化の婚礼は、文海版では、一見すると脱性化されているように見えます。タッチストーンは、「牛にくびき、馬にくつわ、鷹に鈴があるように、男には性欲がある。結婚というのは、鳩がくちばしをつつき合うようにいちゃつくことだ（As the ox hath his bow, sir, the horse his curb, and the falcon her bells, so man hath his desires; and as pigeons bill, so wedlock would be nibbling）」（七九－八二行）と露骨な台詞を口にします。この台詞は、かなり正確に、しかし性的要素を取り除かれて、いささか牧歌的に翻訳されています――「牛《うし》が鼻緒《はづな》を貫《とほ》され、馬《うま》が轡《くつは》を啣《はめ》られ、鷹《たか》が足革《あしがは》を附られてゐるやうに、僕も望《のぞ》みに繋《つなが》れて、鳩《はと》が豆《まめ》を拾《ひろ》ふやうに、婚礼《こんれい》に噛附《かみつ》いてをるところでござる」（一一二頁）。しかしながら、注目すべきは、鈍弥がお朝との新婚生活を次のように想像しているということです。

> 如何《どう》も如此もござらぬ、汝と僕と、此の猟犬《かりいぬ》と三人で此《か》うしてゐる処は、是《これ》が若《もし》城下の住居なら、格子構造《かうしづくり》に、船板《ふないた》の塀《へい》、ヱ、ー、見越《みこし》の松《まつ》がニューと生《はえ》てゐるといふ粋《いき》な家で、家内は、芸妓《げいしや》あがりの女房と、勘当《かんどう》の身の若旦那と、三毛《みけ》の牝猫《めねこ》一頭《ひき》といふ洒落《しやれ》た世界《せかい》でござるアハ、、、、。（一〇九頁）

格子作りに見越しの松、芸妓上がりの女房と勘当の身の若旦那、とくれば、これは典型的な旧劇的「色」の世界の風景です。新劇的「恋愛」の世界を生きようとしている主人公たちの引き立て役たる道化が思い描く世界としては、的を射たものであるということができるでしょう。

鈍弥が思い描く「色」の世界は、三郎だけでなく、路姫や芹姫、太郎の「恋愛」とも対比させることができます。その意味では、路姫の「恋愛」も三郎の「恋愛」と同じく絶対的なものとして描かれうるはずなのですが、しかしどうもそうではないようです。ここで注目したいのが、七助とお久というもう一組の道化的カップルです。城を抜け出した芹姫、路姫、鈍弥の一行は、疲れ果てた状態で有田山麓に到着します。鈍弥は「貴女《あなた》は老公《せんとの》をお尋ね申す外《ほか》に、三郎様をもお尋《たづね》で、恩愛と恋慕《れんぼ》の両天秤《りやうてんびん》、一荷にお担《にな》ひなさるのだから、格別《かくべつ》お疲労《くたびれ》でもございませう」と路姫をからかいます（六九頁）。そこへ幸右衛門と七助が登場します。お久に会いに行きたくてそわそわしている七助に対し、幸右衛門は「アハ、、、蛇《じや》の道《みち》は蛇《へび》ぢや、己《おれ》も昔は小情《こいろ》愛の一つや二つは仕《し》た事があるから、貴様の情婦《いろ》のある位《くらゐ》の事は知てをるは」と声を掛けます。冷やかされた七助は「アハ、、、ナニ貴様《きさま》も情婦《いろ》を造へた記憶《おぼえ》があると、怪《あや》しいなア、貴様のやうな、野暮《やぼ》な人間《にんげん》に、何で色《いろ》が出来るものか」と言い返します（七二頁）。七助の恋心が、「野暮」の対極にある「色」という形で表現されているのに対し、路姫の感情には（「恋愛」ではありませんがそれに近い）「恋慕」という言葉が当てられています。

しかしながら、この対比は、ほかならぬ路姫その人によって切り崩されてしまいます。「ああ、この羊飼いの苦しみは私のものにそっくりだ（Jove, Jove, this shepherd's passion / Is much upon my fashion）」というロザリンドの簡潔な共感の表明（第二幕第四場六〇－六一行）は、路姫の言葉では次のように拡大されています。

> お捨様《すてさま》、今の二人の話をお聞き遊《あそ》ばされしか、色《いろ》の世の中、苦《く》の世界《せかい》とやら、心無き賤夫樵夫《しづやまかづ》さへ、ヤハリ彼様《あのやう》に、恋《こひ》に心を苦《くる》しめて居はべり、何と憐《あは》れなるものには侍《はべ》らずや……噫恋《あゝこひ》する賤夫《しづのを》よ、噫物《あゝもの》の情愛《あはれ》を知る樵夫《やまかづ》よ、妾も同じ思ひに沈《しづ》む身なるぞ……汝等《そちたち》の恋《こひ》は猥褻《みだら》なるに似《に》たれども只惜《たゞお》し欲《ほ》しの二つに心を味《くら》まさるゝ、今の世の男女《なんによ》が、其皮相《うはべ》をば綾羅錦繍《あやにしき》に覆《おほ》はれながら、其心情《したごゝろ》は泥土糞穢《けがれもの》に満《み》たされて、只位階《たゞくらゐ》あるを恋《こ》ひ、黄金《こがね》あるを慕《した》ひ、純粋の愛情を知らぬ者に比較《くらぶ》れば、天《あめ》と地《つち》との差別《けぢめ》あり、噫楽《あゝたのし》み多き賤夫《しづのを》の恋《こひ》よ、噫真《あゝまこと》ある樵夫《やまかづ》の恋よ、実《げ》に汝等《そちたち》の情愛《こひ》は世の人の恋慕《れんぼ》のイヤ妾の愛情の模範《てほん》にこそ（七三頁）

この路姫の発話の意図が、「猥褻なるに似た」「賤夫樵夫」の情愛を、「純粋の愛情」――坪内的「上の恋」――に引き上げることにあるのは明らかです。しかしながら、こうして路姫の「恋慕」と七助の「色」の区別を崩壊させるということは、同時に、路姫の「恋慕」が「中の恋」へと転落する可能性を生じさせるということでもあります。実際、路姫の言葉に対し芹姫は「お路様、貴女は恋慕《こひ》の為めに、飢《うへ》も疲《つかれ》も忘《わす》れ玉はんが妾は最早《もはや》此の二敵《ふたつ》の為めに迫《せま》られて、気息《いき》も断絶《たえぐ》に侍り、鈍弥よ、跡《あと》に残《のこ》りをる彼《あ》の樵夫《やまかづ》に金を与《あた》へて、食物《たべもの》を得る工夫をいたせ」と命じ、鈍弥は「色情《いろけ》より食欲《くひけ》」とこれに応じます（七四頁）。路姫の「恋慕」は、道化によって「色情」のレベルにまで引きずりおろされてしまうのです。

おわりに

『四つの緒』／『汝所好』は、「旧幕時代」の「古調」な物語という体裁を取りながら、実は西洋的な「恋愛」という新しい物語を、新聞連載小説という大衆的な形式で明治日本の読者に提供するものでした。この「恋愛」は、一方で男女間における精神的紐帯の相互性を重視するものでありながら、もう一方で男性には能動性、女性には受動性を要求する、という矛盾をはらんでいました。三郎の「恋愛」が、鈍弥の「色」と対比的に描かれ、その対比の構造が揺らぐことがないのに対し、路姫の「恋愛」が七助の「色」と対比されながら、その対比に不安定さがつきまとうのは、このためです。現代の日本では、男性はこうあるべし、女性はこうあるべし、という考え方は明治時代に比べればはるかに緩やかになりました。しかしそれでも残念ながら、「恋愛において男性は女性をリードするべきである」という考え方は、批判されながらもなお、支配的なものとして生き延びています。そういう意味では、宇田川文海が向き合い、解消しきれなかった矛盾は、過去のものではありません。『四つの緒』／『汝所好』は、今なお「古くて新しい物語」なのです。

コラム

演劇改良運動

『歌舞伎新報』第六八七号に「演劇改良会趣意書」という一文が掲載されたのは、一八八六年八月六日のことでした。この「趣意書」は、「従来演劇の陋習を改良し好演劇を実際に出さしむる事」、「演劇脚本の著作をして栄誉ある業たらしむる事」、「構造完全にして演劇其の他音楽会歌唱会等の用に供すべき一演技場を構造する事」の三つを目的として「演劇改良会」を設立することを宣言するものでした。この会は、外務大臣井上馨が筆頭会員を務め、「賛成員」には伊藤博文総理大臣も名を連ねるという、いわば政府肝いりの機関でした。「演劇」の「改良」に時の政府が力を入れるというのも奇妙な話ですが、当時「劇場」には、鹿鳴館に並ぶ海外賓客の接待の場となることが期待されていたのです。今であれば、日本的な伝統芸能である能や歌舞伎を見せることこそ海外賓客の接待にふさわしいことではないか、と思われるかもしれません。しかし不平等条約の改正という差し迫った外交課題を抱えていた当時の政府にとっては、日本が欧米諸国に比する「文明国」であることを海外要人に示す必要があり、そのために「文明的」＝「西洋的」な接待の場が求められたのです。つまり演劇改良運動が目指したのは、文明国にふさわしい高級芸術としての西洋風の演劇を生み出すこと、それを上演するにふさわしい（そしてそれに勝るとも劣らず、西洋からの賓客を招待するにふさわしい）西洋風の劇場を建築することでした。こうした西洋風の演劇は、新しい演劇という意味で「新劇」と呼ばれました。「演劇改良会」の実質的な中心人物は、本文で言及した外山正一と、そしてもう一人、のちに伊藤博文の長女と結婚することとなる末松謙澄《すえまつのりずみ》（一八五五－一九二〇）です。外山が『演劇改良論私考』を著したように、末松も『演劇改良意見』（文学社）という本を出版しています。これは、「趣意書」掲載の二か月後の一〇月三日に東京帝国大学文学会で行われた「演劇改良説」という二時間に及ぶ演説に基づき、翌一一月に刊行されたものです。二人は、それぞれの著作において、劇場、興行形態、劇作術などについてさまざまな「西洋化」を提言していますが、ここでは演劇改良運動に由来し、いまだに日本の劇場の前提になっていると思われる、ある規則について紹介しておきます。外山は「我邦芝居の如く飲食することの盛んなるものも西洋諸国には決て見ざる所なり」と述べ、末松も「日本でハ幕間に「菓子ハよしか」「お茶ハよしか」「鮓《すし》ハよしか」と吐鳴《どな》り立てゝ売りあるくが是れは寔《まこと》にうるさくもあれば不体裁でもある故全く廃」するのがよい、と主張しています。日本の劇場では飲食厳禁が当然の前提となっており、ペットボトルの水に口をつけるだけで係員に注意されるような状況がいまだに続いていますが、その始まりは「演劇／劇場の高級化」を目指した演劇改良運動にあったのです。ちなみに西洋の劇場では、実は飲み物の持ち込みは自由です。なんとも皮肉な話ですね。

注

〔1〕坪内逍遙、「日本に於ける沙翁研究、翻案及び上演の略誌」、『逍遙選集』第五巻（第一書房、一九七七年）、五四五‐七七頁、五五八‐五五九頁。

〔2〕伊原青々園、「新聞小説の変遷」、『早稲田文学』一九〇七年四月号（第二期第一六号）、一四七‐五六頁、一五四頁。宇田川文海の生涯の詳細については以下を参照せよ。昭和女子大学近代文学研究室、『近代文学研究叢書』第三一巻（昭和女子大学光葉会、一九六九年）、二二一‐三一頁。

〔3〕『朝日新聞』（大阪）、一八八八年五月一三日、第二面。

〔4〕『朝日新聞』（大阪）、一八八八年五月二二日、第三面。
〔5〕『朝日新聞』（大阪）、一八八八年七月一二日、第三面。
〔6〕細かな異同としては、連載の複数回をひとつの章にまとめるためのつなぎの言葉の修正、ルビの有無（想定されている読者層を反映し、新聞連載時にはすべての漢字にルビが振られているが、単行本ではそうではない）、単純な誤植がある。以下この翻案作品からの引用は、比較的参照しやすい単行本により、明白な誤植のみ新聞連載に照らして修正したうえで、本文中に頁数で示すこととする。単行本（宇田川文海、『汝所好』（一八八八年、駸々堂））は、国立国会図書館の近代デジタルライブラリーによりインターネット経由で全文を参照できるほか、川戸道昭・榊原貴教（編）、『シェイクスピア翻訳文学書全集』第一一巻（大空社、一九九九年）にも収録されている。
〔7〕正確には、「第一曲」から「第三曲」にサブタイトルの表記はなく、「第四曲」の末尾に「本編《ほんぺん》第《だい》一《、つ》曲《きよく》第《だい》二曲第《きよくだい》三曲《きよく》の下《した》に喧嘩《いさかひ》の一二三の記入《きにふ》を脱《だつ》せり依《よつ》て正誤《せいご》す」の記載がある（『朝日新聞』（大阪）、一八八八年五月一七日、第三面）。
〔8〕坪内逍遙、「日本に於ける沙翁研究、翻案及び上演の略誌」、五五九頁。ちなみに先述の『何桜彼桜銭世中』上演について坪内は、「沙翁劇の最初の上演が、勿論翻案ながら、新文化の本源地の東京でゞはなくて、商業地の大阪であつた」理由について「大阪は、芸術上の鑑賞が粗《おほまか》で、自由で、何でも珍らしければ歓迎するといふ例」であるからだとも述べている（五六三頁）。どうも坪内の頭の中では、〈正統＝原典＝中心＝東京〉対〈異端＝翻案＝周縁＝大阪〉という二項対立が出来上がっているようである。坪内が評価するのは、もちろん前者である。
〔9〕「第二十四曲」には「山里（五）」の、「第二十五曲」には「恋慕（二）」の記載がある。翌日以降とくに訂正はないが、「第二十四曲」は「恋慕（一）」の誤記であると思われる。
〔10〕一八八八年七月五日の掲載は「第三十七曲」となっているが、明らかに「第三十九曲」の誤記と思われる。
〔11〕一八八八年七月一〇日の掲載は「第四十一曲」となっているが、明らかに「第四十三曲」の誤記と思われる。

〔12〕佐伯順子、『恋愛の起源――明治の愛を読み解く』（日本経済新聞社、二〇〇〇年）、二二三頁。

〔13〕佐伯順子、『恋愛の起源』、二二三-四頁。

〔14〕坪内逍遙、『当世書生気質』、『逍遥選集』別冊第一巻（第一書房、一九七七年）、一-二六五頁、一七三-七四頁。佐伯順子の『恋愛の起源』一二-一八頁および『「色」と「愛」の比較文化史』（岩波書店一九九八年）八-三四頁も参照せよ。

〔15〕鶴見俊輔、「新聞小説論」、『限界芸術論』（ちくま学芸文庫、一九九九年）、二四五-五三頁、二四七頁。

〔16〕外山正一、『演劇改良論私考』（丸善書店、一八八六年）、三七-三八頁。

〔17〕外山正一、『演劇改良論私考』、四五頁、五二-五四頁。

〔18〕池内靖子、『女優の誕生と終焉――パフォーマンスとジェンダー』（平凡社、二〇〇八年）、二六頁。

〔19〕この点に関しては、例えば以下を参照。Orgel, Stephen. *Impersonations: The Performance of Gender in Shakespeare's England*. Cambridge: Cambridge UP, 1996, pp. 53-82〔スティーヴン・オーゲル『性を装う――シェイクスピア・異性装・ジェンダー』（岩崎宗治・橋本惠訳、名古屋大学出版会、一九九九年）、七二-一〇八頁〕。浜名恵美『ジェンダーの驚き――シェイクスピアとジェンダー』（日本図書センター、二〇〇四年）、一七三-二一〇頁。

課題

① 「恋愛」イデオロギーの導入は、宇田川文海がシェイクスピアの作品を翻案する際の関心の中心にあったことの「ひとつ」に過ぎず、おそらく「すべて」ではありません。本章で触れることのできなかった大きな逸脱に、虚無道人の造形が挙げられます。シェイクスピアのジェイクイズはかなり揶揄的に描かれていますが、宇田川文海の虚無道人は優れた思索家として描かれています。このことと、自由民権運動などの当時の政治状況との間には、どのよう

な関係があったのでしょうか。

② 「恋愛において男性は女性をリードするべきである」という考え方は、今でも支配的なものとして生き延びているのでしょうか。「逆ナン」「肉食系女子」「草食系男子」といった言葉の誕生・流行は、そうした考え方がもはや「過去の遺物」となったことを指し示しているのでしょうか。それとも、そうした考え方が今なお「規範」として君臨しているからこそ、こうした言葉が生み出されているのでしょうか。今あなたが『四つの緒』／『汝所好』を「再翻案」するとしたら、どのような物語を紡ぎますか。

③ 風間孝と河口和也は『同性愛と異性愛』（岩波新書、二〇一〇年）において、江戸時代における「男色」「衆道」の伝統を指摘したうえで、「明治維新後、ときの政府は、文明開化を掲げ、社会の大変革に取り組んだ。そこには、文明にふさわしい性の価値観を示すことが含まれており、結婚した男女間におけるセクシュアリティこそが、文明国にふさわしい性のあり方とされることになった」と述べています（九七頁）。こうした指摘を踏まえたとき、あなたが紡ぎ出す『四つの緒』／『汝所好』の「再翻案」には何らかの変化が生まれますか。

推薦図書

① 池内靖子『女優の誕生と終焉――パフォーマンスとジェンダー』、平凡社、二〇〇八年。ジェンダー研究およびポストコロニアル研究の視座から、近代から現代における日本の「女優」の在り方を論じた労作。本章における議論ととくに関わり合いがあるのは、演劇改良運動による女優の導入の意味を論じた第一章。

② 佐伯順子『恋愛の起源――明治の愛を読み解く』、日本経済新聞社、二〇〇〇年。さまざまな作家の作品を紹介しながら、明治文学における「恋愛」の誕生を論じる。新聞連載のエッセイをもとにしたものであり読みやすい。より

学術的な著作として『「色」と「愛」の比較文化史』（岩波書店、一九九八年）も挙げておく。

③ 本田康雄『新聞小説の誕生』、平凡社選書、一九九八年。「新聞連載小説」という表現形式の誕生を丹念にたどった著作。一次資料に当たることで同種他文献の多くに見られる誤りを訂正している。翻訳・翻案物への言及が少ないのが残念であるが、明治時代の新聞連載小説を研究する上での必携書。

あとがき

この本の元となった学会セミナーの企画を開始したのは二〇一〇年の春でした。「アダプテーションとはなにか」「『シェイクスピア』とは誰のものか」といった、あまりにも単純素朴な疑問をセミナー・メンバー全員で愚直に問い返しながら、研究成果を元に本の刊行に向けた活動を開始したのは二〇一〇年末でした。あの頃と今は違います。二〇一一年三月一一日の東日本大震災以来、若干の地域差はありつつも、日本はやはり一変しました。大地震、大津波、無数の余震という天災、そして原発の破局と地域社会の分断という未曽有の人災。瓦礫と化した無人の街と、海に流されていった数知れない死者たち。災害によって、今まで見えなくされていた社会の負の部分や、戦後置き去りにしてきた問題が一気に可視化された今、「言葉の力」「語るべきこと」自体が問い直されており、地震前に考え書いていたものは、もはやあまりに長閑で違和感のあるものとなっています。亡くなられた多くの方々の記憶を胸に、死者たちに代わって言葉を発し、生き残った皆で未来を創造するために、私たちは人間社会のあり方そのものを根底から問い直そうとしています。このような時に、「アダプテーション」はどのような意味を、私たちの生にもたらすのでしょうか。

宮城県仙台市で活動する劇作家・演出家の石川裕人氏によると、仙台では震災から二週間後に演劇人がアルクト（ARCT　アートリバイバルコネクション東北）という組織を発足させました。四月のある日に、このアルクトに Save the Children Japan（NGO）から「被災地で子供のためのお芝居をしないか」という話が舞い込んだそうです。石川氏は急遽、宮沢賢治の『セロ弾きのゴーシュ』を三十分間の短篇劇に書き換えて一週間の稽古をした後、ゴールデンウィークに四トントラックで被災地のショッピングタウンや避難所の体育館などを巡回上演。「子供たちはとても真剣だった」そうです。この活動については、「アート復興　NPO機敏」というタイトルと「行政の空白を埋め 町の絆と活力紡ぐ」という副題とともに、日本経済新聞二〇一一年五月二一日付の文化面でも紹介されました。

これこそ、アダプテーションの力ではないでしょうか。人々を繋ぐ「大きな物語」がなくなって久しいとされる現代においても、自分と目の前にいる人だけにしか通じない物語はあまり意味を持たないのです。宮沢賢治の名作童話を子供向けの演劇に書き換え、コミュニティの核にある文化的記憶を掘り起こしつつ改変すること。大災害によるあらゆる意味での「断絶」を超えて、名作の力を借りながら連綿とした人間精神の繋がりを新しい形で生み出すこと。過去の誰かから贈られた言葉によって今の私たちの言葉を紡ぎ、そしてこの私たちの言葉が未来の大人である子供たちによって反復されうることについての希望を持つこと。もちろん、言葉は受け継がれる際に完全に同じ形では反復されず、揺らいでズレてゆくけれど、その揺らぎとともに誰かによって繰り返し発せられるかもしれない未来を信じること。それによってひとつの孤立したものを他のものへと繋げるための感受性、他者へ・社会へ・世界へ繋がるための想像力を皆で分有すること。私たちは常にどこかで、そうしたものを信じたいと願って生きている存在だと思いますし、そう信じたときにはじめて、アダプテーションは私たちの生に光を放ち始めるのではないでしょうか。

この本の執筆者一同は、被災者・当事者ではありません。当事者と同じ苦しみ・悲しみを感じることはできないかもしれません。それでも、困難な問題を目にしている者としてせめて、ここから開かれるはずの感受性・想像力を大切にする存在でありたいと思っているところです。

昨年のセミナーを共にして下さり、数限りない知見を与えて下さった伊藤優子氏（学習院大学大学院博士後期課程）、吉原ゆかり氏（筑波大学准教授）に心より感謝致します。また、日本英文学会、日本シェイクスピア協会でお教えを賜っております諸先生方、特に二〇一〇年の第四九回日本シェイクスピア学会福岡大会実行委員の先生方に御礼申し上げます。最後になりましたが、無謀・無防備とも言えた私たちの出版企画に対して、研究社の星野龍氏と津田正氏は、惜しみない支援と励ましを与えて下さいました。研究社のご助力がなければ、この本の存在は全くもって不可能でした。この望外の幸福に対する深謝をもって終わらせて頂きます。

二〇一一年　初夏

執筆者代表　米谷郁子

《著者紹介》☞ は著者から読者にお薦めのもう1冊。

米谷郁子（こめたに・いくこ）

埼玉工業大学人間社会学部准教授。東京大学大学院人文社会系研究科博士課程単位取得満期退学。英国バーミンガム大学 Ph.D. 著書に『シェイクスピアとその時代を読む』（共著、研究社）、『伝統と変革——一七世紀英国の詩泉をさぐる』（共著、中央大学出版部）など。

☞ 安西徹雄『英和対訳　シェイクスピアの名せりふ100』（丸善ライブラリー、2001年）：あなたの好きな作品を読んで、あなただけの『名台詞集』を作ってみませんか？　それがアダプテーション創造への第一歩になるかもしれません。

近藤弘幸（こんどう・ひろゆき）

東京学芸大学教育学部准教授。東京大学大学院人文社会系研究科博士課程単位取得満期退学。著書に『シェイクスピア——世紀を超えて』（共著、研究社）など。訳書にボグダノフ『シェイクスピア ディレクターズ・カット——演出家の斬る劇世界』（研究社）、サイード『故国喪失についての省察1・2』（共訳、みすず書房）など。上演台本の翻訳多数。

☞ 鈴木忠志『演劇とは何か』（岩波新書、1988年）：独自の解釈に基づく『リア王』上演などで国際的に評価される演出家による演劇論。「戯曲」とそのアダプテーションとしての「上演」について考えさせてくれます。

高森暁子（たかもり・あきこ）

筑紫女学園大学文学部准教授。九州大学大学院文学研究科博士後期課程単位取得退学。論文に「ラディカルなセラピー——『ロミオとジュリエット』における「医療」と修道士表象」（日本英文学会『英文学研究支部統合号』）など。訳書にシェイクスピアほか『テンペスト』（共訳、インスクリプト）。

☞ フランソワ・ラロック『シェイクスピアの世界』（知の再発見双書34、創元社、1994年）：シェイクスピアの世界、多彩で美しいイラストとともにまずは覗いてみたいなら、こちらの一冊をどうぞ。

森 祐希子（もり・ゆきこ）

東京農工大学大学院言語文化科学部門教授。津田塾大学大学院英文学研究科博士課程満期退学。著書に『映画で読むシェイクスピア』（紀伊國屋書店）、『シェイクスピアの歴史劇』（共著、研究社）など。訳書にジュリエット・デュシンベリー『シェイクスピアの女性像』（紀伊國屋書店）、レベッカ・ライザート『三人目の魔女』（ポプラ社）など。

☞ 大場建治『シェイクスピアの墓を暴く女』（集英社新書、2002年）：シェイクスピアとは何者か？　いや、そもそも実在したのか？　シェイクスピア＝フランシス・ベーコンだと信じ込んだ女性の実話を丹念に追う。シェイクスピアそのものが、謎と伝説に包まれ、再生・更新されていくスリリングな存在だと実感できる一冊。

横田保恵（よこた・やすえ）
共立女子大学非常勤講師。東京大学大学院人文社会系研究科博士課程単位取得満期退学。論文に、「政治の季節の宮廷仮面劇 1～4」（東京大学『リーディング』）など。訳書に『権力、政治、文化――エドワード・W・サイード発言集成』（共訳、太田出版）。
☞ イタロ・カルヴィーノ『宿命の交わる城』（河出文庫、2004年）：森を抜けて、とある城にたどり着いた宿泊客たちが一組のタロットカードを並べつつ、その図柄を手がかりに自分の身の上を語り合う。一人が語り終えると、もう一人が、同じ図柄に別の意味を読み込み、語りなおし、物語は複雑に紡がれていく。「文学の魔術師」カルヴィーノのこの小説は、綿密に考え抜かれた軽やかさをもって、アダプテーションという行為のもつ愉楽を、我々に深く味わわせてくれます。

吉田季実子（よしだ・きみこ）
法政大学非常勤講師。東京大学大学院人文社会系研究科博士課程単位取得満期退学。「ミュージカル『蜘蛛女のキス』劇評：蜘蛛女の操る幻想――『心配しないで。この夢は短いけれど、幸せの物語なのだから』」で第十五回シアターアーツ賞佳作受賞。
☞ 高橋康也編『シェイクスピア・ハンドブック（新装版）』（新書館、2004年）：様々なキーワードからシェイクスピア作品を読み解きます。シェイクスピア作品を新たな側面から眺めることができます。

アダプテーションを研究するための文献案内

執筆者一同が参考にした文献の中から、アダプテーションを研究するにあたって比較的入手しやすい文献をまとめておきます（2011年5月現在）。各章末の「推薦図書」に載せた文献は割愛しました。ページ数の都合上、ウェブサイト上の論文は省略致しましたので、CiNii（NII論文情報ナビゲータ）やGoogle Scholar等の検索エンジンにてお調べ頂ければと思います。以下については、日本語文献も英語文献も、著者名をアルファベット順に並べております。

本書で使用した版

執筆者によることわりが特にない限り、本書で参照したシェイクスピアからの引用はすべて以下の文献に拠っています。

Shakespeare, William. *The Riverside Shakespeare*, 2nd Ed. Boston: Houghton Mifflin Company, 1997.

シェイクスピア、ウィリアム 『シェイクスピア全集』全37冊、小田島雄志訳、白水Uブックス、1983年。

日本語で読める文献

《概説書・事典》

荒井良雄、大場建治、川﨑淳之助〔編集主幹〕(Arai, Yoshio, et.al., eds.)『シェイクスピア大事典』、日本図書センター、2002年。

日本シェイクスピア協会編（The Shakespeare Society of Japan, ed.）『新編シェイクスピア案内』、研究社、2007年。

高橋康也、大場建治、喜志哲雄、村上淑郎〔編〕(Takahashi, Yasunari, et.al., eds.)『シェイクスピア辞典』、研究社出版、2000年。本書で使用した固有名詞の表記はすべてこの文献に拠っています。

《研究書》

バーバ、ホミ（Bhabha, Homi）『文化の場所——ポストコロニアリズムの位相』本橋哲也、外岡尚美、正木恒夫、阪元留美訳、法政大学出版局、2005年。*The Location of Culture*. London: Routledge, 1994. （植民者の）文化を「盗み、模倣し、忘却する」「ミミクリー」の概念等はこちらを参照。

ボグダノフ、マイケル（Bogdanov, Michael）『シェイクスピア ディレクターズ・カット——演出家が斬る劇世界』近藤弘幸訳、研究社、2005年。*Shakespeare: The Director's Cut: Essays on Shakespeare's Plays*. Edinburgh: Capercaillie, 2003. シェイクスピアが描いた世界を現在の私たちが抱える問題に引きつけて捉えなおし再提示するという意味で、「演出」もアダプテーションの一種です。イギリスの高名な演出家によるシェイクスピア論はそれ自体が優れたアダプテーションの実例と言えるでしょう。

セゼール、エメ、ロブ・ニクソン、アーニャ・ルンバ、ウィリアム・シェイクスピア（Césaire, Aimé, Rob Nixon, Ania Loomba, William Shakespeare）『テンペスト』本橋哲也、砂野幸稔、小沢自然、高森暁子訳、インスクリプト、2007年。

小林かおり（Kobayashi, Kaori）『じゃじゃ馬たちの文化史――シェイクスピア上演と女の表象』、南雲堂、2007年。

――（編）『日本のシェイクスピア上演研究の現在』、風媒社、2010年。蜷川演出『十二夜』についての論考等を収録。

ジャクソン、ラッセル〔編〕（Jackson, Russell, ed.）『シェイクスピア映画論』、北川重男監訳、開文社出版、2004年。*The Cambridge Companion to Shakespeare on Film.* Cambridge: Cambridge University Press, 2000.

森祐希子（Mori, Yukiko）『映画で読むシェイクスピア』、紀伊國屋書店、1996年。

本橋哲也（Motohashi, Tetsuya）『侵犯するシェイクスピア――境界の身体』、青弓社、2009年。

大橋洋一（Ohashi, Yoichi）「いつシェイクスピアはシェイクスピアであることをやめるのか？――アダプテーション理論とマクロテンポラリティ」『舞台芸術』06号、京都造形美術大学舞台芸術研究センター、2004年、pp. 255 – 94.

――〔編〕『現代批評理論のすべて』、新書館、2006年。

オーゲル、スティーブン（Orgel, Stephen）『性を装う――シェイクスピア・異性装・ジェンダー』岩崎宗治、橋本惠訳、名古屋大学出版会、1999年。*Impersonations: The Performance of Gender in Shakespeare's England.* Cambridge: Cambridge University Press, 1996.

鈴木雅恵（Suzuki, Masae）「近代沖縄とシェイクスピア受容」、『複数の沖縄：ディアスポラから希望へ』西成彦、原毅彦編、人文書院、2003年、pp. 107 – 14.

外山滋比古（Toyama, Shigehiko）『異本論』、ちくま文庫、2010年。変容を経たテクストを「異本」と位置づけ、その生産性を平易に論じる。原著は1978年に出版されたものであるが、今なお古びない翻案論・読者論の名著。

吉原ゆかり（Yoshihara, Yukari）「「生蛮」オセロ――江見水蔭翻案・川上音二郎一座上演『オセロ』における日本人の外縁」、筑波大学文化批評研究会編『〈翻訳〉の圏域――文化・植民地・アイデンティティ』、イセブ、2004年、pp. 473 – 96.

英語文献

《研究書》

Adaptation: The Journal of Literature on Screen Studies. Oxford Journals. Oxford University Press, 2008–. 最新のアダプテーション理論の動向がわかる学術雑誌。シェイクスピアの映画翻案作品についての論考も。

Bakhtin, M. M. *Speech Genres and Other Late Essays.* Translated by Vern W. McGee. Emerson, Caryl, and Michael Holquist, eds. Austin: University of Texas Press, 1986. バフチンの著作をアダプテーションの理論にいかに使えるかの示唆に富む著作集。

Buhler, Stephen M. *Shakespeare in the Cinema: Ocular Proof.* Albany: State University of New York Press, 2001.

Burnett, Mark. *Filming Shakespeare in the Global Marketplace*. New York: Palgrave, 2007.

Burt, Richard. *Unspeakable ShaXXXspeares: Queer Theory and American Kiddie Culture*. New York : St. Martin's Press, 1998.　ポップカルチャー・シーンにおけるシェイクスピアのアダプテーション作品をクィア理論の見地から縦横無尽に斬った怪著。

—, ed. *Shakespeare after Mass Media*. New York: Palgrave, 2002.

— and Lynda E. Boose, eds. *Shakespeare, The Movie II: Popularizing the Plays on Film, TV, Video and DVD*. London: Routledge, 2003.

—, ed. *Shakespeares after Shakespeare: An Encyclopedia of the Bard in Mass Media and Popular Culture*. 2 vols. Westport: Greenwood Press, 2006.　アダプテーション研究に必携の事典。

Cartelli, Thomas and Katherine Rowe. *New Wave Shakespeare on Screen*. Cambridge: Polity Press, 2007.

Chedgzoy, Kate. *Shakespeare's Queer Children: Sexual Politics and Contemporary Culture*. Manchester: Mamchester University Press, 1995.

Desmet, Christy and Robert Sawyer, eds. *Shakespeare and Appropriation*. London: Routledge, 1999.

Dymkowski, Christine, and Christie Carson, eds. *Shakespeare in Stages: New Theatre Histories*. Cambridge: Cambridge University Press, 2010.

Fischlin, Daniel and Mark Fortier, eds. *Adaptations of Shakespeare: A Critical Anthology of Plays from the Seventeenth Century to the Present*. London: Routledge, 2000.　シェイクスピアのアダプテーション作品の主要アンソロジー。

French, Emma. *Selling Shakespeare to Hollywood: The Marketing of Filmed Shakespeare Adaptations from 1989 into the New Millennium.* Hatfield: University of Hertfordshire Press, 2006.

Garber, Marjorie. *Shakespeare and Modern Culture*. New York: Pantheon Books, 2008. シェイクスピアの主要10作品を選んで、主要な翻案作品を論じつつシェイクスピア受容の多様性を論じており、読み物としても魅力的。

Goldberg, Jonathan. *Tempest in the Caribbean*. Minneapolis: University of Minnesota Press, 2004.　特にカリブ諸国・ラテンアメリカ諸国における『テンペスト』の思想的受容の諸相。

Halberstam, Judith. *In a Queer Time and Place: Transgender Bodies, Subcultural Lives*. New York: New York University Press, 2005.　近代主義的直線的時間論のクィア理論の視点からの転倒の契機(Queer Time)を論じる。またサブ・カルチャーとアカデミズムの接点を探る後半部分も示唆に富んでいる。

Henderson, Diana E., ed. *A Concise Companion to Shakespeare on Screen*. Oxford: Blackwell, 2006.

Hodgdon, Barbara and W.B.Worthen, eds. *A Companion to Shakespeare and Performance*. Oxford: Blackwell, 2005.

Hulbert, Jennifer, Kevin J. Wetmore, Jr., and Robert L. York. *Shakespeare and Youth Culture*. New York: Palgrave Macmillan, 2006.

Hutcheon, Linda. *A Theory of Adaptation*. London: Routledge, 2006.

Keller, James R. and Leslie Stratyner. *Almost Shakespeare: Reinventing His Works for Cinema and Television*. Jefferson: McFarland & Co., 2004.

Kidnie, Margaret Jane. *Shakespeare and the Problem of Adaptation*. London: Routledge, 2008. イギリスBBC放送制作 ShakespeaRe-Told についての論考などを収録。18世紀以降のシェイクスピアの本文研究や翻訳も視野に入れた理論書。

Kishi, Tetsuo and Graham Bradshow. *Shakespeare in Japan*. London: Continuum Intl. Pub Group, 2005.

Massai, Sonia, ed. *World-Wide Shakespeares: Local Appropriations in Film and Performance*. London: Routledge, 2005.

Minami, Ryuta, Ian Carruthers and John Gillies eds. *Performing Shakespeare in Japan*. Cambridge: Cambridge University Press, 2001. 日本のシェイクスピア受容研究論集。

— and Poonam Trivedi, eds. *Re-playing Shakespeare in Asia*. London: Routledge, 2010.

Novy, Marianne, ed. *Transforming Shakespeare: Contemporary Women's Re-Visions in Literature and Performance*. New York: St. Martin's Press, 1999. ジェンダーの視点から数々のアダプテーション作品を取り上げた論文集。

Rothwell, Kenneth. *A History of Shakespeare on Screen: A Century of Film and Television*. Cambridge: Cambridge University Press, 1999.

— and Annabelle Henkin Melzer. *Shakespeare On Screen: An International Filmography and Videography*. New York & London: Neal-Schuman Publishers Inc., 1991.

Sanders, Julie. *Adaptation and Appropriation*. London: Routledge, 2006.

—. *Novel Shakespeares: Twentieth-Century Women Novelists and Appropriation*. Manchester: Manchester University Press, 2001. 本書では論じることのできなかった小説におけるシェイクスピア受容について懇切丁寧に紹介・解説した良著。

Shaughnessy, Robert. *The Cambridge Companion to Shakespeare and Popular Culture*. Cambridge: Cambridge University Press, 2007.

Solomon, Alisa. *Re-Dressing the Canon: Essays on Theatre and Gender*. New York: Routledge, 1997.

van Erven, Eugene. *Community Theatre: Global Perspectives*. London: Routledge, 2001.

Vaughan, Alden T. and Virginia Mason Vaughan. *Shakespeare's Caliban: A Cultural History*. Cambridge: Cambridge University Press, 1991.

—, eds. *Critical Essays on Shakespeare's* The Tempest. New York: G.K.Hall & Co., 1998.

Worthen, William B. *Shakespeare and the Authority of Performance*. Cambridge: Cambridge University Press, 1997.

—. *Shakespeare and the Force of Modern Performance*. Cambridge: Cambridge University Press, 2003. 理論と実証の両面から充実した上演研究を行っている名著。

今《いま》を生《い》きるシェイクスピア

—アダプテーションと文化《ぶんか》理解《りかい》からの入門《にゅうもん》

2011年9月1日　初版発行

編著者　米谷郁子《こめたにいくこ》

著　者　近藤弘幸《こんどうひろゆき》・高森暁子《たかもりあきこ》・森《もり》 祐希子《ゆきこ》・横田保恵《よこたやすえ》・吉田季実子《よしだきみこ》

発行者　関戸雅男

発行所　株式会社 研究社

〒102-8152 東京都千代田区富士見 2-11-3

電話　営業 (03)3288-7777㈹　編集 (03)3288-7711㈹

振替　00150-9-26710

http://www.kenkyusha.co.jp/

KENKYUSHA

〈検印省略〉

印刷所　研究社印刷株式会社

装丁・本文デザイン　亀井昌彦

ISBN 978-4-327-48159-9 C1098 PRINTED IN JAPAN